U0075717

代體

代体（だいたい）

山田宗樹

代體

目錄

主要登場人物

八田輝明：代體製造商「TAKASAKI MEDICAL工業」業務部員工
御所歐菈：內務省特殊案件處理官
齊藤一太：隸屬於內務省厚生局第六課第十九組（枯靈格問題因應小組）
喜里川正人：大型電子機器製造商社員。因疾病治療而使用代體
安藤武務：遺體被發現
篠塚拓也：醫療用奈米機器人製造商「ZERO TECHNOLOGY」公司業務部員工
板東：法務省刑事局特殊案件處理官
鹿野：第二區警察局副課長
玉城浩介：內務省厚生局第六課課長
筧勇：內務省厚生局第六課第十九組副組長
神內：「ZERO TECHNOLOGY」公司奈米機器人研究所所長
井口啟太：「ZERO TECHNOLOGY」公司奈米機器人研究所所員
米娜・桑切斯：美國聯邦警察局搜查官
八田亞季：八田輝明的妹妹
麻田幸雄：「ZERO TECHNOLOGY」公司前身——「麻田腦科學研究所」創始者
安：麻田幸雄的前妻
該隱：麻田幸雄與安所生的兒子

如果我的病好了
就會與那孩子成為朋友的

我會鼓起勇氣去拜託他
對他說「我們做朋友吧」
這是一種禮貌吧

那孩子一定
會對我說「ＹＥＳ」

成為朋友以後
我們會整天一起
在房間打打電動
在院子踢踢球
到遠一點的地方冒險

然後到了傍晚
當我們筋疲力盡地回到家
我會這麼對那孩子說
「謝謝你陪我玩一整天」
這是一種禮貌吧

第一章 F等級

1

肉體不過是靈魂的載體。要是說出這種話，會被誤認為宗教人士吧……如果是十年前的話。但是，時代已經改變了。

「傳送率八十五%。脈搏、血壓、呼吸，一切正常。」

我懷抱著祈禱的心情，一邊聽著醫療技士淡淡的聲音。

「本體意識反應微弱。一切順利。」

操作機器的是醫療技士松本徹。他與我年齡相仿，雖然沒問過本人，不過肯定是畢業於優秀的著名大學吧。那個松本正對著三個畫面，內側兩個塞滿數值或圖表，剩下第三個播放的是牆面另一側展開的光景。

那是個統一採用幾近炫目的白，大致呈現立方體的空間。雖然被稱為「手術室」，卻與外科手術室不同。沒有窗戶的乏味牆面上，連接著一台病床，感覺像是停泊在太空中心的太空船。床上躺著一名男性患者，在拱型頂罩遮掩下看不見樣貌。一根粗壯的可動式機器手臂，從牆面伸向頂罩，藉由上下移動，控制頂罩開闔。現在我們所處的位置，正好就在那面牆的後方。

「傳送率九十二%。剩餘時間七分三十秒。並無異常。」

除了病床之外，還有另一個東西停駐於白色牆面上，與病床並列設置，乍見像是按摩椅。那是我用公司車載過來，能以六個球型輪子自行移動的運送車。現在這台仿按摩椅的運送車上，躺著一個姿態放鬆愜意、幾乎與真人大小無異的人形物體。嚴格說來也不是躺，而是被防撞緩衝護墊固定著。

這個人形正是全長一百六十公分、重五十三公斤，以陶瓷骨骼與人工肌肉構成的人造人體，也就是「代體」。

「新型的果然快耶。」

站在我身旁的白衣男性，感觸良深地說。他是負責本案例的牧野三郎醫師。雖然一張圓臉總掛著笑容，卻不是個單純以「溫和」就能形容的人。他剛迎接五十四歲生日，我還買了他一直想要的爵士老唱片作為禮物送他。當然，用的是公司經費。

「代體剛實用化那時候，甚至還得花上老半天呢。」

根據事先寄來的資料，如今躺在病床上的患者姓名是加藤友一。這位四十二歲的公司經營者，騎乘美國製的古典重機撞上貨車。幸運的是，貨車是AI自動駕駛車，沒有司機。反觀加藤，雖然靠騎士裝與安全帽的安全機能撿回一命，卻左大腿骨折、身負重傷，必須住院一個月以上。在病床上瞭解本身狀況的加藤，隨即下定決心使用代體。而且，面對前來病房說明代體種類與性能的松本，開口就拋出這麼一句話。

「把最貴、最新，性能最好的給我送來！」

非常榮幸的是，我們公司「TAKASAKI MEDICAL工業」的TMX507S就這樣雀屏中選。

「傳送率超過九十九％。即將完成。」

就在當下，加藤的意識，又或該稱為心，也正持續抽離受傷的肉體，經由塞滿牆壁內部的傳送裝置，被送進代體的腦部裝置。只要傳送完成，加藤的心就會以代體為全新載具，回歸日常生活。在此期間，失去主人的肉體則專注接受治療。如此一來，不但能避免因住院而中斷社會活動，更重要的是還能擺脫治療所造成的痛苦與不自由。也有報告顯示，肉體在心被傳送走之後，治療所需時間也會隨之縮短，治療效果也會提升。

只是，代體現在雖然已經達成量產，仍然維持高價，不是每個人都能輕鬆利用。設有傳送裝置的醫院有限，健康保險也不給付。儘管如此，各界仍高度看好代體日後能在以先進國家為主的各國中，發展成為龐大市場。

事實上，代體在美國、中國還有歐洲、中東部分國家等，以富裕階層為主的需求成長幅度顯著。那股氣勢，甚至讓人萌生某種預感，彷彿即將重現過去汽車或手機一路醞釀到最後所創造的成功典範。遺憾的是，我國目前就代體普及率而言稍嫌落後，其實只要嘗試改變觀點，代體也可以說的確擁有龐大市場潛力。

「傳送率百分之百。本體的意識反應，消失。傳送完成。」

「那麼，八田，開始吧。」

從現在開始，終於輪我接替松本上場了。

TMX507S，被通稱為7S的代體是07系列的最高階機種，同時也是剛上市的新產品。本公司為7S賭上一切的熱情非比尋常。就在前幾天的社內學習會上，不常露面的社長還登高一呼，如此宣示：

「本公司的命運就賭在7S上了。業務部諸位同仁，一同奮起吧！」

在發展中國家的代體市場中，國內外各家廠商激烈廝殺。其中，「TAKASAKI MEDICAL工業」的市占率就連國內，都勉強只達兩位數而已。光靠規模毫無勝算的中小企業，若想倖存就只能以「高性能機種」摸索出一條活路……公司根據社長這樣的經營決策，開出高額報酬挖角優秀技術人員，強化研發體制。而這樣的付出或許收到了成效。7S成功達到九十九・二五〇一%的同步率，獨步全球首度突破百分之九十九%的關卡。這麼說，或許還是有人無法理解，不過這可是劃時代的創舉呢。

總而言之呢，我想表達的是，7S如果能成為熱銷產品，下一次的豐厚分紅就指日可待。相反的，要是初期出貨產品出了什麼差錯，別說分紅了，萬一7S受到出貨停止處分，或被取消國家許可，就連公司存續都會陷入危機。到時候我就會退回原點，變成無業遊民。如此一來，應該就能瞭解我為什麼會說「懷抱著祈禱的心情」了吧。

手術室裡冰冰涼涼的，室溫設定在最適合傳送意識的攝氏十八度。

「那我開始了。」

代體運送車上的感應器一感應到我的ID，螢幕畫面與鍵盤隨即在半空中浮現。這是只有我才看得到的立體影像，不過就像實際存在一樣，能用手調整位置或角度。敲打飄浮在空中的虛幻鍵盤，一開始抓不到手感，總覺得不對勁，習慣了以後其實都一樣。

「怎麼樣？」

牧野醫師對於首度採用的機種，似乎也感到不安。

「所有功能都正常運作。」

我雖然隸屬業務部，同時也擁有所謂「代體調整士一級」這種體面的國家證照。除了此證照持有者，其他人都不准執行代體的維修與調整。所以，只要分發到代體製造商業務部，首先就會被要求取得這種證照，因為沒有證照就無法工作。

調整或檢測代體時，用的是運送車搭載的專用機器。換言之，這台仿按摩椅物體，不單純只是運送車，還是移動式的維修工廠。

「能源單元，百分之百確認。循環機啟動。」

我用鍵盤輸入指令，能源隨即從內建於代體心臟部位的單元循環至全身。當全身各處獲得充分能源後，加藤應該就能憑藉這台代體睜開雙眼。要是醒不來，就很有可能是出問題了。那種情況，必須儘速將意識傳送回本體。因為，一旦二十四小時之內無法讓傳送到腦部設備的意識覺醒，就再也無法復原。人類的意識並沒有備份這回事。換言之，到時候加藤實際上就等同於死亡。

不用說，所有能設想到的危險，事前就已經透過牧野醫師與松本向加藤說明過，並在本人同意後在同意書上簽名。只是，很少有人會認真擔心到那種地步。

已經差不多該醒了，代體光滑的頭部卻毫無變化。牧野醫師也默默守護眼前情況。曾幾何時已經進入手術室的松本或護士，也在旁待命，準備因應緊急狀況。

「八田……」

就在牧野醫師發出聲音時。

原本始終暗沉的代體頭部，頓時轉亮，隨後浮現一張男性面容。是加藤。

手術室的氣氛隨之舒緩。

「回神了嗎？」

儘管牧野醫師出聲問，加藤也只是眼神茫然，任由視線隨處遊移。

頭部顯現的3D影像，是根據被傳送過來的意識自我形象，利用CG（電腦繪圖）合成出來的。取代雙眼的眼部攝影機，還有發揮耳朵功能的收音麥克風，都嵌入與人體幾乎相同的位置；唯有發聲用的揚聲器是位於胸部。嗅覺的回饋功能尚未達實用階段，7S也沒有採用。

「傳送順利結束了。請暫時不要移動身體，保持這樣直接移動到復健室去。」

「等、給我等等。」

CG的嘴巴動了起來，從胸部傳出聲音。發聲系統是美國的ACE公司所製，人聲重現度非常高。

「我的身體……」

牧野醫師使了個眼色。我點頭，從鍵盤輸入指令。耳邊傳來消氣聲，原本固定代體頭部的防撞緩衝墊消了下去。

加藤重獲自由的頭部，一個勁地猛然抬起。

「啊，不要一下子動這麼大。慢慢來。」

加藤雙眼看向不自覺出言干涉的我，看來好像想不起來我是誰。現在光是為了掌握周遭狀況，就已經耗盡精力了吧。

「這裡喔。」

對於牧野醫師的聲音，他也乖乖聽從。

原本覆蓋病床的可動式拱形頂罩，已經被粗壯的機器手臂卸下。加藤略顯福態的身軀被包裹在水藍色病患服中，動也不動。頭部看來沒有明顯外傷，慘白的臉龐惹人同情。骨折的左腳正以金屬線進行骨骼牽引，今後將展開正式治療。

「那是，我嗎……？」

那是什麼感覺呢？從外部眺望自己的肉體。我雖然是代體製造商的業務部員工，卻從沒使用過代體。

「差不多能送走了嗎？」

牧野醫師問，加藤隨之點頭。

成為空殼的肉體，之後將在代體使用者的專用病房中接受治療。處於脫離意識狀態的身體，基本上就是臥床不起，所以必須對皮膚施予防褥瘡與感染的處理，還要以電脈衝刺激防止肌肉退化，另外為了維持關節與內臟機能，也需要特別的營養管理。

加藤目送自己的肉體從手術室被推出去。

「好奇妙的心情。」

加藤以隱含困惑的聲音說。

「感覺我好像死了。」

儘管只是暫時性的，他正經歷與本身肉體分離的體驗。也有很多人會因此情緒混亂，又或懷抱疏離感，所以醫院也對此提供心理諮詢服務。

「從現在開始，由剛剛介紹過的代體製造商一級調整士接手負責。八田，請吧。」

「是的。那麼，加藤先生，就請您暫時維持這樣的姿勢，我會移動椅子。」

我從鍵盤輸入指令，運送車隨即發出「喀恰」的微弱聲響，脫離牆面，開始緩緩移動。它接下來會自動前進到目的地去。

人造人體或許可說是結合了尖端科技的菁華，不過追根究底還是機械。雖然不可能做到像共處數十年的肉體那樣自由操作，卻可以做到盡可能接近那樣的狀態。至於代體與肉身動作能做到多一致，這方面以數值表現出來就是同步率。換言之，所謂的「同步率九十九％」，意思就是擁有的性能，能夠重現九十九％的肉身人體動作。只是，此數值終究也只是最大數值。為了激發出足以達到最大數值的性能，根據每個人不同個性微調是不可或缺的工作。而這也正是代體調整士大展身手的時候。

明亮開放的復健室，不論什麼時候都很熱鬧。患者在療法士的陪伴下或是沉默，或是開朗地一邊聊天，同時接受機能回復訓練。

其中也有代體的身影。比7S矮胖的那台機種，應該是「TERA BIO」公司的「MARKⅡ」。肩膀附近有稜有角的骨骼很有特色，從遠處也能清楚辨別。所以，那台代體正在交談的對象是「TERA BIO」的負責人嗎？大概是為了開始使用後的再次調整而來的。業界最大的「TERA BIO」，對於我們「TAKASAKI MEDICAL工業」而言是最大敵手……雖然想這麼說，但是就實際狀況而言，我們不論企業規模或營業額都差人家一截，根本沒得比。只不過，要是比代體性能，我們應該不會輸。特別是這台7S，本來就是以「打倒MARKⅡ」為口號研發出來的。「TERA BIO」的負責人似乎也很好奇我們公司的新產品，從剛剛開始，就不經意地頻頻往這裡偷瞄。

至於這位備受注目的7S的操控者加藤，十五分鐘前就已經抵達復健室，如今還是在運送車上不動如山。他撐起上半身後，就只是雙手張開再握拳、握拳又張開。只見他以不可思議的神情，凝視包裹著人工皮膚的手指動作。唉，他的心情，我也瞭解啦。

根據螢幕畫面所顯示的數據，這個階段也都達到同步率九十五％了。只是，他接下來不幫忙動一動的話，也沒辦法進行調整啊。

「加……加藤先生，要不要試著站站看呢？」

聽到我第N次催促，他這才抬頭看我。

「啊，啊～對耶。」

加藤彷彿逐一確認動作似地以雙臂支撐體重，雙腳伸向地面。我刻意不幫忙，只是在旁觀看。同步率有九十五％，應該能靠自己站立才對。加藤接著以甚至超乎我預期的敏捷動作，踩到地面、站了起來。

「……實在是，太驚人了啊。這就是代體呀。雖然都聽過說明了……」

他在全身鏡牆前，雙臂大張，那張臉眼看著就要大笑出聲。

代體頭部是倒立雞蛋型的鈦合金，光滑的表面噴上３Ｄ顯示粒子，從中映射出加藤的臉龐。另外也能使用人工肌肉製作出酷似本人的臉型，取代３Ｄ顯示，但是沒人想要那種詭異的東西。最重要的是，那種做法會讓價格三級跳、延長交貨日期，代體的優點隨之減半。

代體從手腕開始到最前端，使用細膩嵌入熱觸覺感應器的人工皮膚，其餘體表面都覆蓋一種稱為「材料裝」的伸縮性材質。這種材質也嵌入了感應器，只是比人工皮膚的數量少、敏銳度也較低。

材料裝的主要功能是在保護代體，不過顏色或設計都能配合個人喜好、自由選擇。加藤的材料裝，是在具光澤感的紅銅底色上點綴黑色重點線條，就像科幻電影裡登場的大反派戲服。

「那麼，加藤先生，請試著在墊子上走走看。慢慢走就行囉。」

搭載於運送車上的調整用機器，與加藤的代體仍處於無線連接狀態。代體的各種數據，都會即時顯示於只有我看得到的螢幕畫面，而我從鍵盤輸入的指令，也會透過調整裝置，傳送到代體。

「喔，真的可以走！」

的確，加藤沒有跌倒，正在走路，只是動作生硬笨拙。他的左右搖擺很明顯，手部擺動與腳步踏出的時機，就是有種莫名的不協調感。是什麼破壞了連動性呢？我叫出數據仔細查看，果不其然，平衡器的同步率很低。手腳位置或姿態資訊持續從各部位感應器傳送至腦部裝置，不過相關處理似乎並不順利。

「加藤先生，請暫停一下。」

「為什麼要停啊。我可以走得很好嘛。」

一旦養成錯誤的步行習慣，事後想再修正就很麻煩。要改就得趁早。我操作鍵盤，微幅調低平衡器等級。就算是肉身人體，邁入中年後反射神經與平衡感都會衰退。對於習慣這種狀態的人而言，代體的平衡器的確過於敏銳了。

「請再走一次試試看。」

「哇～！」

他才剛踏出一步，就發出聲音。

「原來如此啊。跟剛剛完全不同。真的好像自己的身體喔。」

加藤對我投以滿足的笑容。「你這傢伙，還真有兩下子嘛」，他以眼神如此示意。但是老實說，這並不是我的能力，而是7S的性能。與之前的機種相比，調整起來格外容易。感覺只要一調整，機體反應就能忠實呈現出來。之前藉由模擬，本以為早已瞭解7S的規格了，但是這傢伙還真的是超乎想像。「TERA BIO」的負責人偷偷窺視這邊。他大概也看出了7S的實力，驚訝得目瞪口呆。

前進步行逐漸變得流暢後，我們進一步嘗試後退、側走、單腳站立、各種方向慢跑，同時一邊微調各感應器。最後一個步驟，是用復健球投接球。想要流暢執行「接球後再扔回」這一連串的動作，就須要以絕佳平衡使用全身的人工肌肉，而且還必須巧妙地讓各部位肌肉連動。加藤在這個步驟中，同樣是不費吹灰之力地過關。

「這麼一來，好像就沒問題了呢。」

我再次以螢幕畫面確認，同步率已達九十八．三三〇七％。剩下的在日常生活中會自動修正，二十四小時之內應該就會超過九十九％。

今天，我的工作就到此為止了。我用鍵盤傳送指令，切斷代體與調整裝置的連結。從這個瞬間開始，加藤就會以一個獨立個體的形式活動。

「請記得，千萬不要企圖勉強活動。代體的人工肌肉要是負荷過重，就會僵硬化，有時候還可能因此斷裂。」

「不能發揮像超人一樣的力量喔。這東西，也算生化人吧。」

「說到底，畢竟是醫療用的。」

加藤在鏡子前，開始模仿起影子拳擊。看起來還蠻像樣的。

「我明天會再來打擾。到時候，再進行最終確認吧。」

「到時候就能出院了吧。」

加藤韻律十足地接連使出刺拳，劇烈運動可能造成人工肌肉損傷，不過這種程度應該沒問題吧。

「我想，出院還是得先接受諮詢。」

「本大爺還要諮詢？不需要啦，那種東西。」

「颼」一記右勾拳低鳴出聲。

加藤似乎十分滿意7S，他喜歡當然最好，只是更要緊的是還有一點不能忘記。那就是，代體並不是能毫無限制地持續使用。

例如，即便本體治療尚未結束，三十天期限一到就必須歸還。因為，代體的腦部裝置或人工肌肉耗損的能源，都儲存在內建單元內，容量只有三十天。緊急情況下所使用的備用單元內也有儲存能源，就算納入備用能源，總共也只有三十一天的量。要是能源耗盡，意識就會消失。可能有人會覺得，既然如此交換全新單元不就好了？但是，代體構造目前礙於人為限制是無法做到這一點的。法律就是這麼規定，只要違反就無法取得製造許可。

試想，要是能毫無限制供給能源，半永久性地藉由代體活動，那就是事實上的「不老不死」了。屆時，就必須被迫檢視眼前棘手到極點的道德倫理問題。現代的人類社會，還沒準備好面對那些問題。所以，目前才會用法律事先踩了煞車。

話雖如此，事實上就算不用法律刻意限制，當下這個時間點還是不可能以代體做到不老不死。首先，扮演代體中樞角色的腦部裝置，並無法長久維持。嵌滿腦部裝置的人工神經元複合體，在意識進駐後啟動，同時開始活動後，一旦超過約三十天，機能就會開始衰退。

即便就臨床層面而言，長期使用代體也不理想。要是肉身人體處於脫離意識狀態過久，恢復意識後的復健工作也會非常吃力。不論多麼徹底執行定期電刺激或營養管理，都很難完全防止肌肉或內臟退化。特別是年過七旬的高齡者，很容易出現吞嚥困難的問題，所以建議代體的使用期間限制在兩週之內。

話說回來，代體的使用雖然有諸多限制，畢竟能避免治療初期最艱苦的時期，對於患者而言，毫無疑問地是一大福音。這一點，從加藤昨天頭部顯示器所映射出的表情，也很清楚。

我與卸貨後變輕的運送車一起回到公司車那裡，向上條分部長報告7S已順利交貨。今天還得再跑一家醫院才行。這次不是交貨，而是回收使用結束的代體。回收後的代體會在工廠解體，除了少數能回收的零件，其餘完全報廢。代體基本上就是用完即扔。

由於已經事先輸入醫院所在位置，車子接下來會以自動駕駛載我過去。我的身體陷入座椅，沉浸於工作告一段落的充實感。

我們公司的7S，今後有段時間將會是代體的世界標準。其他製造商也會以7S等級，作為要求自家公司新產品的最低標準吧。就連我們公司，也都開始著手研發比7S更上一層樓的08系列。代體還存在一些必須解決的問題，不過今後勢將持續進化。雖然目前僅限於醫療領域，日後如果單價能降低，意識傳送能變得更容易，運用範圍也會一口氣擴大吧。屆時，我們的生活將徹頭徹尾改變，或許還會影響我們對事物的思考。代體將擁有無限可能……

腦中警報響起，是來自公司的緊急聯絡。輕觸左手腕戴的護腕型端末「李斯特」，隨即可以聽到上條分部長沉重的聲音。

『八田。不好意思，代體回收可以延後嗎？』

現在聽到的聲音，並不是以空氣中的音波形式傳送，而是我的腦部將「李斯特」直接傳送進來的訊號，判讀為聲音進而感知。

（發生什麼事了嗎？）

我在腦中回答的話語，同樣透過「李斯特」，經由通訊線路被傳送到上條分部長那裡。

『剛剛接收到事故聯絡。是F等級。』

「F等級？」

我不自覺出聲。

『資料都已經傳過去了。請你立刻趕到現場。』

（可是車上只有裝載7S的運送車耶。）

『那邊已經準備好了。到那邊去接收。』

（……瞭解了。）

我從「李斯特」叫出資訊板，懸浮的虛擬畫面，顯示上條分部長傳送過來的資料。事故發生地點為輝夜醫院。我們還沒向這間醫院出過7S，交易成果以06、07系列為主。變更公司車的目的地後，顯示抵達需時二十分鐘。

「說是F等級……」

F的定義是〈對使用者而言為致命性〉。是鮮少……不，該說是絕對不會發生的問題。

發生事故的使用者，叫做喜里川正人。

使用代體是07R。
想起來了。
「……是那個人嗎？」

2

「當場死亡耶。」
倒在地上的是還年輕的男性。髮色黑中帶紅，濕濡雜亂，從該部位滲出的液體蓄積在路面上。他的臉部不可思議地毫無損傷，半睜的雙眼毫無光彩，嘴角頹然鬆弛。
「是從那裡嗎？」
鹿野仰望公寓，室外階梯一路延伸到屋頂。階梯設有手扶牆，但是成年人想翻越可說是輕而易舉。現在，正爬上階梯的人是高梨。那是為了判定墜樓現場。如果留有遺書就能確認是自殺，若有打鬥痕跡，則必須將殺人案的可能性列入考量。
「有沒有什麼發現？」
鹿野以「李斯特」呼叫。雖然只要在腦中默唸就能通訊，還是實際發出聲音比較輕鬆。
『沒什麼特別發現。』

「應該會有什麼才對。再找。」

正在調查屍體的是鑑識組。組長西谷凝視著掛在脖子上的裝置螢幕。那是DNA比對裝置。只要將頭髮或血液等檢體置入，經過數分鐘解析，警察局資訊庫就會篩選出符合的人物。現在正在等資料庫結果吧。

一開始接獲報案時，救護車也趕赴現場，確認人已經死亡後，又立刻回去了。救護車是為了救助還活著的人，並不需要屍體。

事發現場周遭聚集著圍觀人潮。是要去上班的人吧，儘管擔心時間，卻敵不過好奇心而駐足。話雖如此，不管他們再努力，都是看不到屍體的。

現場周圍，利用被稱為「白色鐘罩」的空中影像圍起了隔牆。從鐘罩內側看是無色透明的，從外面看就如同名稱所示，會投射出彷彿被拱型鐘罩蓋住的景象。那個鐘罩掀開時，展現在眼前的並不是頂級的法國料理，而是慘不忍睹的屍體，實在不適合一大早觀看。

「鹿野前輩，DNA的比對結果出來了。」

西谷組長如此告知。

「沒想到還蠻花時間的。」

「其中好像有什麼隱情。」

「開場白就免了。」

「安藤武務，二十九歲。有人提出搜索申請。而且，相關資訊還被加密，加密的還不是警察。」

「是哪裡？」
「上面寫不明。」
「還有『不明』這回事啊？」
「追不到連結源頭啊。」
鹿野咂嘴。
「看這情況，好像比想像中棘手。」
「相關資訊也比我們更早一步，傳送到加密者那裡去了吧。」
「這麼說來，也差不多該有動作了。」
有通訊進來。
發訊者是楠木。
相當於鹿野的直屬上司。
「是不是！」
兩人交換苦笑。
鹿野觸碰「李斯特」。
「是是是，怎麼啦。」
『任何人都不准碰安藤武務的遺體。』
沒有任何開場白。

「理由呢？」

『上頭的指示。』

「上頭就是你吧？」

『比我更上頭。總之先等等。』

「鑑識早在那邊弄來弄去囉。」

『快中斷作業。』

「要中斷到什麼時候？」

『到我說可以為止……』

鹿野逕自斷訊，吐出一句「吵死人了」。

「結果是哪裡？加密源頭？」

「聽說是上頭。」

「那，我們可以像這樣繼續下去嗎？」

「沒關係吧。」

短短十分鐘之內，遠處便傳來鳴笛聲。那邊有道直伸天際的紅色光柱，鳴笛聲就來自於光柱下方急速行駛的救護車。車子以猛烈的速度駛近。

鹿野出聲嘲笑。

「哇，這群人還真脫線啊。幹嘛又派救護車來？早就是屍體了。」

嗚笛聲與紅色光柱逼近眼前，圍觀人潮空出一條路來。出現的不只救護車，銀色轎車也幾乎在同時間抵達，從車號可以看出是公務車。就在車子即將停下之際，車門開啟，裡面的人先後跳出。總共三個人，全身被西裝包得密不透風。渾身散發菁英氛圍的討人厭傢伙。來人面對白色鐘罩，同樣毫不猶豫地直接衝進來。帶頭的男人一見鹿野他們，立刻怒吼。

「給我離開！沒聽到命令嗎？」

鹿野不自覺握拳。他不知道這些人是打哪來的菁英，但是像這樣不被人放在眼裡，誰受得了啊。男人腳步毫不減速地朝這邊走來。他的臉部僵硬，充血的雙眼眨都不眨。

「這傢伙，是準備幹架嗎……？」

鹿野放低重心、嚴陣以待，男人卻從他身邊乾脆走過。鹿野愣了愣，視線追了過去，只見男人蹲到屍體旁邊，用一台奇妙的機器貼在屍體頭部。

「怎麼樣？」

身後隨即傳來另一個聲音。讓鹿野差點不自覺地立正站好。

「有反應，還活著。」

蹲著的男人回答。

「好，立刻搬走。」

背後的男人這麼命令後，觸碰「李斯特」，

「製造商那邊準備得怎麼樣……叫他們快一點。我們十分鐘就到。」

這人在那群人中是老大吧。仔細一看身材矮小，甚至比鹿野個頭還小，但是目光卻毫不留情地震攝四周。話雖如此，我們一路走來什麼大風大浪沒見過？

「喂，我說你！」

對方彷彿首度察覺似地看過來。

「您哪位？」

「第二地區警察局的鹿野。」

「怎樣？」

「你們不是警方的人吧。哪一局的？隨便跑來插手別人的現場，身為社會人士的基本禮儀都不懂嗎？」

「這件事應該已經事先疏通過了。」

「現在是叫你說明情況。『還活著』是怎麼回事？頭也破了，全身骨頭四分五裂，心臟也停止了。怎麼看，都已經死了啊。還是怎樣，那具屍體是活屍什麼的嗎？還是被外星人附身，等一下要送到奇奇怪怪的研究所，進行什麼復活儀式嗎？說話啊！」

「事後會提出報告。現在沒時間。」

男人隨手觸碰自己左肩，半空中隨即浮現法務省標誌，上面還有一個「特」字。

「法務省刑事局，板東。特殊案件處理官。這樣總行了吧。」

「……特殊案件處理官。」

「組長。」

他的視線循聲移動，只見屍體已經不在地面上，徒留黏膩的血漿。救護車曾幾何時進入了白色鐘罩，後車廂門如今也已經關上。屍體在車子裡面了嗎？這群傢伙手腳還真快。

「先走。我們隨後跟上。」

「喂，不要在那裡自作主張……」

板東不耐的視線瞪過來。

光是那樣，就讓鹿野喉頭一緊。

救護車的紅色光柱直伸天際，發出響亮鳴笛聲後逕自出發。

板東一個轉身。

「走了。」

然後搭上銀色公務車，揚長而去。

鹿野以「總算結束」的心情，吐了口氣。

「剛剛那男人，說是特殊案件處理官嗎？」

負責鑑識的西谷站在一旁說。

「嗯……」

「法務省也有啊……我還以為只有內務省有呢。」

「真是的，莫名其妙的事情還真是一樁接著一樁。」

鹿野說著用腳踹地。

3

據說，這個房間平常是醫院社工使用。安靜是安靜卻有些狹窄，07R用的運送車運進來時，還必須把桌子挪到牆邊。

如今躺在運送車上的代體，穿著貼身的藍條紋襯衫與白色褲子。喜里川正人對於包覆代體的材料裝，特別選擇簡單樣式，那是能讓人享受穿搭樂趣的款式。

我在一旁的椅子就坐，逐一確認虛擬畫面上顯示的資訊。每個地方都沒有異常。他所使用的TMX507R正常運作中。這消息或許也安慰不了本人就是了。

「還剩多少呢？」

光從聲音判斷，他還沒從恍惚狀態恢復過來。頭部3D顯示器所浮現的端正臉龐，仍舊面無表情。

「光主單元，還有一百九十八個小時又四十五分鐘。另外備用單元則有二十四小時的量。」

「不到十天呀。」

喜里川正人現年三十二歲、單身，任職於電子機器大廠的研發部門。之前在公司健康檢查時發現惡性腫瘤，必須住院一個月。如今的癌症治療，是利用奈米機器人攻擊癌細胞。體內注入醫療用奈米機器人的患者，會被限制與外部人士接觸。順便補充一下，我們傳送意識到代體時，前置處理階段也會將大量奈米機器人注入患者腦部。奈米機器人如今已經成為醫療要角。

話題回到喜里川正人身上，他本來必須停止工作，不過大概是珍貴人才吧，公司願意負擔代體的使用費用。如果員工是為執行業務使用代體，該費用可以列入公司公費計算，稅法上也允許這種做法。

之前本體治療進展順利，腫瘤也幾乎都消滅了。到了今天卻引發嚴重肺炎，陷入危險狀態。據說是因為奈米機器人把正常細胞誤認為癌細胞，發動攻擊所致。院方隨即施打讓奈米機器人無效化的疫苗，但是為時已晚。

正在使用代體工作的喜里川正人接獲通知，隨即趕赴醫院，面對的卻是自己瀕臨死亡的肉體。他被迫面臨抉擇。是要回到本體，還是就這樣留在代體。就在他猶豫不決時，本體的心肺功能戛然而止。醫護人員拚命搶救仍然回天乏術，最後就根據既定規則宣告死亡。這等於宣告，喜里川正人永遠喪失了回歸之處。

「可以幫我再傳送到新的代體嗎？那樣的話，我就能更長時間活動，也能繼續工作，對社會有所貢獻。」

他當然也明白，那種行為是法律所禁止的，事前也都聽過說明了。進一步而言，他簽名的同意書上，應該也都清楚記載了代體使用中本體死亡時，會有什麼處置。

一陣高亢卻無力的笑聲，突然從胸部揚聲器傳出。

「這樣未免也太奇怪了吧。明明還有活下去的方法，卻不能用。自己說可能有點那個就是了，但是我很優秀耶，多少也有獲得特殊待遇的資格啊。所以，公司才會用公費讓我用代體。我明明還能繼續活躍下去，還有好多能做、想做的事。我的人生才剛開始啊，結果卻……」

本體死亡後，僅剩意識還存在代體裡面，那個人可以說還活著嗎？還是該視為已經死亡了呢？法律上對此姑且有了定論，那就是「肉體的死亡等同一個人的死亡」，同時也明確記載：「殘存於代體的意識，必須獲得人道對待。」此外，也不會以「死期將近」為由，限制代體的使用。事實上，也有案例是來日無多的人，刻意將意識轉到代體裡，希望盡可能爭取存活於世的時間。只是，得以離開病榻的喜悅，不過是最初的曇花一現。幾乎所有人到了最後，都會後悔自己的抉擇。代體的能源，最長也只能維持三十一天。只要能源的主單元耗盡，轉換成備用單元後，視線角落就會顯示剩餘時間。一點一滴流逝的生命將以秒為單位，赤裸裸地攤在眼前。人類的精神根本還沒有強大到足以忍受這種情況。

「剩不到十天，是要我幹嘛呢？用這副身體，不但沒辦法吃好吃的，不能喝酒，也不能做愛。所謂的樂趣，頂多就是看書或看電影。但是我對於那方面的興趣，就像不曾存在過一樣，現在變得完全沒興趣了。我好像比自己想像中還要來得俗氣啊。」

3D顯示器浮現扭曲的笑容。在7S問世之前，這台07R曾是07系列中最高級機種。顯示器的表現能力算是很強的。

「我，現在已經，不能死了吧。因為我的肉體已經死了。我之後會體驗到的，單純就只是消滅而已。」

是因為運送車採休閒躺椅設計的關係吧，使用者常會在我們調整時吐露心聲。不把這些話當耳邊風，認真傾聽，也是代體調整士的重要工作。所以，在取得證照的國家考試中，也會考心理學或諮詢知識。

「該怎麼對父母說才好啊。劈頭就說，不好意思，我死掉囉？但是他們兩個都是很老派的人。從頭說明，會累死人吧。」

聲音變細了。這台代體同樣搭載ACE公司製發聲系統，幾近殘酷地忠實呈現出他的心情。

「別說代體了，就連生病的事也沒提呢。本來以為反正治得好，不想讓他們白操心。畢竟，奈米機器人引發重症副作用的機率是〇・〇一％以下，據說一萬個人裡面頂多一個而已。怎麼想得到，自己就是那一個。」

短暫笑聲過後，3D顯示器映射出的雙眼攫住我。

「你，很狡猾。」

「咦？」

「讓我一個人忙著說話。你已經確認完代體了吧。」

「啊……是。喜里川先生的代體並沒有問題。」

「以前處理過像這次的案例嗎？」

「直接涉入還是第一次。」

「很傷腦筋吧。煩惱著該怎麼面對這種使用者。」

「老實說，看到您被迫處於這種狀況，始終都能保持理性態度，我感到很驚訝。」

「這可不代表我內心平靜喔。」

我點頭稱「是」。

「剛剛講的那件事，是真的沒辦法嗎？新代體的再度傳送。既然肉身人體與代體之間能做到意識傳送，代體與代體之間應該也可能做到吧。」

「技術層面或許做得到，但是因為法律禁止……」

「這我明白啊。但是呢，任何事物都有暗中運作的那一面，這才是人世間的常態吧。一直以來，應該也有人偷偷在做吧。」

「很遺憾的，那種事情實在是……」

「如果我是有力政治人物的兒子，你還能說出剛剛那樣的答案嗎？」

「喜里川先生。」我加重語氣。

「開玩笑的啦！」他隨即以掃興的聲音這麼說。

「調整代體設定，讓意識變得遲鈍呢？像使用鎮靜劑那樣。」

「這也不是說做不到……」

只要縮減能源供給量，就可能抑制腦部裝置的活動。例如，降低到正常值的八十％就會陷入朦朧狀態，跌破六十%就難以維持意識，也就是昏迷。

「看你那張臉，好像不太推薦。」

「我並沒有立場介入喜里川先生的抉擇。一切都尊重喜里川先生的意思。只要不抵觸法律都行。」

「那麼，請你消滅我也行嗎？」

要是被留在代體中的人，提出「精神層面難以承受」，就能獲准執行最後手段——將代體腦部裝置的意識刪除。說起來就是安樂死。在此情況下，由於當事人的肉體功能都已停止，法律上也都認定已死亡，所以門檻會比一般安樂死來得低。處置時，規定除了主治醫師之外還必須有另兩名醫師，外加親人，如果辦不到則須有醫師之外的第三者在場。

「如果您堅持的話……」

「那時候，是由你來操作嗎？」

「是那樣沒錯。」

「你應該不想做吧。」

「說句真心話，的確不想。」

感覺他的眼角放鬆了。

「我可沒打算要說些讓你傷腦筋的話。只是……」

我靜靜等他繼續說。

「……實在沒想到自己的肉體不存在這個世界，心裡會這麼不踏實。」

耳邊傳來敲門聲。

門扉開啟，主治醫師探出臉來。臉上顯露格外嚴肅的表情。

「如何？」

「代體並無異常。」

我回答。

「喜里川先生，公司那邊有訪客過來喔。從剛剛就在病房裡等了。」

喜里川正人置若罔聞。原本回歸平靜的眼角再次出現的情緒，是憤怒。恐怕是針對如今自己周遭所有事物的憤怒。

「請問……要不要請對方到這裡來呢？」

「我過去啦。」

他不耐煩地步下運送車。

「喜里川先生。」

我從椅子起身，他面無表情地瞥我一眼，然後就出去了。

4

他吐了口口水。喉嚨深處還殘留讓人厭惡的酸味。水龍頭的水自動停止，他以手帕擦拭嘴角。鏡中反映出的，是個蒼白的粗眉男子。

進入「TERA BIO」十二年，在業務領域也算是資深老鳥了。就連這樣的自己，都不曾見識那種場面。

他們一大早接獲法務省的緊急要求，不論新機或中古，希望儘速將能夠運作兩個小時以上的代體，送到祇園大學附設醫院。此外也須持有一級證照的代體調整士同行。

代體原本屬於內務省厚生局（註1）管轄。雖然搞不清楚，為什麼是法務省提出要求，卻也沒辦法置之不理。而那項任務，就落到了人碰巧在公司的自己頭上。他今天預定跑的醫院比平常多，所以提早抵達公司準備。

清查公司內部庫存狀況後，他發現除了接單後剛完成的新品之外，還有幾台準備報廢的機器。現在也不可能調用馬上就得交貨的代體，只好選擇使用完的機器。於是駕著公司車到倉庫，選擇狀態良好的機器，送到祇園大學附設醫院。然後……

「佐山先生。」

走廊傳來聲音，預備室的門被打開。

「差不多該準備了。」

送進祇園大學附設醫院的代體，是CX2204MkⅡ。一般通稱為TERA MARKⅡ。這款雖然是「TERA BIO」出產的最新型代體，但是在「TAKASAKI MEDICAL工業」的TMX507S問世後，無法否認的感覺上確實有些遜色。話雖如此，「TERA BIO」畢竟是總公司設在美國的國際代體製造商，在日本國內也是以五十%以上的市占率傲視業界的最大公司。佐山確信，公司很快就能完成性能更好的代體。

根據殘留於代體內建晶片的資訊顯示，這台MARKⅡ的使用者是三十九歲的男性。意識傳送的二十天後，平安無事地回到了本體。在意識輸出的那個時間點上，代體搭載的腦部裝置就會被初始化，話雖如此，卻沒辦法無條件地再次利用。

構成腦部裝置各模組的人工神經元複合體，會從意識覺醒的瞬間開始劣化，雖能維持正常的日常生活三十天，當意識回到本體，單元停止供給能源後，劣化就會隨之加速。因為，一旦人工神經元複合體開始活動，光是維持下去都需要損耗能源。要是腦部裝置劇烈劣化，就算單元仍殘留能源，代體也無法十全十美地發揮效能。所以，佐山在確認倉庫中使用完的代體時，除了單元的能源殘存量之外，還必須考慮腦部裝置的劣化程度。

佐山所選擇的MARKⅡ，距能源供給停止不到二十四個小時，劣化也與「嚴重」沾不上邊。

註1：「厚生局」：日本主管醫療、衛生、社福等相關業務的機關。

兩小時左右的運作，應該沒問題。如果遵循一般使用方法的話。

「傳送完成。」

醫療技士的聲音一響起，眾人視線隨即投向佐山。如今在這間操作室中，包括四名法務省職員、祇園大學附設醫院的醫師、護士，還有操作傳送裝置的醫療技士齊聚一堂。

「那麼，就麻煩你了。」

自稱板東的男人這麼說。他是法務省刑事局的特殊案件處理官，雖然身材矮小，卻擁有冷冽雙眸。光是無言地點頭回應他，對於佐山而言都已經是勉勉強強了。

從操作室一進入手術室，一陣再次引發嘔吐感的臭味襲來。ＭＡＲＫⅡ被固定在運送車上，連接著牆上的傳送裝置。

「頂罩就那樣別動。」

板東告知技士。可能是考慮到佐山。

躺在頂罩底下的是，從公寓緊急逃生梯跳樓、企圖自殺的男性。心臟不再跳動，沒有血壓，呼吸也已經停止，體溫等同於室溫。裂開的頭部為了避免內容物繼續流出，被包上半透明的醫療墊。不論怎麼看，都是貨真價實的屍體。

別想那些有的沒有的，按照平常流程做就是了。佐山這麼說服自己，接著從代體運送車叫出虛擬畫面與鍵盤。專注在數字上！其他什麼都沒看見。別感覺！別思考！

「循環機，啟動。」

他以僵硬的動作輸入指令。虛擬畫面亮起循環機啟動的燈號。ＭＡＲＫⅡ各部位的能源量緩緩增加。一般說來，超過一定數值後頭部就會亮起，浮現本人臉龐。那就是意識覺醒的徵兆。

只不過，這並非一般案例。現在談的是從屍體抽出生前意識，再以代體重生。

手術室內的氣氛開始波動。

ＭＡＲＫⅡ的頭部已經轉為明亮。

這台代體中，的確有人的意識進駐。但是那意識，是剛從隱藏在頂罩下的屍體那邊傳送過來的。

突然一陣窒息感，原因並不是屍臭。祇園大學附設醫院的職員，也都以惶惶不安的表情面面相覷。一位女護士的表情染上恐懼。

法務省諸公則形成鮮明對比，全都以一副「接下來才是問題」的樣子，凝視ＭＡＲＫⅡ。

事實上，ＭＡＲＫⅡ的頭部雖然亮了，臉龐卻沒有顯現，只詭異地浮出三個朦朧的黑影。當佐山發現黑影正好就在雙眼與嘴巴的位置時，全身爬滿了雞皮疙瘩。

「……我……是……誰？」

「發生了什麼事？」

板東並未顯露絲毫動搖。

「……我……我……在哪裡？」

感覺像雙眼與嘴巴的影子晃蕩曳動，影子的濃淡不穩定地蠢動。

「什麼都好，快想起來。你為什麼會失蹤？發生了什麼事？」

「誰……我是……誰……這是哪裡？」

「佐山先生。」

突然被板東唱名，佐山差點沒跳起來。

「請提升意識等級。」

「等級……？」

「只要增加腦部裝置的能源供給量，應該就能提升覺醒等級。」

正如他所言，解除限制器、增加供給量是做得到的。如果將更多能源輸送到腦部裝置，就能暫時提高意識的覺醒等級。

「但是，那樣會對腦部裝置造成極大負荷。最糟糕的情況，還會引發熱失控。進駐的意識會被消滅的。」

「不要緊。」

佐山懷抱著求救的心情，窺探醫師臉龐。祇園大學附設醫院的醫師以僵硬的表情，接收佐山的視線後，彷彿下定了決心。

「板東先生，做這種事真的沒問題嗎？遺屬應該還沒接獲通知吧。這件事要是被發現的話……」

「由我負責。你們不用擔心。好了，佐山先生。」

還是得硬著頭皮做了嗎？

佐山重新轉向虛擬畫面。現在必須解除限制，啟動E模式。這本來應該是救回意識的緊急手段。

模擬訓練時試過，實際上卻從來沒有使用過。

「E模式啟動。解除限制器。能源循環量增量至一百一十%。」

傳送指令後，MARKⅡ頭部的亮度只微幅提升，三個黑影也變黑了。不過，終究還是黑影而已。

「請再往上提升。」

銳利眼神射向這裡。

佐山將能源循環量提高到一百三十%。但是，變化還是僅止於頭部亮度提升，影子變黑而已，意識的回答並沒有變。

板東再次要求增量。佐山按照指示，輸入數字。一百五十%。這個數值已經逼近上限了。即便如此，揚聲器發出的話語還是不見任何變化。

我，是誰？

我，在哪裡？

如此一再重複的死者之聲。

染上死屍臭味的空氣，飄盪著束手無策之感。

板東深吸口氣。

「調到兩百%。」

佐山不寒而慄，頭轉向一旁。

「腦部裝置是撐不到一分鐘的。」

反彈回來的只有沉默。

（王八蛋，這可不是我害的喔……）

輸入。兩百％。就連模擬訓練都沒見過的恐怖數字。就在他想傳送指令時，虛擬畫面出現警告。

〈對腦部裝置造成損傷的可能性極大〉

他無視警告，傳送出去。流進腦部裝置的能源量，突然以急遽曲線直線上昇。ＭＡＲＫⅡ的頭部亮度，變得幾乎能夠照亮周圍。原本看來只像影子的東西，內部開始出現輪廓。現在可以很清楚看出，那分別是雙眼與嘴巴，慢慢變得像人臉了。那張嘴巴大張。

「嗚……啊啊……嗚嘎啊啊啊……嘎啊啊啊啊啊。」

耳邊響起無法說是慘叫，也不能稱為呻吟的聲音。

板東的臉，湊到幾乎能觸碰到ＭＡＲＫⅡ頭部的距離。

「什麼都好。想起來的就說。是什麼把你弄成那樣的！」

「啊啊啊……我……哈啊啊啊啊啊……」

畫面再次出現警告。

腦部裝置的溫度。

已經超過冷卻性能的容許範圍。

「這是極限了。再繼續下去，就會開始熱失控。」

「繼續！」

「但是……」

「啊啊……我……我……啊啊……變成……這樣。」

「怎麼樣？發生了什麼事？」

「啊啊啊……不要……別過來……啊啊……我……救……」

「是什麼？看到什麼了？快說！」

「塌下來……要塌下來了……嗎，嗎……嗎啊啊啊啊啊……咕啊啊啊啊啊啊啊啊啊啊……咯。」

閃光炸裂。

佐山不自覺閉上雙眼，低下頭。

紅色殘像在眼瞼內部擴散、消失。

手術室籠罩在空虛的靜寂中。

他睜開雙眼一抬頭，只見MARKⅡ頭部已經沒有光亮，像影子的東西也消失了。虛擬畫面染上一片豔紅，忽明忽暗。緊急情況發生。等級F。

「……是熱失控。所有系統損毀，意識被消滅，無法修復。」

佐山胸口逐漸湧現一股莫名其妙的憤慨。什麼東西？這種全身都想顫抖的情緒。彷彿目睹莊嚴事物時的畏懼心情。

「組長。」

板東起身，回過頭。

「還有九台。」

他眉毛動也不動地這麼說。

5

根據我目前手上的數字顯示，需要住院超過兩週的病患中，使用代體的人只有區區一．四%。這是國內去年的統計，代體雖然已經慢慢普及，但也僅止於這個程度而已。

使用率成長遲緩最大的原因，終究還是對於離開自己的身體感到不安或排斥吧。這種感覺與一開始相比是淡薄了不少，不過至今仍然深植人心。但是，根據這項調查，代體的實際使用者滿意度提升到了八十六%。所以說，只要嘗試使用看看，就能實際感受到箇中益處。而且，代體由於具備了「讓人類意識進駐」的特殊機能，安全面可是經過層層嚴密考量的。實際發生問題的機率，遠比自動駕駛車發生衝撞事故還低。說到底，目前還沒有接獲任何一件代體為直接原因的死亡事故報告。喜里川正人的案例，根本就是治療用奈米機器人失控造成的，代體並沒有責任。

第二個原因是價格問題。雖然目前因量產進展順利，已經便宜了不少，不過還是得付出足以購買一台中古自動駕駛車的價錢。為了一個月後用完即扔的消耗品，捨得付這麼一大筆錢的人畢竟不多。只是關於這一點，我也沒那麼悲觀。我會這麼說，是因為業界發展至今，已經開始對此祭出全新對策。例如，已有部分醫療保險以選擇權的形式上市。也就是「代體費用特約」。一般的醫療保險如果附加這項特約，保險就能給付代體支出費用。這種特約一旦普及，代體就能一下子貼近人們的生活。

第三是對於代體所萌生的生理厭惡。這世界上存在一定數量的人，是無論如何都無法接受所謂的「人造人體」。此外，就抱持某種特定思考的人看來，「暫時脫離肉身人體，進入人類外型的物體生活」這種行為本身，似乎就是在玷汙人類尊嚴又或褻瀆創造出人類的神。事實上，國外就曾經發生有人鎖定代體相關人士下手的犯罪事件。

最後一個原因，是女性使用率極端地低。女性使用者不到整體兩成。

為什麼呢？

「因為缺乏優雅。」

這一天，我們「TAKASAKI MEDICAL工業」總公司大樓的大會議室中，只召集全國五十多名業務部員工，召開社內學習暨講習會。延續7S，我們這次傾盡知識研發出的新產品是TMX507EL，也就是風傳已久的女性專用代體。業務部自己人也都在耳語，此產品的公開，說不定會掀起比7S更轟動的熱潮。

「到目前為止的代體，如同文字所示，不過就是人體的代用品。以實用性為優先的機體，就算想客套也很難把『美麗』兩字說出口，另外為求容易平衡，重心壓低所造成的身長腿短體型，也只能說是『笨拙』。就連尺寸都不能選。但是，就算是短時間內使用的身體，像這樣完全無法享受時尚樂趣，是無法獲得女性支持的。」

負責EL專案計畫的，是個以女性為主的小組，而率領小組的組長就是如今在講台上慷慨陳詞的森澤達彥。據說快五十了，卻沒有明顯贅肉，包含髮型在內都散發出一股清潔感。

「讓女性覺得，如果是這種的，那麼當作自己身體的替代品來用用也無妨，一定想要用用看。能讓她們產生這種強烈感覺的代體，是什麼樣子的呢？我們埋頭思考、不斷追求，這次終於做到了。首先，讓我們先展示實物吧。愛爾，進來吧。」

他用似乎在指示部屬的語調這麼呼喚，會議室的門扉隨之緩緩開啟。全場歡聲雷動。我在那瞬間，也不敢相信自己的眼睛。出現在那裡的，是個只穿著白色比基尼的年輕女性。哇～不然還能作何感想。她以優雅的步伐走到森澤組長身邊，環視聚集在會議室裡的業務部員工。

「大家好，我是TMX507EL。請叫我愛爾。」

「當然，愛爾是展示用的模擬人格。遺憾的是，台詞只會這幾句。」

森澤組長顯露開玩笑的神情，隨即是一陣呼應似的笑聲。

「如同各位眼前所見，EL的頭部比7S小一號，也就是俗稱的『小臉』，但是綜合表現力卻超越7S。從遠處看來，大概分不出與真人的差別吧。此外，還能利用專用假髮，享受搭配的樂趣。」

森澤組長將細長的手指伸向愛爾頭部，撩起那一頭具有光澤的短髮。

「EL最大的特徵在於，使用者能根據本身喜好，修整顯示器映射出的臉。換言之，能隨心所欲化妝或美容整形。可以成為理想的自己。而在機體方面，為了讓使用者享受女人味十足的服裝，我們盡可能鎖定大前提，最後設計成纖瘦體型。身體曲線則做得惹人憐愛，同時優美雅致。身材比例方面也設計得玲瓏有致，但是我們小組所追求的目標，並不是讓男性覺得有魅力的體型，這一切的一切都是為了呈現出女性所憧憬的體型。在絕對不希望喪失那份高雅的情況下，我們細心顧及所有的小細節。」

聽眾鴉雀無聲。說得誇張一點，代體的概念或許將從此刻改變。

「那麼，概念性的介紹大概就到此為止，接下來將說明詳細規格以及調整方法。喔，在那之前……」

他轉向站在身邊的愛爾。

「愛爾，妳先回去吧。要是一直站在這兒，大家都只會注意妳，根本沒人會聽我說話呢。」

＊

「喂，怎麼樣？那個新型。」

社內學習會的少數樂趣之一，就是有機會與業務部友人喝一杯。

我大學輟學後，過了一年以上無所事事的日子才展開求職，當時「TAKASAKI MEDICAL工業」正好打算強化業務部門，我也運氣很好地獲得聘用。所以，我並沒有所謂的「同期同事」。不過，只要參加過幾次學習會，自然而然就能結識熟面孔。聊上幾句，就能立刻瞭解對方是不是投緣的傢伙了。

這時候也是，一連串的講習才剛結束，我們四個固定成員隨即結伴出發去居酒屋。

「也不錯啊，愛爾小妞。我剛剛心裡一直噗通噗通跳呢。」

「我是說，作為我們家的商品怎麼樣啦。」

聽完森澤組長的說明後，我們使用ＥＬ實體，接受調整方法模擬訓練。那時，我也試著觸摸ＥＬ的機體，感覺並沒有人工肌肉特有的生硬感，要是有體溫甚至無法與肉身人體做區分。據說是在材料裝底下加入特殊緩衝材料層，實現了自然的圓潤與觸感。

「首先是價格。那可比７Ｓ還貴耶。根本不可能暢銷。」

「是嗎？我倒覺得會蠻受女性歡迎的耶。」

「女性的代體使用率無法成長，是因為平均所得低啦。經濟上沒有寬裕到能使用代體嘛。跟他們說的什麼優雅才沒關係呢。」

「不，女性畢竟有些部分是靠感性在做決定的。優雅，應該也蠻重要的吧。」

「話是那麼說啦，但是那個ＥＬ做得太過火了。就算是女性，也會退避三舍的。」

從剛剛開始，始終熱烈討論ＥＬ的是石崎與尾形。一張圓臉、小腹突出的是石崎，而長睫毛的眼睛動個不停的是尾形。

「但是，『能成為理想的自己』這個概念，應該會達到強烈的宣傳效果吧。修整顯示器上的臉，以前根本就是不可能的事情嘛。」

石崎擁有與年齡不相符的派頭，初相見時還以為他是公司幹部。看來硬梆梆的頭髮梳理得一絲不苟，土里土氣的的眼鏡也十足大叔味。補充一下，他是我們四個之中，唯一的已婚者。

「就是那個『理想的自己』才麻煩呢。」

對面的尾形，每次只要幾杯黃湯下肚就會開始長篇大論。

「就算靠ＥＬ得到了理想的自己，三十天後就得說再見。到時候，能瀟灑乾脆地放棄嗎？把ＥＬ創造出的理想樣貌當成真正的自己，本體才是假的樣貌……還會出現像這樣深信不疑的案例呢。也就是自我認知逆轉。極端情況下，可能還會拒絕回到本體，選擇維持理想的自己，就那樣被消滅耶。」

「那假設啊……」

始終保持沉默的遠藤開了口。雖然矮，長相卻是四個人之中最端正的。話雖如此，與一般相較其實也沒有出色到哪裡去。

「要是男性患者說想用那款新型，該怎麼辦？」

所有人「欸」的一聲，啞口無言。

「那是可能的吧。畢竟法律又沒禁止。」

「等一下喔，喂。那個機體，然後顯示器上反映出一張大叔的臉嗎？」

尾形訝異地這麼一說：

「反正可以修整嘛，有什麼關係。我還蠻有興趣的呢。」

石崎隨之愉快地笑了。

「結果，意外地還很適合。」

我也順勢附和。

「換句話說，ＥＬ的出現代表代體就要跨進嗜好品領域了呢。據說大概到了明年，就會有搭載嗅覺系統的新型問市，代體會越來越接近人體。然後終極目標，也就是，性交。」

「不是說技術層面是可行的嗎？性交感受重現。」

石崎說著，筷子伸向日式炸雞。

「就我所知，因為還得兼顧成本，所以好像還不到能實裝的階段。」

「到了可以實裝的時候，會裝上那個嗎？愛爾小妞身上。」

「唔，就是那樣吧。」

「要是女性專用代體能做到重現性交快感，想當然爾，男性專用代體也會出現囉。」

我這麼一說。

「可以選擇那個的大小跟硬度。這還真是理想的小弟弟啊，」

石崎立刻拿來開玩笑，然後笑了出來。

「那麼一來，代體彼此也可能性交嗎？」

「荒謬絕倫。」

尾形吐出這麼一句話。

「但是，上了年紀以後就算身體不聽使喚，也能像年輕時候一樣享受各種事情……這方面是有一定需求的吧。又或是，末期患者之類的。」

「『完』來如此啊。」

石崎欽佩地點頭。

「但是，那樣好嗎？」

尾形無法認同。

「我們的感覺像那樣，一個接著一個被分解開來，然後慢慢由代體重現。總有一天，人類與代體的界線會變得很模糊喔。」

「不要緊。」

石崎的筷子插進第二塊日式炸雞。

「用代體，應該嚐不到這玩意兒的滋味吧。」

「如果只是要感受味覺，好像做得到喔。」

遠藤這麼說。

「啊~運用虛擬畫面的那個吧。喝了虛擬啤酒，就會進入微醺模式。下酒菜也是虛擬日式炸雞。沒意思嘛，一點意思都沒有……反正呢，現在就讓我先享用真正的實物吧，」

說完，隨即大口咬下插在筷子上的日式炸雞。

尾形吐出沉重嘆息，

「真的會變成那樣啊。什麼都沒吃，什麼都沒做，卻自以為吃了、自以為性交了。然後不知不覺中，人生就結束了。實際上，明明什麼都沒做。到頭來，變成那種時代好嗎？」

「現在的我們，不是也差不多嗎？」

石崎品嚐著日式炸雞的滋味說。

「不管時代變得怎麼樣，我們只要推銷公司產品就好。業績上升，紅利就會跟著上升。老婆心情也會變好。可喜可賀、可喜可賀。」

「所以說啦，光那樣的話……」

「對了，八田。之前那個07R的案例，情況怎麼樣了？」

石崎硬是換了個話題。

「啊，喔，我想應該是還沒找到吧。」

「還是下落不明啊。」

遠藤眼角轉為嚴峻。

「要是發現了，應該也會跟我聯絡才是。」

是喜里川正人那件事。

本體驟逝、再也回不去的他，在完成工作交接，向雙親報告過始末，甚至連自己的喪禮都嚴肅辦完後沒多久，就在沒有告知任何人的情況下失去蹤影。就在他的代體殘餘能源見底的前兩天。至今，時間期限早已經過了。

「如今正在這世上的某個地方悄悄腐朽啊。」

「我不行耶，不行、不行，那種臨終。」

石崎誇張搖頭。

「所以才說得事先裝GPS嘛。因為就是會發生這種事啊。」

「第一代好像有裝，只是評價很糟，沒多久就卸除了。說什麼侵害隱私之類的。而且要GPS的話，『李斯特』也有。」

「會是什麼心情啊？能源切斷的瞬間。」

遠藤靜靜凝視手上的玻璃杯。

「話說回來，那傢伙說過，今後自己將感受到的就是單純的消滅了，對吧。」

「消滅？」

是尾形。他從剛剛開始就好像很不痛快似地保持沉默，所以我有些吃驚。

「也就是說啊，死亡如果是指肉體機能停止，那麼在本體心臟停止的當下，自己就已經死了。所以被留在代體裡的意識，之後就只是消滅而已，那並不是死亡。所以他說，自己永遠都沒辦法體驗死亡了。」

石崎嗤之以鼻。

「真是個愛講大道理的人耶。所以才會生病的。尾形也得小心喔。」

「什麼意思啊。」

尾形將啤酒一飲而盡。

「搞不好啊……」

遠藤說。

「那個人或許是想試試看，用代體能不能體驗死亡呢。恐懼、痛苦，諸如此類的死亡虛擬體驗。」

「是要怎麼試啊？」

石崎潑了冷水。

「先不說恐懼了，用代體的話，是無法感受到疼痛的吧。嵌入人工皮膚或材料裝裡的是熱觸覺，並不是痛覺。也沒有能感受身體痛苦的功能。而沒有伴隨痛苦的恐懼，就跟主題樂園裡的遊樂設施一樣。想要重現真正的死亡，是不可能的吧。」

遠藤的表情展露笑意。

「怎樣啦，那謎樣的笑。」

「不，那個死亡的重現啊。我們本來覺得代體的終極目標是性交的重現，可是還有更上層的目標。」

石崎捧腹大笑。

「重現那種東西是要幹嘛啦。又不是說有需求。要是在企畫會議中提出來，會被懷疑是不是瘋了吧。」

遠藤表情若有所思。

「果然，會那樣吧。」

「對啊。」

喜里川正人這個案例，就在我與這些人聊天後短短一週，就出現了全新發展。

6

頭部顯示器可能是被雨水或什麼打濕了，殘留無數水滴痕跡。材料裝的膚色也因沾上泥巴變得灰暗，隨處都能看到黑色髒汙，還有像是被野狗啃咬的銳利凹陷。

「這是，你們公司的產品吧。」

引導我的便衣警察自稱青山。這個男人雙眼擁有緊緊依附其中的光芒，聲音卻相對聽來格外爽朗。

「沒錯。」

有個人裸體躺在谷底。一對步下登山路徑的中年夫妻，昨天下午這麼報案。警察搜查後發現，那不是人，而是不能動的代體。使用完的代體被視為產業廢棄物，必須根據既定手續解體處理。要是非法棄置，除了為數不小的罰金之外，還會被處以三年以下刑期。但是，引發警察關注的不是這個問題，而是另有原因。被發現的代體機種，正是TMX507R。

我們公司至今出貨的07R之中，除了已經廢棄處分的，無法掌握所在位置的就只有一台。而那下落不明的一台，正是喜里川正人的意識進駐的代體。

喜里川正人連同代體一起失蹤後，他的雙親向警察提出遺失物品報失。他們並不是將協尋申請，誤申請為報失。而是在法律上，本體死亡後，代體儘管有意識進駐仍被視為物品。被發現的這台代體研判似乎是07R時，我們公司立刻接獲聯絡。而我這個負責人於是趕到了現場。

面目全非的07R，躺在一般應該是用來安置遺體的床上。就算是量產的工業產品，既然這其中可能曾有過人的心，迎接自己的臨終時刻，那麼比照人的規格相待也是種禮儀。

「嗯，那麼可以請您開始了嗎？」

我從帶來的公事箱中取出確認機。這個中央附旋鈕的圓盤狀小東西，是調查代體狀態的專用裝置。雖然沒有維護功能，卻能連接代體內藏晶片，讀取資訊。我將確認機放上07R的胸部，數秒內就連接上代體，虛擬畫面也出現在空中。

代體有個法律義務，就是必須事先嵌入晶片，記錄活動中的所有資訊。這就像是飛機的黑盒子，當代體發生什麼事故時，有助於釐清原因。平常，就算調整士也禁止連接，只有在警方或法院提出要求時才被允許這麼做。

虛擬畫面。

代體使用者欄位，顯示出預料之中的姓名。

「已經確認過了。這的確是喜里川正人先生所使用……」

我覺得有點不對勁，沒再繼續說下去。

這資訊的數字很奇怪。

主要單元的能源的確已經耗盡。只是，預備單元的殘餘量還沒歸零。剩餘時間停在十二小時二十八分三十六秒。換句話說，切換到預備單元後，經過約十一個半小時的時間點上，這台代體不知道為什麼就停止活動了。

（這樣啊……喜里川先生在能源耗盡前，就先結束了自己的……不對，等等喔。那是不可能的。）

雖然都說是「自殺」，但是代體與肉身人體的情況不同。管你是上吊或割腕，代體都會安然無恙。代體原本就被打造成足以承受外來極度強烈衝擊。想自殺的話，至少得從高樓大廈一躍而下，狠狠撞上混凝土地面，還是被電車或大卡車撞上，否則無論如何都是沒辦法成功的。如果是自殺，就不可能像這樣保留原狀。

為求保險起見，我也約略看過其他資訊。循環機直到最後都還是能毫無問題地正常運作。沒有任何資訊顯示人工肌肉曾遭受強烈衝擊或震動。腦部裝置也沒有檢測出規格之外的電流或磁場痕跡。每個部位都沒有異常。簡直就像是意識正常回歸本體後，再普通不過的使用完代體。

（這是怎麼回事……？）

至少，「代體能源切斷後喜里川正人的意識隨之消滅」這套劇本，已經不成立了。只是，如果說他的意識還存在裡面，顯示器沒有反映出臉龐也很奇怪。身體也應該還能驅動才對。因為，剩餘能源還能支應這些功能。然而，顯示器持續保持沉默，手腳仍然動也不動。想得到的可能性……

「怎麼了？」

我像被什麼催促似地急著操作虛擬畫面，叫出那份資訊。我詛咒自己的遲鈍，明明應該最先確認的，卻打從一開始就排除了這種可能性。

被叫出來的顯示畫面，正是我想的「該不會」。這份資訊如果沒錯，代表喜里川正人的意識，在代體能源切斷之前就……

「果然是從這裡出去了。」

青山的聲音，讓我抬起頭。

「怎麼會，知道……」

他沒回答我的問題，

「處理官。」

只是對門發出悠哉的聲音。

「妳說的沒錯，這傢伙只是個空殼。那麼小心翼翼地處理，真是白費工夫啊。」

門被打開，現身的是個高挑的女性。鶯綠色長褲套裝，搭配一件讓人聯想到火焰的紅色襯衫。就女性而言，她的肩膀也很寬，感覺實在非常精實。我當下還想：「是軍人吧。」從她光澤的褐色膚色，還有那對甚至散發神聖感的大眼睛，可以知道她混有印度裔血統。在當今日本國內，印度裔也不稀奇，只是她的容貌讓人覺得有股難以親近的獨特感覺。

女性做出像在碰觸自己左肩的動作後，身份證就被投射在半空中。內務省標誌上重疊著〈特〉字，另外還有三道光芒像衛星般環繞周圍。

「內務省特殊案件處理官，御所歐菈。」

第二章 枯靈格

1

「咦，八田，你之前都不知道嗎？」

牧野醫師雙眼圓睜。

「這份工作，你是什麼時候開始的？」

「兩年了。」

「之前報導什麼的，都沒聽說？」

因摩托車事故受重傷的公司經營者加藤友一先生，傳送到本公司引以為榮的最新銳代體TMX507S後，今天是第三十天。所以，加藤先生今天之內就必須回歸本體。雖然，本體那邊早已恢復到能夠進行復健的狀態，但是根據他本人的說法是「想盡情享受代體生活」，所以就這麼一直等到期限屆滿的今天。使用代體就不用感受那些所謂的苦痛，感覺的確舒服，但是另一方面，應該也是「都已經付了這麼大一筆錢，期限之前就出去未免太可惜」的心理作祟。

意識回歸本體的傳送，是醫療技士的職務領域，沒有代體調整士上場的份。我的工作，就只剩回收完成任務的7S。

傳送時要用的專用運送車，前一天就已經先送到醫院。在能源單元的殘餘量即將見底的情況下，要是發生當天運送車無法送達的狀況，使用者的生命安全也會受影響。這種做法就是為了避免那種風險，雖然法律並無明文規定，不過在代體業界已經成為一種慣例。可能有人會覺得，既然那麼費事麻煩，每家醫院都固定配置一台不就好了。但是就現實層面而言，那是做不到的。兼具代體維修工廠功能的運送車規格，不僅各家廠商都不一樣，而且只要一出新型就會被汰舊換新。如今，正在代體技術獲得長足進展的浪頭上。舊型沒兩三下就會變得落伍，而那也是無可奈何的。雖然也有人建議，至少統一一下各家廠商規格吧。這方面，目前也沒有具體進展。

之前聽說加藤先生的傳送是下午兩點，原本想說下午四點應該早就完成了，結果我把其他工作處理完一抵達醫院，就被告知加藤先生因為個人因素，而且還是頗為任性的因素，突然改成五點傳送。換句話說，要等到所有作業完成，能夠回收代體，最早也得要到六點過後。在那之前，我沒事可做。所以說，我現在才會叨擾牧野醫師位於八樓的辦公室，喝著人家請的咖啡。

「打從代體實用化之初，大家就在擔心了。所謂的『枯靈格』問題。」

牧野醫師將咖啡杯放到杯盤上。設計簡單的杯盤組，還跟全新的一樣，是其他代體製造商的贈禮嗎？

「唉，任何人都想得到吧。死期將近就把意識傳送到代體，等到那台代體的能源殘餘量越來越少，就換到另一台代體。只要無止盡地重複這樣的過程，肉體滅亡之後，也能以意識體的形式持續活下去。至於這能不能稱為『活著』，又是另一個問題就是了。」

喜里川正人可能已經成為「枯靈格」。那天自稱御所的女性這麼告訴我，還問我關於他失蹤前的事。我在那時候才知道，喪失肉體後只以意識狀態持續存在的人，被稱為「枯靈格」（clinger）。據說是取對今生今世「緊抱著不放」的意思，才有這個名稱。的確，喜里川正人對於轉移到新代體，曾顯露不小的執著。

「以前呢，代體的流通管理可不像現在這麼嚴格。完全沒用過的新品，也挺容易到手的。」

牧野醫師望著窗戶，雙眼瞇起。今天打從一大早就放晴，不過到了這個時間，飄浮的雲朵感覺也染上了一天的疲憊。

「但是，也須要傳送意識的專用設備吧。還有技術人員。」

「我就說了——」

他將視線挪回我身上，臉頓時朝我湊近。

「醫院職員那時候對於這種事是犯罪，也都沒什麼自覺啊。懂嗎？」

「喔……」

「之前有好長一段時間，都會對特殊患者，也就是有錢有地位的人，給予特殊醫療。嚴格說來，也不能說完全沒有違法的醫療行為。而代體，感覺就像是那種服務的延伸。」

「牧野醫師也做過？」

「八田那邊，應該也有人涉入喔。畢竟，打造代體的是製造商，沒有製造商的協助是做不到的吧。」

這話說得沒錯。

「當時，使用代體的人還很少。就連代體已經為人所知的今天，還是有很多人對於脫離自己的身體感到不安或抗拒。更不用說代體剛問世那時候了，覺得『誰會用那種東西』的聲音還佔壓倒性多數呢。」

「我們公司上司也常這麼說。聽說以前去說明代體的時候，一定會被笑。」

「顛覆既定概念的技術出現時，情況大概都一樣呢。『TERA BIO』的代體第一號在日本也幾乎都賣不出去。但是使用代體的話，就能擺脫受傷或疾病的痛苦。想想患者的感受，那是多麼值得感激的事情呢。對於被迫臥床不起的人而言，那就更不用說了。我就是因為確信代體的優點，才決定積極引進的。以前為了說服醫院經營階層，歷經千辛萬苦就是了。現在，觀念也終於跟得上時代了，接下來如果連價格都能變得平易近人，就能一口氣變得普及。醫療使用代體是理所當然的日子，絕對會來臨的。」

他感覺熱血地斷言，然後啜飲咖啡。

「所以拜託你了，八田。7S等級的價格，幫忙降價到至少現在的一半，可能的話得到三分之一。」

被他以感覺不到是玩笑話的口吻這麼一說，

「我會努力的。」

我只好這麼回答。

「然後，那個，關於枯靈格……最後，都被抓到了吧。」

牧野醫師將杯子放回杯盤，發出「喀鏘」一聲。

「初期的枯靈格，的確是違法的。但是，並沒有對任何人造成困擾，純粹只是在代體中祕密地持續活下去。就算是那樣，要是枯靈格變得眾所周知，就會在人群間引發嫉妒。嫉妒日積月累，最後就會變成憤怒爆發出來。代體使用者以富裕階層居多，本來就容易招致庶民反感，在這樣的背景之下，真正的引爆點就是後來的叶集團統帥——叶忠義事件。那個事件清楚嗎？」

「我查過網路，據說那件事也成為代體為人所知，使用者增加的契機。」

「還真諷刺呢。」

叶忠義當時還不滿七十歲，不過病倒後認知到死期已近，就將意識傳送到代體。自己的肉體死去後也祕而不宣，不斷轉換代體持續活下去。據說，他還將自己的屍體冷凍保存，希望有一天能復活。

「只能說對於『存活』的執著強大到嚇人呢。為了持續存活不惜做到那種地步，有什麼樂趣呢？我完全無法理解就是了。」

「相關資料是寫說，他後來是因為內部告發被發現的。」

「告發的是叶的第三任妻子。」

「哇。」

「在我們這個世界，這段往事可是很有名的呢。」

這事件公諸於世後，協助叶的醫師與製造商遭受強烈批評。附帶一提，那家製造商就是「TERA BIO」。最後由日本法人的ＣＥＯ負起責任，辭職下台。

而叶忠義本人，據說在接受偵訊後，獲准活到代體能源耗盡為止。因為當時對於該如何處理違法存在的意識，還沒有取得共識。

「到那個事件為止的枯靈格，被稱為初期型又或Ｉ型，這類型的應該已經絕跡了吧。後來代體的流通管理趨於嚴格，違法取得代體首先就不可能了。八田說那個人成為了枯靈格，應該是Ⅱ型吧。」

「沒有任何資料寫到枯靈格還分Ｉ型跟Ⅱ型耶。」

「因為Ⅱ型有很多部分是不能公開的。」

「醫師您，也清楚那些沒公開的部分嗎？」

「我呢，好歹也以當事人的身份，從代體的黎明期開始，一路走到了現在。Ⅱ型出現時，也對警方的搜查稍微幫了一點忙。想聽聽嗎？」

看那神情，似乎想說得不得了。

我端正坐姿。

「麻煩您了。」

「你知道blank這個詞彙吧？」

「意思是『空白』的那個單字？」

「他們將意識被傳送出去的人體，稱為『布朗克』。意思是能自由填入任何內容的空白人。唔，也就是說……」

牧野醫師緩緩吸了口氣。

「如果不能用代體，用肉身人體不就好了……大概是這種想法。」

一陣戰慄竄過皮膚。

「綁架年輕健康的人，把他們變成布朗克，然後再把自己的意識傳送進去。那麼一來，不但無需擔心能源殘餘量，也不必再定期轉傳到新代體。代體做不到的行為、進食或性交都沒問題。就像剛剛所說的，這樣就能再次嚐到活著的感覺。最後只要用整型手術整整臉，把黑市交易的國民身份證號碼弄到手就十全十美了。」

「唔……那個人體原本主人的意識，會怎麼樣呢？」

「一開始就會被排除。他們那時候稱之為『淨化』（clean up）。」

「……那種行為，跟殺人是一樣的吧。」

「真的，每次只要一想像，就會覺得真是恐怖的犯罪呢。但是也因為有需求，才會出現那種供給。正因為那時候希望有肉身人體作為意識傳送標的的人不在少數，系統性提供人體的地下組織也隨之應運而生。更早之前的交易對象，大概是移植用臟器吧。」

喜里川正人也是利用那種組織，取得新身體的嗎？不願意相信。他或許有些煩人的地方，卻不像是會做出那種恐怖事情的人。

「那個地下組織好像是叫『達斯汀』吧。」

「達斯汀……」

「犧牲人數到底有多少，據說到現在都還搞不清楚。因為，聽說他們連自己的傳送裝置都有好幾台。」

「沒辦法原諒……竟然把代體的技術用在那種地方！」

「啊，如果是達斯汀的話，現在已經沒囉。」

我張著嘴，直眨眼。

「……沒了？」

「嗯，三年前被殲滅了。」

所以，喜里川正人並不是利用地下組織這個管道囉。那是怎麼……

「只不過呢……」

牧野醫師面露苦澀。

「剛剛不是說過，II型枯靈格進入的是肉身人體吧。那麼，進駐人體的意識，到底是枯靈格還是本人，判定就非常困難了。詳細調查的話，是可以辨別可疑案例的。像是腦部明明有傳送意識的痕跡，代體使用者列表中卻沒有留下紀錄。但是，不論羅列多少狀況證據，還是沒辦法斷定體內的就是別人的意識。畢竟，『自己是誰』這個問題，完全就是主觀認定的領域吧。只要主張，自己毫無疑問地就是本人，別人也就無可奈何了。那已經不是什麼DNA那種層級的問題了。簡單來說，肉身人體要是遭受入侵，就連警察都沒辦法插手了。」

「只要把意識傳送到代體就行啦。如果是枯靈格，頭部就會反映出其他人的臉。那不就可以成為證據了。」

但是，牧野醫師卻沒有顯露我所期待的反應。

「其實呢，八田你剛剛講的那個方法是有問題的，不過暫時先撇開這個不談。這種案例最棘手的，並不在這裡。」

「……？」

「假設我們利用八田你說的方法，確定就是枯靈格好了。那個枯靈格該怎麼辦？」

「根據法律，被消除掉。」

「那樣的話，剩下的那具無主肉身人體，就只是一個空殼了。因為原本的主人意識老早就被消除。那具人體之後就沒辦法再睜開眼睛了。」

「……會變成那樣啊。」

「永遠沒辦法醒來的人體該怎麼辦？處理掉嗎？但是就算意識被消除，肉體完全沒問題，也不是說腦死。就法律上而言，那個人還沒死喔。因為法律規定，肉體死亡才能代表一個人的死亡。所以說，即使是意識被消滅的人體，只要還在呼吸就還有人權。親屬如果在，那還好處理。可以選擇的一條路，就是徵求他們的同意後施予安樂死。但是，找不到親屬的情況呢？

第三者是不能任意讓法律上還活著的人安樂死的。要是做出那種事，就是違反了人權。因為這樣，就要讓那具軀體在沒有意識的情況下，繼續存活嗎？要安置在哪裡？到什麼時候為止？目的是什麼？費用由誰負擔？」

我一句話都反駁不了。

「Ⅱ型就是潘朵拉的盒子呢。一旦不小心開啟，難題就會一口氣噴出來，到後來根本無法收拾。所以，『這種案例不碰為妙』已經成為心照不宣的默契了。也就是說，大家都刻意閉上了眼睛。」

「……Ⅱ型枯靈格如今還在掠奪別人的身體，繼續活下去嗎？然後不會受到任何懲罰。」

「我們能做的，就只有事先強化監視敏銳度，避免出現新的犧牲者。內務省也設有專門處理的職員。」

我恍然大悟。

「那該不會，就是……」

2

內務省厚生局第六課課長玉城浩介，深吸口氣後，睜開雙眼。

御所歐菈維持相同站姿。光看那張潤澤的褐色臉龐是相當美，會引發男人的支配慾，但是能容納這類不切實際妄想的部位僅止於此。她不僅人高馬大、毫無贅肉，鍛鍊過的精實體格，散發出一股讓人難以輕易接近的氛圍。人事部的資料顯示，她大學時還曾榮登女子摔角的學生冠軍寶座，那其實也不足為奇。玉城對於武道多少也有研究，劍道也擁有段位，因此更能觀察出彼此的本領差異。他能輕易想像，就算自己手持竹刀攻擊這個女人，也會瞬間從背部被抓住，制服在地。

「喜里川正人的轉移標的，是意識遭到消除的人體，也就是布朗克的證據何在？」

「雖然沒有證據，但是從狀況研判，我認為那樣的考慮應屬妥當。想要違法取得代體，目前幾乎已經是不可能了。」

「所以是II型啊……？」

「是的。」

「達斯汀捲土重來了嗎？」

綁架無辜者，把他們變成布朗克後出售，賺取巨額利益的犯罪組織。當時幾乎所有II型枯靈格的意識，都被傳送到這個組織所準備的人體中。

「現階段，還沒有獲得足以懷疑那種可能性的情資。但是提供布朗克的系統，的確存在於某處，這點已經幾乎確定。為了掌握那個系統的真面目，也必須做一件事。那就是針對民間企業的調查。」

玉城很想再次閉上雙眼，費了番工夫才忍下來。

「只要能拿到設計程式，想製造出意識傳送所使用的奈米機器人，也不是件難事。」

傳送意識時，必須事先將專用的奈米機器人注入腦內。目的是要讓這種奈米機器人吸收意識的組成粒子，利用一種稱為「基底次元移動」的現象，將意識轉移至其他腦部或腦部裝置。不過，這裡所謂的「粒子」只是概念上的東西，並不是說實際上真有粒狀的東西存在。

一般而言，醫療用奈米機器人大致分為任務結束後會自行分解，被排出體外的「排出型」，還有目的在於「強化機能」而與各種器官融為一體，持續發揮作用的「固定型」。如果說攻擊癌細胞的奈米機器人是前者的代表，那麼意識傳送用的奈米機器人就是後者的代表，會以休眠狀態持續留存於腦內為其特性。所以就算是死者，只要腦內還有奈米機器人存活，就有可能取出某種程度的意識痕跡。只是，這些說到底也只是就理論上而言，目前還沒有完全復原死者意識的報告出現。至少，公開正式的報告還沒有過。

「問題在於傳送裝置。已經引進醫院的，我們還能掌握使用狀況。要是非法使用，立刻就能發現。我說的與那些不同，在我們的監視網之外還有漏網之魚。」

「民間的研究設施嗎？」

「我目前並沒有權限去調查民間的企業研究設施。再這樣下去，我是無法充分執行職務的。」

「局裡已經出現類似『權限過度集中在妳身上』的聲音了。另外，還聽到我對妳有特殊待遇的詆毀，據說甚至有人開始懷疑起我們的男女關係。我從原口先生手上接過這個職位，都還不到半年啊。」

「給您添麻煩了，我覺得非常抱歉。」

但是不論怎麼看，表情都看不出有什麼抱歉。

「聽說三年前，就是妳把達斯汀逼進絕路的嘛。」

提起這個也沒反應。

「交接時，我看過資料。偽裝身份滲透到組織核心，打探出他們擁有的傳送裝置位置，全都加以破壞。達斯汀因此急速衰弱後，當局才得以一網打盡。原口先生還大讚妳，身為臥底搜查官，完美執行了任務呢。」

「但是別說是傳送裝置了，就連奈米機器人的來源都沒能追查到。」

達斯汀當時所使用的意識傳送用奈米機器人，結構與之前上市的任何類型都不一致，程式到底是在哪裡設計的，目前尚未釐清。

「所以是說自己並不滿意囉。」

「那次任務絕對稱不上完美。」

話是那麼說，但是換成自己根本無法做到像她一樣的工作，這個女人卻做得精彩漂亮。縱使自己技不如人，位居上位者好歹也必須承認這一點。

「這次的標的是『ZERO TECHNOLOGY』嗎？」

「當然。」

這家公司手握從意識傳送用的奈米機器人，乃至於傳送裝置、人工神經元複合體等，與意識傳送相關的幾乎所有專利。目前在全球流通的代體中，有九十％以上都搭載了由「ZERO TECHNOLOGY」的執照，所製造出的麻田型腦部裝置。

「但是，那裡自從以前那個事件後，就設置了『法律遵循委員會』，始終展現出監控公司內部不法的態度。」

「那個『法律遵循委員會』現在也只是徒具形式而已，而且還被列為內務省退職官員的空降單位之一。實效性讓人質疑。」

「我也來鎖定那裡好了。」

「您真愛開玩笑。」

嘴上這麼說，卻笑都不笑。

「詳細報告進度狀況，可別忘囉。」

玉城叫出虛擬畫面，輸入密碼。御所面前浮現特別調查官的身份證。這麼一來，便賦予她對於民間企業的調查權。

「謝謝您。」

御所臉上首次展露類似微笑的神情。

「關於這件事，我還有個請求。」

3

窗外流動的街道，表面上與平常沒有兩樣。狹窄走道上那些彷彿快要溢出來的熙攘人群，互相閃躲、避免相撞，一邊來來往往的情景，讓人覺得是個奇蹟。在此瞬間，每個人腦部正在處理的龐大資訊如果能夠可視化，這條雜亂的大馬路會立刻變成一條耀眼奪目的大光河吧。

偶爾也能在街上看到代體。它們大多會著裝，沒有人會以材料裝的原貌出門。雖說已經逐漸為人所知，在醫院之外總免不了承受異樣眼光。也有很多人討厭那種感覺，結果難得離開病床，卻盡量避免外出。代體終究只是代用品，假的身體。但是，至少頭部顯示器所顯現的是進駐代體的本人臉龐。那裡只要反映出A的臉，就能知道進駐那個代體的是A。然而，肉身人體呢？不論腦部進駐的是誰的意識，臉龐都不會改變。

得知II型枯靈格的現在，我再也無法相信自己雙眼所見。走在那裡的人們，真的是本人嗎？驅動那具身體的，不會是別人的意識嗎？或許，喜里川正人就在那些等紅綠燈的人群中。

『即將抵達目的地。』

公司車的人工語音這麼告知。

輝夜醫院的地下停車場是職員專用，不過也為往來業者劃設了專區。我搭乘的公司車向管理停車場的AI傳送登錄資訊，獲得許可後，隨即停到了指定空間。我下了車，走進員工出入口，搭上就在出入口旁邊的電梯。大概是因為這部電梯位於醫院大樓內側，所以幾乎不會碰見一般病患。

今天要在輝夜醫院回收一台代體。運送車按照往例，已經在前一天事先送達。我上了五樓，到護士站露個臉，確認傳送操作順利結束。緊接著，又到使用者病房，再次詢問使用代體的感想。

那位年過七旬的女性，這幾年因為腰腿虛弱，始終處於臥床不起的狀態。兒子因此買代體當禮物，使她獲得兩週行動自由的時間。如果是臥床者使用代體的案例，很多人由於站立行走的感覺退化，代體的微調也很難。即便如此，最終也盡力將代體同步率拉到了九十五％，對她的日常生活應該沒有造成妨礙才是。女性很開心地訴說自己使用代體，出門到了哪些地方，末了依然這麼說：「就算臥床不起，還是自己的身體感覺最踏實。」她之後會住院三天。這是為了監控意識回歸後的身體狀況，同時確認固定在腦部的奈米機器人沒有外漏到血液中。根據精神狀態，也可能接受心理諮詢。

向使用者道別後，我也去向主治醫師打聲招呼，最後走進手術室大門。在冷冽手術室裡等著我的，只有那台已經結束使命，之後只等著被廢棄的代體ＴＭＸ５０７Ｒ。材料裝是基本的膚色。之前活動時應該會穿衣服吧，現在已經被脫掉了。

「辛苦你了呢。」

我出聲說完，以虛擬畫面傳送指令。接下來，它就會自行移動到停在地下室的公司車那裡。

我會從事這份工作，幾乎是因為順其自然，但是現在回首往事，也覺得似乎在很久以前就決定好了。我是直到最近才想起來的，小學生的時候有個使用生化義肢的同學。那個好勝的女孩，聽說是在一場事故中失去了一隻腳。她別說是對於自己的義肢感到自卑了，反而非常驕傲。她的生化義肢的確很精巧，乍看之下甚至分不出與真的有什麼不同。

代體在上市之初，被稱為「超級義肢」。那孩子烙印在我記憶深處的驕傲面容，悄悄地把我牽引到這份工作來……這麼思考會太牽強附會嗎？

連接地下停車場的電梯開啟，我與躺在運送車上的07R一起進入電梯。就在電梯門即將關上時，一個年輕男性滑了進來。他年紀跟我差不多，但是比我高，體格也很好。身上穿著藏藍色西裝。手上提著輕巧的皮革公事包。是醫院職員還是往來業者呢？跟我一樣要去地下一樓。

電梯下降的同時，男性的視線始終投向代體。本以為他是覺得稀奇，但是那眼神所蘊藏的並非好奇，而是某種讓人更能感受到體溫的情緒。那雙眼睛突然朝上。

「好奇妙呀。對這種東西，也會感到懷念。」

突然被攀談，我嚇了一跳。

「您使用過代體嗎？」

「的確，跟這個是同一型的。」

「用過07R……那真是謝謝您。是在這家醫院嗎？」

「嗯。」

在我分配到業務部之前嗎？輝夜醫院的負責人是我，我卻對這個男性沒有印象。

抵達地下一樓後，電梯門隨之開啟。

「先走了。」

男性點點頭，走出電梯。

我與運送車一起出去。

與醫院大樓相較之下，地下停車場顯得幽暗寂靜。剛剛的男性，在其中發出乾澀的腳步聲，一邊往前走。

怎麼回事？

總覺得哪裡不對勁。

猛然轉回視線，身旁的運送車已經不在。原來就在我的注意力被那個男性吸引的當下，運送車已經抵達公司車那裡。只見運送車閃著橘燈，像在催促我。

「喔喔，不好意思、不好意思。」

邁出腳步的瞬間，心臟頓時強烈鼓動。

（不……那是不可能的。）

０７Ｒ是我被分配到業務部後才上市的產品。在這個醫院使用過０７Ｒ，卻不是由我負責就怪了。我也不可能忘記負責過的使用者。

直覺強力運作。

我回頭，向逐漸遠去的男性背部呼喊：

「喜里川先生！」

男性停下腳步。

他緩緩回頭，笑意在臉上擴大。

「唉呀！」

他轉換身體方向，在幽暗中走回來。

「要是你沒能認出我，本來打算就這樣離開的。」

身影是別人。但是，近距離面對我的表情深處，的確可以感受到喜里川正人的存在。外表與感覺的不一致，讓我感到極度不安。

「我其實是不能做這種事的。只是一發現八田先生的臉，就覺得好懷念。」

「那個身體，是怎麼到手的？在哪裡傳送的？原本的主人怎麼了？」

他不回答。

「喜里川先生！」

「想鄙視我的話，儘管鄙視吧。」

憤怒、失望、悲傷、同情，還有共鳴。各種情緒一齊湧現，讓我難以言語。儘管如此，唯有這沒有絲毫虛假的感覺，想傳達出去，必須傳達出去。

「不論是以什麼形式，看到喜里川先生還好端端地活著，我很開心。」

表情從他臉上消逝。

「喜里川先生……為什麼突然不說話了呢。在那之後，發生了什麼事呢？」

我大幅眨眼。

「八田先生，你還真是狡猾耶。」

他輕聲吐出這句話，轉過身去。

喜里川正人的意識所進駐的某人，上了一台停在地下停車場角落的白色轎車。車頭燈亮起，駛出地面。即便那輛車已經完全消失在視線之中，我還是佇立於原地動彈不得。

4

「ZERO TECHNOLOGY」前身「麻田腦科學研究所」，於十九年前在美國創立。因為創始者麻田幸雄，當時正在美國大學過著研究生活。他是在二十歲還在日本上大學時，發表意識傳送理論，但是國內沒人當一回事。他迫於無奈，只好赴美尋求活路。之後，歷經十一年的時間，實用化才終於有了眉目。

他的公司在新興市場發行股票後，利用新籌措到的資金，在反覆嘗試錯誤的過程中持續摸索。在此同時，麻田也歷經獨生子病死、與妻子離婚等試煉，後來終於在多位共同研究者支持下，完成由奈米機器人、傳送裝置與人工神經元複合體所構成的意識傳送系統。這項成果發表時，引發全球性熱議；但是，談到這項技術該具體運用於何種層面時，又涉及道德倫理問題，以一般傳統方法根本無法因應。民間企業當時的反應一般來說相當遲緩，不過其中最早看出這項技術利用價值的是以「TERA BIO」為首的生化義肢製造商。

當時的義肢領域，使用如人工肌肉等有機材質已成為主流，藉由與腦部的連結，早已達到讓義肢像真正手腳活動的水準。這種義肢如果結合意識傳送技術，就能實現完全的人造人體。

「TERA BIO」當初始終要求獨家代理合約，卻被麻田拒絕。表面上的理由是，意識傳送技術應該更廣泛地運用於人類生活。據說「TERA BIO」也曾考慮連同「麻田腦研」一起併購，最後還是放棄了。

自此之後，生化義肢製造商之間便展開了搭載腦部裝置的超生化義肢，也就是代體的研發競爭。「TERA BIO」是在投入研發的六年後，完成第一號代體。幾乎就在同一個時間點上，「麻田腦研」也將據點從美國遷回日本，改名「ZERO TECHNOLOGY」。就麻田幸雄的立場看來，感覺就像衣錦還鄉吧。給過去那些忽視自己的人一點顏色瞧瞧，應該多少也有點這個味道吧。他那時候才四十歲，不論精力或體力都還足夠，也還不到智力衰退的年紀。

只不過就在那之後，開始出現關於他的不名譽傳聞。是因為再也沒什麼好顧忌了嗎？據說，他會赤裸裸地顯露不把人當人看的態度。那麼劇烈的轉變，甚至讓其他共同研究者感到困惑。由於對友人的誠心忠告同樣充耳不聞，麻田幸雄周遭的人也逐漸遠去。

去年，那個麻田幸雄與達斯汀有所牽扯的嫌疑突然浮上檯面。似乎是曾經長期違法提供傳送裝置，據說還是內部檢舉。當局也對此採取實際的搜查行動，後來並未取得充分證據，難以逮捕或起訴。只是，「ZERO TECHNOLOGY」的董事會後來卻提出所謂「道義責任」的曖昧概念，決議解除麻田幸雄的社長之職。這項決議也在股東會上，以多數贊成通過。麻田幸雄事實上可說是被自己一手打造的公司放逐。他後來就在海邊別墅隱居，沒再與任何人會面。

多麼典型的一部人生大起大落的戲碼呀，他心想。歷經千辛萬苦，終於得到成功……到此為止都還好，後來卻因為驕傲自大被孤立，最後失去了一切。

齊藤一太以惋惜的心情，關閉虛擬畫面。

身旁的御所始終緊閉雙眼，整個背部都陷入座椅。她並不是在睡覺。她絕對不會在執行任務時睡覺。

「組長，可以問一下嗎？」

「怎樣？」

「為什麼今天會選我同行呢？不是筧或等等力前輩他們。」

「那些傢伙外表看來太無懈可擊了。」

「……所以是說，我看起來有可趁之機囉。」

「不用勉強裝出一副聰明的樣子。像平常一樣就好，有什麼疑問就說出來。不論多基礎的事情都一樣，客氣、猶豫，全都不需要。」

她睜開雙眼，瞥了齊藤一眼。

「這不是一般偵察。」

簡單說來……齊藤是這麼理解的。想要達成此行目的，就必須刻意問一些傻問題。想要問出傻問題，人某種程度也要傻才行。是這麼一回事嗎？

他從夾克口袋拿出小鏡子，試著映照出自己的臉。因為不想被人笑說「一臉女孩子樣」，最近刻意留起唇上一字鬍。這張臉看來還挺有男子氣概的，自己倒是很滿意。

「隨身都帶著那玩意兒啊？」

「想說至少得注意服裝儀容。」

「這種用心不錯嘛。」

齊藤忍不住「呼」地一笑。

「怎樣？」

「沒有，只是覺得難得被組長誇獎。」

「齊藤，有件事，可以說嗎？」

「喔，什麼事？」

「那個一字鬍，別留了。」

「……」

『抵達目的地。』

「ZERO TECHNOLOGY」總公司位於都心地帶，研究設施卻建在從總公司開車還得花上一小時，四周被綠意環繞的地方。

載著齊藤與御所的自動駕駛公務車，從馬路駛上一段短短的坡道後，進入研究設施佔地。車子根據負責設施保全的ＡＩ指示，停到訪客專用車位。廣闊佔地內種滿草坪，中央橫亙著長方體建築物。建築物整體覆蓋閃耀的白牆，除了正面玄關，沒有任何出入口或窗戶。齊藤覺得，好像一塊大到不像話的奶油起司喔。

「別忘了公事箱。」

御所先下車。

齊藤拿著一個乍看像黑色硬殼公事箱的手提箱也下了車。手提箱沉甸甸的，裡面除了有四人份的氧氣面罩，還精巧收納了護目鏡、閃光彈、N槍等武器。雖然齊藤曾質疑偵察是否需要這些東西，從御所那邊卻只得到「以防萬一」的回答。

正門玄關前設有讓人上下車的迎賓車道。入口處如同瀑布的流水奔流而下，大概是從外側才看得到的立體影像吧。這與警方用來遮蔽現場的白色鐘罩是同樣的原理。

『請問訪客的來訪目的？』

溫柔的女性聲音，詢問站在瀑布影像前的齊藤兩人。是AI的人工語音。

御所輕觸左肩，顯示特別調查官的身份證。

「這是根據產業安全規制法、第五條、第四項的查核。請儘速開門。」

由於是突擊調查，所以沒有先預約。

「十秒內不開門，將視為妨礙查核，科以罰金。」

「真有這項規定嗎？」

齊藤這麼一低喃，御所立刻轉向他，浮現滿足神情。

「這樣很好。」

瀑布影像消失，入口開啟。

一進門，就是透天的挑高大廳。陽光從天井灑落。左右延伸過去是走廊，這裡連燈都沒開、一片幽暗，隱約傳來空調的聲響。

『請稍候。所長神內立刻就到。』

不僅設施保全，從館內空調、照明，乃至於入館人士監控、向各單位的通報，全都由這個通用型ＡＩ統一管理吧。

「時間很寶貴，我們過去。快引路。」

『非常抱歉，請恕我們做不到這一點。』

「我這是以特別調查官的身份下令。快引路。」

右手邊走廊的燈光亮起。電梯門一開，一個穿著白色作業服的男性隨即現身。大概六十歲吧。梳得整整齊齊的頭髮雖然已經全白，精瘦的臉頰仍然緊致。無框眼鏡後的眼睛是帶點綠的藍。他雙手在身前交疊，挺直腰桿往這裡走來。

「我是本研究所所長神內。聽說是突擊查核。」

「我是御所。這是部屬齊藤。」

齊藤也點頭說：「請多指教。」但是神內所長的視線卻沒有離開御所。

「希望您能停止這樣的騷擾。我們已經誠實配合調查，也斬斷所有與麻田的牽連了。」

「我們自始至終都只是依法查核。還是說，像這樣拖延時間，是有什麼怕被查到的不可告人之事？」

神內所長漲紅了臉。

御所毫不在乎地繼續說。

「話說回來，這裡的ＡＩ名稱是？」

一手包辦設施大小事的通用型ＡＩ，一般都會有個暱稱。

「我們都叫她愛麗絲。」

「首先，請命令愛麗絲解除我們的入內限制。以你的權限，應該做得到。」

「內部也有我們的企業機密啊。」

「所以是拒絕查核囉？」

數秒沉默後，神內所長以苦澀的表情說。

「可以再看一次您的身份證嗎？」

御所再次輕觸左肩。

神內所長執念深重地深深凝視浮現眼前的標誌。只是，要是想對這貨真價實的標誌挑什麼毛病，也是徒勞無功。愛麗絲應該已經向內務省照會確認過了。否則，即便自稱調查官，也不可能那麼簡單就開門的。

神內所長似乎也死心了。

「好了。」

他的視線微微往上移。

「愛麗絲，照他們的要求做吧。」

『已經解除兩人的入內限制。』

「不過，查核狀況全都必須以影音記錄。」

他嚴厲的目光轉回歐菈。

「可以吧。」

「那麼，首先請讓我們看看負責奈米機器人設計的電腦。」

神內所長臉上閃過一陣驚愕。

「那可是本公司最大的企業機密呀。」

「我可不是要你們分解電腦，讓我們查看內部。」

「那是當然。」

「請問。」

齊藤覺得現在大概是自己上場的時候了。

「說來說去，這裡是在從事什麼研究呢？」

神內所長開始語塞。

「……您不是很清楚嗎？」

「就是不清楚，才會問的。」

他大概沒想到，一個查核負責人會問出這種傻問題吧。

「意識傳送用的奈米機器人研發工作。」

「那要怎麼研發呢？」

這次，對方是徹底啞口無言了。

御所以含著笑意的聲音說。

「齊藤，機會難得，你就好好向神內所長討教一番。所長，就如同您所見，這位年輕人就麻煩您了。有愛麗絲引導我，您就別擔心了。可以吧，愛麗絲！」

『是的，必定竭盡所能、效犬馬之勞。』

「先告辭。」

她不給對方回答的時間，發出抖擻的腳步聲，一邊進入電梯。

一回神，只剩齊藤與神內所長被留在靜無人聲的挑高大廳。黑色手提箱還在齊藤手中。

「不好意思啊。那個人老是這副樣子。」

齊藤刻意放軟姿態。

神內所長投來的眼神，像在看什麼可疑人物。但是齊藤報以一笑後，他便投降似地嘆口氣。

「您是，齊藤先生嗎？」

「是的，我叫齊藤一太。一太寫成數字的一，太胖的太。」

「是嗎……齊藤一太先生呀，是個好名字耶。」

「我常被這麼說。」

齊藤毫不害臊地回答，對方以僵硬表情點了兩次頭。

「……是吧。」

兩人之間流動的空氣很尷尬。

但是至少，並沒有針對彼此的敵意。

「怎麼樣，齊藤先生。難得來這一趟，要不要參觀一下所內呢？不介意的話，我可以幫你介紹一下。」

「啊，那真是感激不盡。」

「您的同伴好像去了設計用電腦那裡，不過那裡一點意思都沒有。如果想參觀的話，安全性小組那裡或許還不錯。」

神內所長這麼說的同時，左手邊走廊燈光亮起。

「請往這裡。」

齊藤以後方半步的距離，跟在神內所長身邊往前走。兩人發出的腳步聲，並未在牆面引發回音，而是不知道傳向何方、杳然而去。

「感覺不到有人在耶。可能是因為建築物很大的關係吧。」

「這裡的所員，連我在內只有二十名。其中有兩名是負責餐廳的業者。」

「這麼大的研究設施，實際上只有十八名呀……」

「幾乎所有作業都已經自動化了。總務相關工作或福利保健事務處理，也都是愛麗絲在負責。」

「您剛剛說過，這裡是在從事奈米機器人的研發工作；不過說到底，那個奈米機器人是什麼東西啊？我的相關知識只知道，那是眼睛看不到的小機器人而已。」

「說老實話，我們也沒有比您知道的更多呢。」

「怎麼可能？」

「現在奈米機器人的設計，全都由電腦一手包辦。而且根據設計，合成奈米機器人的，也是電腦所操控的裝置在負責。我們的工作，就只是針對做出來的奈米機器人，進行性能與安全性的最終確認而已。」

他們一站到寫著「安全性G」的藍色門扉前方，門扉隨即自動左右開啟。其中是個約五平方米的房間。內側還有門。左邊牆上排放著像綠色防護服的東西。

「請穿上這個。」

齊藤就近拿起一件，手穿過袖子邊說。

「這裡是預備室吧。」

「今天這個時間，應該是在解剖裸猿。」

「裸猿？」

「那是利用基因改造後，會產生與人類生理極度相似反應的猴子。用在奈米機器人的最終安全性確認。」

進入第二道門之後，立刻可以聞到動物臭味。但是這間長方形房間中，只有五張感覺像是職員用的桌子。神內所長繼續走向內側的三道門，從最右邊的門走進去。進去後，也是一個狹小的預備室。

他們再往裡面走，站在門前，但是不論等多久，門就是沒開。

「現在作業正在進行中，好像從裡面鎖上了。愛麗絲，請幫忙向裡面的諸位同仁解釋狀況。」

『瞭解。』

約莫一分鐘後，門往左右開啟。

眼前站著一個戴著白帽子、護目鏡、面罩，前面還圍著一件大圍裙的胖男人。他不耐煩地問。

「什麼內務省查核啊？」

「這位是內務省的齊藤先生。」

「不好意思，打擾到大家工作了。」

齊藤裝出一副有夠戒慎恐懼的樣子。

男人似乎很難為情，眼神隨之閃爍。

「我們對待實驗動物都有好好遵照法律喔。看起來很可憐就是了。」

他朝身後瞥了一眼。

三名所員圍著解剖台，其中一個個頭嬌小的好像是女性。

「可以打擾一下嗎？」

神內所長一這麼說，男人朝齊藤回答。

「是沒關係啦，只是可別在這裡昏倒或嘔吐喔。」

語畢便回到解剖台。

有些傾斜的解剖台上固定著一隻裸猿，頭蓋骨上半部已被移除，露出腦部。那塊淺粉紅色的東西上，佈滿無數血管。在強烈照明下，那塊東西看來彷彿從內部閃耀著光芒。這絕對不是什麼能引發食慾的光景，但是對齊藤而言，也不是多麼強烈的衝擊。唯有臭味引發的反感，總叫人難耐。

神內所長站在離解剖台有段距離的地方。

「我們從電腦設計合成的奈米機器人中，選擇經確認具備一定性能與安全性的，注入這隻猴子體內。以一年的時間，持續觀察培育狀況後，再像這樣檢查腦部或各種臟器有沒有出現變形等異常。」

「這個大腦現在怎麼樣了呢？」

齊藤接近窺探。

「離遠一點！」

男人隨即尖銳大叫。

「這個大腦內部，現在可是有一堆還沒經過認可的奈米機器人蠕動著呢。那種東西要是外洩到所外，就算所長被炒魷魚也沒辦法止血的。」

「啊，我這真是……行為輕率，實在是對不起。」

齊藤一道歉，男人隨即朝一旁嗤之以鼻。

神內所長輕微咳嗽。

「那麼，齊藤先生，我們到下個地方去吧。」

從解剖室回頭穿過幾道門，脫下防護服步出長廊，這才總算得以擺脫臭味。齊藤盡情呼吸無機感十足的空氣。神內所長以難以言喻的表情，望著齊藤那副樣子。齊藤則回以靦腆的一笑。

「惹人家生氣咧。」

神內所長也忍不住「噗嗤」一聲，笑出來。

「他人也很壞啦。」

然後，面露愧疚地說。

「解剖台周圍本來就遍佈特殊電磁波帷幕，就算體表面或衣服上沾附奈米機器人，只要一通過帷幕，就會全被燒掉的。」

「把奈米機器人燒掉？」

「一旦接觸到特定波長的電磁波，奈米機器人的某個特定零件就會激烈震動，因此產生的熱能就會完全破壞機器人。這招對侵入體內的奈米機器人無效，不過就實際層面而言，根本不需要擔心遭受奈米機器人感染。機器人只要一附著到皮膚上，就會沒辦法活化。就算萬一進入體內，也不會像細菌或病毒一樣自己增殖。因為，電腦就是這麼設計的。我們去二樓吧。」

我們從走廊上往回走一點，步上階梯。

「電腦製作出的那個設計圖，可以讓我們看看嗎？」

「說是說『設計』，實際上卻不是電腦畫出圖面，只是編寫出要輸入奈米機器人合成裝置的程式罷了。今天就算那個程式能顯示在眼前好了，就我們看來也只是莫名其妙的圖案而已。」
「如果是專家，不是就能解讀了嗎？」
「那是不可能的。」
對方旋即回答。
「因為程式所用的文字或語言，是人類無法理解的。」
二樓與一樓一樣，有條感覺不到有人活動的幽暗長廊，在眼前無盡延伸。走廊照明彷彿在為齊藤他們引路般，逐一亮起。
「如果是根據人類思考而編寫出的程式，人類也能理解。只是，現在的電腦都已經自行創造出獨特語言，用那種語言在編寫程式。其中使用的文法，複雜程度遠超過人類頭腦的處理能力。以那種語言所構築的概念，對我們來說，已經是無法想像的了。」
「這也就是說，意識傳送用的奈米機器人到底是運用什麼機制，沒人知道囉？」
「例如說，大小跟病毒差不多、能源來自血中的葡萄糖、具備了結合螺旋又或鞭毛與馬達的推進裝置、型態會讓人聯想到奇怪的深海生物，另外不僅碳、氧、氫、氮、硫，還是以包括金屬在內的所有原子構成的……這些程度的資訊是知道。至於那些機器人為什麼具備傳送意識的功能，相關確切內容都還是個謎。關於這方面，現在還是眾說紛紜。」
「所以人類是被排拒在外，或許該說是完全被拋在腦後了耶。」
神內所長深深點頭。

「現在的意識傳送技術，已經超越我們人類的知性層級了。如果說有人能理解那麼一點點的話，恐怕也只有意識傳送理論的創始者麻田幸雄一個人吧。」

「事情演變到最後很讓人遺憾呢。」

「或許正因為腦袋非凡，才更難取得人格的平衡吧。」

言談間摻雜無處宣洩的惋惜。他也是當初深信麻田幸雄，一路在旁扶持的共同研究者之一。

想要進行違法意識傳送，包括事先注入腦內的奈米機器人、傳送標的的人腦或腦部裝置，還有連接這兩者的傳送裝置，三者缺一不可。

奈米機器人不僅限於醫療領域，目前也運用於所有產業。只要有專用程式，使用普及型合成裝置，任何人都能製作。程式當然是屬於企業機密，然而如果企業內部有內應之類的，想帶出去也不是難事。

此外，雖然代體目前從製造乃至於流通通路都受到嚴密監控，但單純只有腦部裝置的話，相對而言比較容易購得。如果想用肉身人腦取代，就必須仰賴綁架或誘拐等犯罪行為，儘管如此，只要能得手，還是有人會不惜以身犯險。

其中，就只有傳送裝置，是不可能比照辦理的。首先，有能力製造這種裝置的製造商有限，而且完全是接單生產，生產數量本來就少。以正規管道設置在醫院裡的裝置，每次使用都會有詳細紀錄供當局留存，只要有違法使用就會被立刻發覺。尺寸大小也是個問題。為了創造出會成為意識粒子通道的特殊空間，裝置本體不論如何就是會做得很大。就算拆解運送，沒有卡車就辦不到，組裝時也必須有相當的知識與技術。而且，想要進行腦部裝置之間又或生體之間的意識傳送，就必須著手改造現有裝置。若非精通意識傳送技術所有層面的人，根本做不到。

而在列舉這類人物時，被列為首選的往往就是麻田幸雄。謠傳指出他與達斯汀有所牽扯時，一方面是因為事過境遷，難以取得充分證據，但是那並不代表他已經完全洗脫嫌疑。如果說枯靈格重現江湖，首先從麻田幸雄周邊展開調查，也是合情合理。這間研究所中，現在還有他所製造的實驗用傳送裝置。

「這裡是奈米機器人的意識傳送機能的測試部門。」

神內所長在一道門前駐足。

「剛剛忘記說了，新合成的奈米機器人首先會經過反向模擬測試。」

「反向模擬測試？」

「也就是說，電腦設計合成的奈米機器人，由其他電腦針對是否充分具備大家期待的性能，又或安全性有沒有問題等，重新分析模擬。藉由這種反覆模擬過程，可以預測奈米機器人九十九％以上的性能。最後，會有大半檢體在這裡被淘汰。能順利通過反向模擬測試的不到千分之一。」

「這還真有意思耶。電腦做出來的東西，由電腦評選，而且還幾乎都會被淘汰掉啊。但是我覺得，既然如此，一開始就設計出能順利通過的東西不就好了。」

「就算是電腦，創造出未知物品的能力與評選那些物品的能力，是兩碼子事。我不知道這比喻適不適當，不過能提出敏銳批評的評論家，不見得能創造出優秀作品，反之亦然吧。」

「原來是這樣啊。」

「只有那些順利通過嚴密的反向模擬測試的奈米機器人，才能進入下一個階段。安全性方面就如同您方才所見，會注入裸猿體內進行最後確認。而實際測試意識傳送性能的部門，就是這裡。那麼，我們進去吧。」

神內所長這麼一說，門扉隨之開啟。

那裡是所員的值班室。有個與神內所長一樣穿著白色作業服的男性，正對著桌子，年紀約莫二十五。簡單的桌子上，大概正浮現著虛擬畫面吧，外部人員的齊藤看不到。

「井口，津村到哪裡去了？」

「帶查核官到傳送室去了。」

被稱為井口的年輕男性，冷淡回答。他只朝齊藤投以機械性視線，其中沒有絲毫親切。

「不是在設計用電腦那裡啊。」

神內所長感到疑惑。

「總之，去看看再說吧。」

齊藤跟在後面，走進內側的門。裡面那間像是資材室。整面牆都是架子，上面擺滿乍見不曉得是什麼用途的物品。

神內所長從那間房繼續走上一條短短的通道，然後進入標示著「傳送準備室」的門。

御所人就在那裡。她維持雙臂交叉抱胸的站姿回頭。

「來的正好。」

在場還有一位頭髮花白的男性。經神內所長介紹，說是這個團隊的主席研究員津村。恰到好處的福態，給人態度溫和的印象。

他們看的是，正面大幅的實際畫面。畫面中播放出一個白色的圓形房間，是這道牆另一邊的傳送室吧。但是那裡的傳送裝置，與在醫院裡看到的形狀不同。房間中央有根粗壯的圓柱直達天花板，其上伸出型態各異的多支機器手臂。每支機器手臂上都有編號，全部好像有八支。

「現在，正在聽取關於實驗用傳送裝置的說明。」

齊藤看看她的臉，察覺她可能有了什麼收穫了吧。

「那麼津村先生，麻煩你繼續說下去。剛剛是說為了測試奈米機器人的性能，會使用實驗專用的腦部裝置。」

津村主席研究員不改鎮定神情。

「是的。代體搭載的腦部裝置，設計之初也會被寫入意識傳送功能。這裡所使用的，是移除該項功能的實驗用機型。我們會將奈米機器人注入實驗用腦部裝置，然後傳送到……這邊這個與代體實際使用一樣的腦部裝置。」

「實驗時傳送什麼呢？不是人類的意識吧？」

齊藤說。他毫不懈怠地努力貫徹本身任務。

「簡單來說，是高達約一百三十萬位數的密碼。密碼會事先嵌入傳送源頭的腦部裝置人工神經元複合體，然後藉由奈米機器人傳送。我們會測量傳送所須時間，同時將傳送後的密碼與傳送前比對，調查漏失或錯誤，藉此徹底檢視奈米機器人的性能。目前，在獲得許可的奈米機器人當中，性能最高的漏失以及錯誤傳送率在〇・〇〇二%以下。」

「這也就是說每次傳送，自己體內就會出現〇・〇〇二%的某種變化囉？」

「這種些微程度的變化，會立刻自動補正，一般認為並不會造成實質影響還有阻礙。當然，我們的立場也不會以此為滿足，目標是追求最完美的境界。」

「不會真的用人腦呢。」

「因為這是還沒有調查長期安全性的奈米機器人。其實肉身人腦，並不適合用於嚴密判定或比較效果。」

「裸猿怎麼樣呢？」

「基於同樣理由，還是不用。那終究只是確認安全性的實驗動物。」

「這個傳送裝置，有沒有遭受非法使用的疑慮呢？」

御所一句話，讓室內空氣緊繃。

「只要被使用，就會留下記錄。」

津村主席研究員的聲音也轉趨僵硬。

「但是，又不是說與當局保持連線。也有可能在內部就搓掉了吧。」

「不可能。」

「我問的不是您的信念，而是客觀看來有沒有這種可能。」

津村主席研究員感覺像被潑了盆冷水。

「那麼，可以讓我們看看使用紀錄嗎？」

御所接連發言，與神內所長互相點頭後說：

「愛麗絲，請在主要螢幕上顯示傳送裝置的使用紀錄。」

牆上的實際螢幕，隨即出現羅列著數字或文字的表格。

「使用時間、傳送對象、使用負責人，全都如同表列。實驗時的情況也都有影像紀錄。法律遵循對策萬無一失。」

「但是，有沒有像是一開始根本就沒記錄，又或記錄內容遭刪除竄改等可能呢？」

「只要傳送裝置開始運作，愛麗絲就一定會記錄。一旦被記錄下來，不論是我或神內所長都沒辦法刪除或動手腳。」

御所再次轉向津村主席研究員。

「你是說，沒有任何一個人做得到？」

「沒有。」

津村主席研究員毅然決然地回望她。

「麻田幸雄呢？」

「那個人已經不是這裡的人。不是連設施內部都進不來了嗎？」

讓人屏息的數秒流逝。

先移開視線的是御所。

「神內所長，等一下想再稍微跟您談談。」

「那麼，請移駕到我的辦公室去。」

所長室同樣位於二樓。室內幾乎是正方形，有大概五十平方公尺那麼寬。內側那張半圓形的大桌子，是能同時叫出多個虛擬畫面的款式。正中央是訪客用的接待沙發組，鮮豔的紅色皮革沙發加上質感像黑檀木的低矮茶几。環繞室內的牆上，是一整片白色面板。

「愛麗絲，播放三號。」

神內所長語畢，面板展現壯闊的群山風景，天花板整體散發柔和光線。

「來，請坐。」

神內所長親自沖泡咖啡，秘書似乎不在。

「神內先生工作時，一直都是在這個辦公室嗎？」

齊藤在所長對面一就坐，就這麼問。

「光是閱讀報告，一天很快就過了呢。」

「不會寂寞嗎？」

「我本來就是不以獨處為苦的人。」

他說著，視線流向御所。

「所以，您想談些什麼？」

「愛麗絲的設計負責人是哪位呢？」

御所開門見山地問。

「麻田幸雄。」

「他現在還是愛麗絲的最高管理負責人吧。」

有夠斷定的說法。

「不，現在的最高管理負責人是我。他的登錄老早就被刪除了。」

「怎麼刪除？」

「當然是向愛麗絲下指令啊。我一個人的權限做不到，如果有三位主席研究員聯名，就能變更最高管理負責人。愛麗絲也忠實執行了我們的命令。」

「假裝執行命令，其實並沒有真正刪除登錄。您不認為有這種可能性嗎？」

神內所長笑了。

「愛麗絲並沒有理由那麼做。」

「麻田幸雄或許有理由。」

笑容消失。

「如果說，愛麗絲到現在還是只認麻田幸雄為唯一的管理者，她只是按照那個管理者的命令，遵從你們而已呢？」

御所以壓制般的雙眼凝視神內所長。

「像是麻田幸雄深夜侵入這裡，愛麗絲也不會拒絕。他還能刪除侵入跡象，就算使用傳送裝置，也不會有任何人知道。」

「太可笑了。他為什麼要……」

他話只說了一半。

自己才提出疑問，內心便閃現答案了吧。

「神內所長，請不要做負面解讀，但是當愛麗絲剛剛想查證我的身份證，向內務省申請登入許可時，我們也趁機調查過愛麗絲內部資訊。愛麗絲的最高管理負責人現在仍然是麻田幸雄。到處都查不到您的名字。」

「怎麼會……」

他瞪大雙眼往上看。

「愛麗絲，那是真的嗎？」

聲音被天花板的光線吞沒。

「為什麼沉默？」

神內所長站起來。

「愛麗絲，回答我。」

愛麗絲還是沒有反應。

「為什麼無視我的命令？我不是妳的最高管理負責人嗎？」

那張臉一片慘白。遭受深信不疑的對象背叛的臉龐，自己的立足之處逐漸土崩瓦解、消逝無蹤的臉龐。

只是，現在可沒閒工夫沉浸於感傷之中。這棟建築物由愛麗絲掌控。而我們正身處於愛麗絲所掌控的空間中，那同樣也是麻田幸雄所掌控的空間。

御所以眼神示意。

齊藤將公事箱拉近，放在膝蓋上。手指放在開關上。

「回答我，愛麗絲！」

大門傳來金屬聲響，神內所長驚慌失措地衝過去。門打不開。

「愛麗絲，開門！立刻開門！快點！」

他敲門。數度敲門。

妝點牆面的群山影像消失。天花板的照明也關閉。周遭陷入一片黑暗，伸手不見五指。神內所長的敲門聲止歇。

「組長。」

齊藤簡短低喃。

「打開公事箱。要來囉。」

話剛說完。

耳邊旋即傳來氣體從頭頂強勢噴出的聲音。

5

再五分鐘。

等五分鐘不來的話，今天就放棄。

這是輝夜醫院的地下停車場。

法令規定，使用中的代體必須定期接受調整士檢查。我大概二十分鐘前，才在這間醫院結束三台代體的檢測維護作業，剛回到公司車這邊來。

『啊，這不是「ZERO TECHNOLOGY」的篠塚先生嗎？』

我與成為枯靈格的喜里川正人重逢後，到處打聽他的意識進駐的年輕男性消息。因為，從他把車停在地下停車場這點看來，他很可能是經常出入這間醫院的業者。他也不可能頂著喜里川正人的名號，想找人，只能以外表印象為線索。不過，後來還是從一位醫療技士那裡獲得相關資訊。

篠塚拓也。「ZERO TECHNOLOGY」的業務負責人。

「ZERO TECHNOLOGY」眾所皆知，是意識傳送技術的先驅。在意識傳送的必要三元素——傳送裝置、奈米機器人、腦部裝置之中，以技術層面而言特別重要的當屬奈米機器人與腦部裝置；關於上述兩者，「ZERO TECHNOLOGY」製的產品，如今仍擁有傲視業界的壓倒性市佔率。其中，就只有傳送裝置的製造，當初一開始就委託其他理化學機器製造商研發。傳送裝置主體內會產生特殊空間，而創造出該空間的基本技術，後來就在上述廠商手中確立。那家「ZERO TECHNOLOGY」後來藉由與其他奈米機器人製造商的吸收合併，如今也全面經手醫療用奈米機器人業務。

根據打聽來的消息，篠塚拓也半年前開始出入輝夜醫院。換言之，在喜里川正人成為枯靈格之前，篠塚就已經是「ZERO TECHNOLOGY」的業務了。

他在輝夜醫院露臉的頻率大概一週一次，而今天正好就是那一天。每次過來的時間多少有些提前或延後，不過今天還沒現身。只要持續在這裡守候，應該就能見到面。話雖如此，我也是在上班時間，總不能這樣下去。要是讓管理停車場的AI起疑心，也會妨礙到我在這間醫院的業務活動。

我自己也不太清楚，再見他一面打算做什麼。就是有事想問他。到底發生了什麼事？為什麼以篠塚拓也的身份活動？篠塚拓也的意識怎麼了？

但是，不僅於此。感覺上有更深邃、更沉重的什麼，才是我這股衝動的源頭。

我屏氣凝神專注望向幽暗空間。

有輛白色轎車駛下連接地面的坡道，然後停在大概是AI指示的車位中。離我所在位置大概二十公尺之遙。下車佇立的男人，獨自一人手提小巧的公事包，以輕快的腳步步向員工專用出入口。長相已經以目視確認過。

我急忙下了公司車。

不會錯的。

是他。

對方的視線瞬間投向這裡，但是沒有放慢，也沒有加快腳步。

「喜里川先生。」

我走近他，一邊叫喚。

他持續往前走。

我跑了起來。

「喜里川先生！」

男人回頭。

「是我啊，八田。」

我與他面對面佇立。

「不好意思。像這樣埋伏等您，只是我無論如何都……」

「您是哪裡的八田先生？」

我頓時怒火攻心。

「您別裝傻了。不就是『TAKASAKI MEDICAL工業』嗎？」

「啊啊，那個『TAKASAKI MEDICAL工業』呀……」

男人皺起眉頭。

我這才察覺。

與初次相見時不同。

這男人，讓人感受不到喜里川正人的存在。

（怎麼會……）

今天明明不冷，全身卻寒毛直豎。

表情也如實反映出情緒了吧。

篠塚拓也展露業務性笑容。

「您好像認錯人了吧。」

「不好意思。好像是的。」

我極力收拾殘局，幾乎是習慣性地遞出名片。

「實在失禮。我是『TAKASAKI MEDICAL工業』的八田。」

對方也遞出名片。對於「ZERO TECHNOLOGY」而言，本公司也算是生意往來對象。

「我是『ZERO TECHNOLOGY』的篠塚。」

彼此交換名片後，男人彷彿想起什麼似地說。

「以前，是不是在哪裡與您……」

但是話說到一半，又唐突打住。

「不，是我多心了吧。」

說著以不自然的點頭致意，敷衍過去。

「那麼，先告辭。」

眼見男人要離去。

「請問。」

我不自覺叫住他。

「什麼事？」

「那個……篠塚先生以前曾有過使用代體的經驗嗎？」

「沒有。」

我竭盡所能回以業務性笑容。

「如果想用的話，我推薦本公司的７Ｓ。當然，腦部裝置可是『ZERO TECHNOLOGY』製的喔。」

「謝謝您這麼親切。」

男人若無其事地平靜以對，接著走進自動門。

一陣近似暈眩的感覺襲來，我一邊走回公司車，整個人陷入座椅。眼前是再次回到空無一人狀態的幽暗空間。

「……到底是怎麼一回事？」

6

齊藤將公事箱的裝備之一晶體燈朝天花板照，沐浴在強烈光線中的天花板頓時照亮室內。御所與神內所長已經戴上氧氣罩。那是僅覆蓋口鼻的杯罩。像長印魚一樣接在上面的是氧氣罐，具有監控血液氧氣濃度，自動調整的功能。為了在配戴同時也能清楚發話，還內藏扁平發聲器。

齊藤也戴上氧氣罩，尋找氣體噴出地點。來源似乎是天花板四個角落各一的開孔。原來是愛麗絲啟動了緊急滅火裝置。是打算把我們困在這裡，缺氧而死嗎？

「貪快誤事囉，愛麗絲。」

御所臉上隱約浮現笑意。

「齊藤，N槍。」

齊藤從公事箱裡拿出耳塞與護目鏡，交給御所。這款耳塞同樣也是只會隔絕恐有損傷鼓膜之虞的聲響。他等御所配戴完畢後，最後才是沉甸甸的槍——N槍。發射出去的子彈在著彈瞬間會迅速擴大，一發就會造成大範圍損害。御所雙手一握住N槍，瞄準鏡隨之升起。

「神內所長，接下來會稍微破壞到設施。希望徵求您的許可。」

她說著以拇指卸除兩處的安全裝置，將大大的槍口朝向大門。

神內所長無法反應。他根本跟不上眼前急遽變化的情勢。

「這裡的最高負責人，是您。」

御所沒有絲毫慌亂地這麼一說，他才終於點頭。

「……我明白了。我許可……這麼做。」

「謝謝。」

她的手指放上N槍扳機。

「大門口要是有人在的話，立刻離開！會被轟飛的！齊藤！」

「是，神內先生，請往這裡。」

齊藤將呆站在原地的所長拉到桌底，讓他戴上耳塞並趴在地上。自己同時也戴上耳塞。

「組長，OK了。」

御所隨即放低重心，準備迎接衝擊。

緊接著，就在N槍即將發射之際，氣體聲響停止。

天花板恢復照明，牆上展現廣闊的群山光景。

齊藤屏氣凝神，讓神經保持敏銳，準備因應周遭狀況。不能掉以輕心。

御所放下槍口，謹慎地靠近大門。大門彷彿什麼事都沒發生過地自動開啟。步出走廊的御所，暫時觀察外面狀況，後來終於調回N槍的安全裝置，脫下護目鏡後回到室內。

「噴出氣體的地方好像只有這裡，外面安靜的很。」

齊藤也從桌子暗處出來。

「大家會不會吸入氣體窒息了呢……？」

「至少走廊的氧氣濃度檢測過後，沒有發現異常。而且這裡所使用的滅火氣體，是毒性低的EG924型。根據產品資訊，要讓人完全昏迷須要十五分鐘。對吧，愛麗絲？」

她瞪視似地往上看。

『正如您所言。』

「為什麼會那麼胡來呢？自暴自棄地魯莽行事可不像ＡＩ的作風。」

『真是抱歉。是火災偵測器失靈。』

御所嗤之以鼻。

「是你真正的管理者，麻田幸雄的指示嗎？」

『很遺憾的，時間到了。』

「時間……？」

『Time to die。』

最後重重響起的聲音，並非之前的女性人工語音，而是成年男性的人類聲音。

照明關閉。

牆上影像消失。

神內所長大叫出聲。

周遭不至陷入黑暗。公事箱的晶體燈還亮著。

御所靠近大門，門扉不會自動開啟。但是御所用手去開，門扉毫不費力地隨之移動。

齊藤闔上公事箱，單手提起。

「走吧。這裡還有氣體殘留。」

另一手攙扶著神內所長，將他帶到外面去。

其他職員也都步出走廊。有人手持緊急照明、四處張望，也有人呼喚愛麗絲。津村主席研究員與井口研究員，也身在其中。設施內部似乎是全面停電了，不過靠著透天的中央天井照射進來的光線，還足以辨識彼此臉龐。

「所長，為求保險起見，確認安全之前，先將所有人疏散到戶外比較好吧。」

御所將N槍交給齊藤，一邊這麼說。齊藤接過槍，放到公事箱裡收好，接下來是三人份的氧氣罩與耳塞。

「愛麗絲的修復，恐怕是不可能了。為了職員安全，強烈建議及早引進新的ＡＩ。」

齊藤闔上公事箱後起身，對御所頷首致意。

御所重新面對神內所長，立正後說：

「今天的查核到此結束。那麼，先告辭了，」

她一個轉身，朝階梯邁開步伐。

齊藤也向發愣的神內所長沉默行禮，隨即從御所身後追了上去。

＊

「到麻田幸雄別墅去。」

「現在去？」

「最後聽見的聲音。那是麻田幸雄本人。不想找本人問清楚嗎？」

「瞭解。」

他從資料庫中拉出住址，輸入車輛。

「高速的話，八十分鐘抵達。緊急行駛，可以縮短十三分鐘。」

「正常速度就好。」

御所陷入座椅中，閉上眼睛。

車子自動出發。

齊藤也緩緩吐口氣，先在腦海中重溫研究所裡發生的事，確認本身的判斷或行動。應該是沒什麼重大過失，只是再次回顧，才明白當時處境十分危險。儘管如此，自己之所以還能冷靜行動，還是得歸功於事先備妥氧氣面罩。

「組長，有個問題想請教。」

「怎樣？」

「您早料到事情會發展成那樣嗎？」

「為什麼這麼問？」

「因為準備得太周到了。」

齊藤瞥了一眼黑色公事箱。

「這次的查核目的，是傳送裝置有沒有遭受不當使用。出現不當情況時，就必須考慮ＡＩ牽涉其中的可能性。當我們揭開真相時，ＡＩ會出現什麼反應？我事先對此，模擬過十三套版本。」

「所以企圖用滅火器體殺害我們，也是其中一套版本囉。」

「以滅火氣體讓人窒息而死，是很有效的手段之一。就像愛麗絲所說的，也能偽裝成防火設備出問題。」

「怎麼會知道那裡使用的是低毒性氣體呢？」

「我問愛麗絲的。調查時詢問防火設備相關資訊，並不會不自然。」

「明明是低毒性，愛麗絲卻想用那種方法殺害我們。」

「她原本的計畫應該是就算我們呼救，也能把我們困上二十分鐘。再怎麼低毒性，幾乎確定能夠致死。正常來說，這世上大概沒有帶著氧氣罩，甚至能破壞大門的武器上門的查核官。」

「所以是組長的先見之明贏了。」

「比想像中更乾脆地逼出了幕後主使，讓人有些沒勁就是了。」

車內一陣沉默流過。

她似乎從他身上感受到與平常不同的氣氛。

「怎樣？」

「沒有啦，只是覺得既然都模擬得那麼徹底了，事先跟我說一聲也好啊。」

御所張開眼睛，望著齊藤。

「你就是像這樣，心裡有什麼立刻就會寫在臉上。要是一副上戰場的樣子，只會讓對方萌生無謂的警戒感。那我特地挑你去，就沒意義了。」

「這些道理我都懂，只是總覺得沒意思。」

御所不禁抿嘴而笑。

「怎麼了？」

「沒什麼。」

然後又閉上眼睛。

「我決定這樣解讀，那就是您相信我不論面對什麼狀況，都能立刻反應因應。」

「很好。」

駛上高速公路的公務車，持續順利地維持自動駕駛。

當他茫然凝視窗外時，疑問掠過心頭。麻田幸雄以某種形式涉及不當意識傳送這點，大概不會錯。只是，御所剛剛也稍微提過，就算對自己不利的事情被揭穿了，因此就要殺害查核官，不會也太躁進武斷了嗎？愛麗絲的確是貪快誤事，但是那應該是出於麻田幸雄的意志。就算人格有問題好了，就那真是被稱為「真正天才」的男人會做的事情嗎？都已經五十歲的成熟男人……

「又或者呢……」

御所張開眼睛。

「可能有人在玩我們。」

「玩我們……」

「齊藤。」

「……是。」

「趁現在，先讓神經休息一下。之後要開進去的，可是那個麻田幸雄的居城。說不定會開啟全新的案件。」

「這次有幾套模擬版本呢？」

「現在正在模擬。」

她看向這邊。

「對了，手槍帶來了吧。」

「當然……咦？」

「那就好。」

她以安心的表情閉上雙眼。

「……應該不會，演變成槍戰那類的吧？」

「誰知道。」

麻田幸雄如今的隱居之處，是棟蓋在海岸邊的別墅。據說回國後曾住過一陣子的都心高級公寓，現在幾乎都不回去了。

載著齊藤他們的公務車，停在緊閉的車庫前。開門一下車，就聞到濃厚的海潮味。或許是因為剛從山裡移動到這裡來，對此才特別有感覺。之前始終高掛天上的太陽，現在都已經透著火紅西斜。

別墅的形狀感覺像是在平房上面，又黏著一層半斜屋頂的二樓。資料顯示，這並不是反映出麻田個人喜好的新屋，而是中古物件。即便如此，整面白牆仍與研究所的意象重疊。房子雖然有窗戶，不過全都是小小的正方形，數量也少。感覺像是傳達著拒絕外部干涉的意思。那些窗戶全都亮著燈火。

御所站在門前，顯示身份證。

「內務省特殊案件處理官，敝姓御所。針對『ZERO TECHNOLOGY』的奈米機器人研究所引進的通用型ＡＩ，有事請教。」

間隔數秒，鎖開了，大門往內側開啟。

御所不打算動，她覺得可疑。齊藤也明白。開門的時機並非人為操作，而是保全系統的自動反應。換言之，系統已被設定成有訪客時，立刻讓人進入。

「走吧。」

一踏進外側大門，眼前是條兩側被白色石牆守護的入口小徑。小徑描繪出和緩的螺旋狀，通向沐浴於耀眼照明的玄關門廊。人一站到寬闊的雨遮下，門扉再次自動開啟。齊藤在踏入屋內的同時，便察覺到異狀。

「組長。」

「我知道。」

御所已經拿著手槍。這原本是防身用的小型槍械，不利於槍戰。

「要拿N槍嗎？」

「沒必要吧。」

「我走前面。」

齊藤拉出公事箱把手，像拿著盾牌一樣左手舉在前面。他直接前進，一邊從胸前槍套抽出手槍。

「要是讓組長受傷，會被筧前輩殺掉的。」

「隨你。」

齊藤將背後交給御所，全身神經專注提防前方。從大廳到走廊。白牆上裝飾著看來像北歐的風景畫。敞開的房門。臭味是從那裡傳出來的嗎？

他躲在牆後，悄悄探身進去。

那是一間寬敞的客廳。幾乎佔據整片內側牆面的落地窗，覆蓋著一層緊閉的厚重窗簾。拉開窗簾，就能看見海吧。右手邊牆面上是大幅螢幕畫面，還有彷彿與之對峙的一套白色沙發組。沙發中央，坐著一個男人。看背影也知道身高蠻高的。體格勻稱，頭髮也是光澤的黑色。他裹著胭脂色的長袍，微低著頭。除了他以外，沒有半個人影。

「我過去。」

他把之前當盾牌使用的公事箱放下，壓低身軀衝了出去。他在地板上側身一跳，同時一個翻滾後，將槍口抵在男人的後腦杓。

「別動！」

男人沒有動。

齊藤一邊注意周遭狀況，一邊起身繞到前面。男人的眼睛乾燥，嘴唇泛紫，表面龜裂。皮膚失去彈性早已變成青黑色，訴說著體內血液有很長一段時間不再流動。雖然感覺不到痛苦的跡象，也稱不上儀容安詳。

原本在走廊維持掩護姿勢的御所，將手槍收進槍套，進入房內。她走近蹲下，凝視麻田幸雄的屍體。

「所謂的Time to die，是這個意思啊。」

「已經死亡好幾天了。跟我們的調查沒關係吧。」

「的確，這臭味……」

是因為原本緊繃的神經頓時放鬆了嗎？這味道讓人不自覺想摀鼻。那不是血淋淋的血腥味，而是腐敗醞釀出的臭氣。感覺都要侵入腦子裡去了。

從頭到尾大致觀察過屍體的御所起身，她的臉龐並未因屍臭而發皺，視線到處遊走。

茶几上隨意放著一支自動筆型的注射器，裝填的填充液瓶身上什麼都沒標示。

「大概是弄錯藥物劑量，又或是注射藥物自殺吧。還是，偽裝成這樣的殺人呢？」

「我們抵達時，好像是恭候多時似地迎接我們進來。不覺得，能感受到麻田幸雄始終如一的個人意志嗎？」

「所以是自殺囉……」

「這也說不准。」

「這……是什麼意思？」

御所的視線停留在一點。

大幅螢幕畫面。

她靠得很近，專注觀察每個角落，然後輕輕伸出手指，觸碰畫面。一個灰色的圓隨即以觸碰點為中心，往外擴展。大小大概是一個成人的手掌。上面顯示螢幕的操控盤。

「組長。」

「有儲存的影片。」

一點開始鍵，操控盤隨即消失，影像出現在畫面上。

是麻田幸雄。

他坐在白色沙發的正中央，身上穿著胭脂色的長袍。他的背脊挺直，雙手像壓住膝頭似地放在那裡。超過一百八十公分的堂堂身軀，毫無疑問地是個成年男性，唯有那強烈眼神如同少年般純真，不，比起純真更像是純粹，純粹到讓人看了甚至會覺得不安。

『現在是十一月七日，晚上十一點五十七分。室溫二十二度。濕度六十%。』

聲音同樣散發出讓人想不到已經五十多歲的年輕感。但是，怎麼回事呢？這種甚至讓人不舒服的違和感。

『從現在開始，三分鐘後，日本時間十一月八日午夜零時，將開始實驗。』

「實驗？」

不自覺地脫口而出。

『我想這樣的嘗試，是史無前例的。雖然乍看之下，很像是非科學性、迷信的行為，但是我即將以自己身體進行的實驗，完全是根據科學性的理論基礎，歷經長期縝密準備後所做的。話雖如此，凡事總有風險。我不知道失敗了會怎麼樣。然而只要成功，我就會成為普遍性的存在。換句話說，這是場造神實驗。』

「竟然說是神……」

御所的表情僵硬。這情況實在罕見。

『說句老實話，現在，我的身體正在顫抖。這或許是被稱為恐懼的情緒。我並不是恐懼實驗。應該說是期待得不得了。說不定，這顫抖就是人家說的那種上戰場前的興奮顫抖吧。』

螢幕中的麻田幸雄微微發笑。

『好了，時間好像到了。』

他從桌上拿起注射器。

他右手握著注射器，尖端對準右耳下方。過一會兒，傳出簡短的電子聲響。是注射器的感應器已經鎖定目標血管。

麻田幸雄深吸口氣。

他閉上嘴巴，雙眼緊閉。

以拇指按下注射器按鍵。

麻田抖了一下，睜開雙眼。

數秒之間，整個人維持那種狀態僵硬不動。

然後隨著呻吟吐氣。

他將注射器扔到桌上。

他改變姿勢，抬起些許潮紅的臉龐。

『已經不能回頭了。』

雙眸也轉為濕潤。

『這個紀錄會成為偉大事業的紀念碑，又或是成為悲慘失敗案例的墓碑呢。當這個紀錄被某人看到時，結果已經出爐了吧。從現在開始就是未知的領域了。』

持續一陣沉默。

麻田幸雄的眼神曳動。

他的體內，開始出現了什麼變化。

『……就這樣。』

彷彿硬擠出的聲音成為絕響，影像中斷，螢幕轉為一片死白。

齊藤對於已經是一具死屍的麻田幸雄，湧現一股難以壓抑的戰慄感。

這人明顯異常。被現實世界逼到窮途末路，以誇大妄想逃避到最後，自我了結。如此而已。

然而現在的自己，卻覺得恐怖到想要尖叫出聲。

「實驗最後好像是以失敗收場。沒變成神，反而成佛了。」

齊藤勉強想笑。

御所以嚴峻眼神望向螢幕，保持沉默。

已經冰冷的麻田幸雄動也不動。

第三章 地下室的記憶

1

坐進光澤的黑色皮革沙發，無與倫比的柔軟觸感頓時讓人感覺飄浮在空中。不愧是內務省。光是一張沙發，就如此不同凡響。

圍繞寬大茶几擺放的沙發，足足能容納十二個人。而坐在上面的，目前就只有我一個。正面牆上是莫名其妙的抽象畫。後面是一片有雙手張開那麼大的螢幕畫面。右手邊的窗戶外，可以看見相似的建築物群。

在AI引導下進入這房內，已經三十分鐘了。在這期間來訪的，就只有送咖啡的無人送餐層架車。

「請問，還沒好嗎？」

我視線朝上，詢問AI。

『現在正朝這邊過來。七十秒後抵達。六十九、六十八……』

「啊，不用倒數。謝謝。」

現在，我的左肩正顯示出入館許可證的懸浮影像。這要是消失的話，ＡＩ就會隨即變臉，警告我馬上離去吧。要是不照做，警衛就會火速趕到。

『十秒後抵達。』

我起身站好，在腦中默數。心臟碰碰碰地狂跳。不愧是內務省ＡＩ，剛剛好十秒後，對方沒敲門逕自開門。

「不好意思，讓您久等了。」

但是，我高漲的期待頓時落空，慌慌張張衝進室內的，並非前些日子見過的印度裔美女，而是個日裔年輕男性。雖說年輕，也比我大概大上三歲吧。他的長相清秀，唯獨那小鬍子，就像是因意外狀況混入的混雜物。

我一邊努力，不讓臉上顯露失望。

「百忙之中前來叨擾，我才不好意思。我是『TAKASAKI MEDICAL工業』的八田。」

「厚生局第六課的齊藤。隸屬於枯靈格問題因應小組。」

彼此以初次見面才有的拘謹，交換名片。現今的視覺技術或記憶媒體都已經進化到這種地步了，唯獨名片還是莫名地保留傳統模式，沿用至今。即便只是薄薄一張紙，將實際交換物品的行為，作為開展全新人際關係的儀式，據說還是很有效的。

「御所今天有點不方便，所以由我來見您。請坐。」

自稱齊藤的男性沒選擇對面，而是在左手邊的沙發就坐。雙方距離近到似乎一伸手，就能碰到手指。

「事不宜遲，您說是有關於喜里川正人的消息。」

我重新調整心情，說出自己的遭遇。包括被喜里川正人意識進駐的男性，在輝夜醫院找我說話；那個男性是「ZERO TECHNOLOGY」的業務部員工篠塚拓也；後來再見到他時，喜里川正人的意識已經消失，篠塚拓也的意識再度復活，而他對喜里川正人一無所知。

齊藤先生也沒點頭，只是定定凝視著我。那眼神實在過於專注，甚至讓人覺得不太舒服。

「您是說『ZERO TECHNOLOGY』，沒錯吧？」

「是的，我還拿了名片。」

「又是『ZERO TECHNOLOGY』啊。」

「又是？」

「啊，沒什麼。那個，這件事有沒有跟其他人提過？朋友或上司之類的。」

「沒有。我也不知道該找誰商量，所以才想起御所小姐。因為她之前跟我說過，任何事都好，只要有相關資訊就通知她。」

「原來如此……」

齊藤先生以輕握的右拳抵住下巴。

「我們這邊也會試著調查一下那個姓篠塚的人物。另外也想問問那位喜里川先生，到底是怎麼回事。」

「到時候，喜里川先生的意識會被消除嗎？」

「一旦進入肉身人體，我們就沒辦法插手了。頂多只能請對方提供資訊。」

他溫柔微笑。

「這樣可以安心了嗎？」

「他是我過去負責的案例，可能的話，希望他好好活著。」

齊藤先生點點頭。

「對了。」

他的眼神突然顯露尷尬。

「八田先生，可以問您一個問題嗎？這本來可能不適合問初次見面的您，但是如果您能盡可能坦率回答的話，我會非常感激的。」

我緊張地挺直背脊。

「是什麼問題呢？」

齊藤先生指指自己嘴巴附近。

「這鬍子，適合我嗎？」

從表情看來，他不像在開玩笑，是認真的。

這可不能說謊。

我對他大幅歪頭。

「……有點那個。」

「果然。」

他垂頭喪氣。

「啊，可是我覺得也沒有那麼糟啦。」

齊藤先生立刻抬頭。

「不，這下子我可下定決心了。謝謝您。」

「請問，那跟……今天這件事有什麼關係呢？」

「不，完全沒關係。」

「……」

我發現，自己已經對這位姓齊藤的男性萌生親近感。內務省的公務員中也有這樣的人啊。

「那麼，請問，我也可以問一個問題嗎？跟今天這件事沒有直接相關。」

「請問。」

「御所小姐她，今天到哪裡去了呢？」

喔~對方露出這樣的表情。

「八田先生該不會也是組長的粉絲吧？」

「應該說，是一位讓人印象很深刻的女性，所以才想如果能再見一面就好了。」

慢慢覺得自己在冒汗。

「那還真不湊巧耶。」

齊藤先生爽朗地回答。

「御所現在，人不在日本喔。」

2

波長契合的人，在進入視野的瞬間就能看出來。米娜此時也被相同預感擊中。

左手拉著行李箱，從機場國際線入境閘門走出來的一位女性。即便身處於人潮與嘈雜之中，卻彷彿唯有她的周遭只能容許靜寂的存在。包裹在優雅的灰色長褲套裝與白色襯衫中的結實身軀，從那舉止體態，可以看出持續累積了相當程度的鍛鍊。褐色肌膚光澤耀眼，豐唇靜閉，微微上吊的細長大眼蘊含鋼鐵般的意志與理性。搖曳著波浪長髮的步行姿勢，感覺堂堂正正又值得信靠，會讓人覺得光是她存在於該處就好像是某種特殊事件。

她似乎注意到這邊。

視線直直轉了過來，緩緩走近。

她近距離駐足，端正姿勢，敬禮。動作敏捷美麗。

米娜也回禮。

「恭候多時。我是聯邦警察局搜查官，米娜・桑切斯。」

「我是內務省特殊案件處理官，御所歐菈。感謝您提供協助，桑切斯搜查官。」

她的英語流利，發音也很正確。而且，聲音有種說不上來的深度。那絕對不是撩撥性慾的音色，卻讓人覺得性感。

「請叫我米娜。」

「那麼，我叫歐菈。」

她以自然的動作伸出右手。

米娜強力握住那隻手。

「感覺上我們擁有相似之處。雖然只是直覺。」

「我也有同樣感覺。」

「那麼，拘謹的行禮如儀就到此為止吧，歐菈。」

「贊成，米娜。」

兩人不約而同微笑。

「車子已經準備好了，要先到飯店辦理入住嗎？」

「先工作。」

「我就知道。」

米娜今天借來的公務車，是引進沒多久的最新型兩人座。以鏡面處理的純藏青色車體，呈現緊貼地面的流線型。不過最值得一提的是，車子沒有車窗。

米娜她們一走近，兩側鷗翼車門隨之彈起。

「行李放在後面空間喔。」

身軀移進座位，一繫上安全帶，車門緩緩下降。車門關閉的同時，車內全向螢幕放映出周遭光景。視覺資訊更勝敞篷車。

歐菈讚嘆地說：

「沒想到會用裝甲車來迎接呢。」

「啊呀，這裡可是戰場喔。」

車子滑行般地開始移動，目的地已經事先輸入好了。

「首先想跟妳確認一下。」

米娜感受到車子加速，一邊這麼說。

「意識傳送系統的創始者——麻田幸雄自殺身亡那件事，是真的吧。」

「身亡是事實，至於是不是自殺，還無法斷定。」

與事先聽說的不同。

米娜的疑惑或許表現出來了吧。

歐菈持續說下去：

「我們分析注射器中殘留的微量成分，結果發現他打進自己頸動脈的不是毒品，也不是致命藥物，而是奈米機器人。而且那種奈米機器人，與現存任何類型都不符合。所以也不清楚擁有什麼功能。從他選擇的血管與部位推斷，在腦部產生作用的可能性很高就是了。」

「依妳看呢？」

「我認為，他沒打算要自殺。就如同他留下的紀錄內容，是某種實驗。」

「實驗失敗後，斷送了性命。」

歐菈沒反應。

「不是嗎？」

「他之前企圖做的到底是什麼實驗，我們一無所知。所以要判斷是不是失敗的相關材料也不足夠。」

「的確。」

「他在訊息中說是要造神。本身的死亡，也可能早在他預料之中。」

「有沒有可能是死了以後，自己變成神之類的呢？」

「我明白妳想說什麼。但是，我並不覺得他是個困在迂腐的文學妄想中的精神錯亂者。光看他留下的訊息影像，直到最後都是保有理性的。」

「妳是說，憑藉著那樣的理性，真心想要造神。」

「要回答Yes，感覺上還蠻排斥的呢。」

兩人「噗嗤」一聲，相視而笑。

「不論如何，都必須在排除預判的情況下，徹底釐清他的意圖。為此，首先必須理解他的精神結構。」

「所以才會來這裡尋找線索吧。」

「他生活過的房子，到現在還在他名下。明明據點都已經移回日本快十年了。他對那裡有種執著。我想弄清楚到底是什麼執著。」

「換句話說——」

米娜凝視歐菈側面。

「這個事件還沒結束。不僅如此，現在才正要開始。妳是這麼想的。」

沒錯，歐菈持續面向前方回答。

「這跟枯靈格問題有關連嗎？」

「也許。日本出現了新的枯靈格，恐怕也跟麻田幸雄脫不了關係。」

她視線朝這裡瞥了一眼。

「聽說這裡情況有些不同就是了。」

「法律禁止代體之間的意識傳送這點，跟你們那邊一樣；但是現在正朝合法化的方向，展開討論。」

「感覺會通過嗎？」

「要是代體剛出現的十年前，這種話題肯定只會引發歇斯底里的排拒反應吧。這也算是時代的潮流呢。日本沒有這種變化嗎？」

「檯面上沒有。但是檯面下或許已經有各式各樣的相關運作了吧。」

是吧，米娜點頭。

「我們這邊也是，在這股潮流背後大力推波助瀾的就是『TERA BIO』。」

「『TREA BIO』……」

「如果代體間的傳送獲得解禁，代體市場就會一口氣擴大。這對於全球最大的代體製造商而言，可是得償夙願呀。」

「啊，是那個意思啊。」

「只要有錢，就能持續轉換代體，半永久活下去的時代已經近在眼前了。歐菈呢？自己的肉體滅亡後，想使用代體繼續留在世界上嗎？」

「不想。」

毫無猶豫的火速回答，快到甚至讓人意外。

「完全不想？」

「我愛自己這副命中注定就是會每天變化，不久後老去、滅亡的肉體。這副包含大腦在內的肉體，給了我好多東西。喜怒哀樂的感情、肉體痛苦，當然還有快樂。『眷戀』，光這個詞彙甚至還不足以表達我的感覺。所以，完全沒有『不惜捨棄這副肉體活下去』的念頭。」

「都不會有對於消滅的恐懼嗎？」

「就算肉體死亡，也不會消滅。」

「該不會是想上天堂吧？還是所謂的輪迴？」

她像在思考，隔了一會兒才說，

「從一條大河中，轉瞬間飛上天空，然後再次回歸河流。我覺得，在這個世界以肉體生活應該就是這麼一回事吧。」

「誕生於一條大河，然後又回歸河流。好有意思的生死觀喔。」

「所以，我想在再次回歸河流前的有限時間中，以這副肉體，盡情體會享受這個世界。否則，不是太可惜了嗎？」

她投來詢問般的視線，米娜感覺自己體溫上升。自己是同性戀的事被看穿了。而她也正在向自己傳達同樣的事……不，是自己想太多了。

「對了，關於現在要去的房子，」

米娜好不容易拉回話題。值勤中，再這麼胡思亂想下去可不妙。那種自制能力，自己還有。工作優先。

「根據我的調查……」

麻田幸雄在美國持有的自宅，位於郊外的門禁社區中。

說到近數十年來在美國新建的住宅區，幾乎都是高牆圍繞的門禁社區，出入口的大門都有保全或監視用ＡＩ戒備。社區水準參差不齊，從最好到最差都有，門禁社區早已喪失所謂「高級住宅區」的印象。麻田幸雄之前居住的社區，如果刻意要列排名的話，大概算中上吧。即便如此，以他當時的立場看來，肯定是狠下了心才出手買的。

他是在設立腦科學研究所同一時期，買下這棟房子，後來就持續住到將據點移往日本為止。那大概九年的期間中，他在工作上做出了豐碩成果，私生活卻離「一帆風順」相去甚遠。遷至新居兩年後，長子年僅五歲就病死，隔年與學生時期始終陪在身旁的妻子離婚。此後的他，彷彿想要忘記一切似地全心全意投入工作。瞭解當時狀況的人都有志一同地形容，他研究時散發出一股肅殺之氣。

「移居日本後，還有順便回來的跡象嗎？」

「大概一年一次。可能是因為工作的關係，順便過來的。平日的管理，完全委託當地的不動產公司。快到囉。」

前方可見鋼製的黑色大門。一接近，大門便從中央一分為二，往內側敞開。事先已經跟管理監視用ＡＩ的保全公司報備過了。

社區佔地內只能開到時速二十公里。載著米娜她們的公務車，緩緩在寬敞的車道上前進。左右兩邊沿路都有人行道，更外側區塊整排都是井然有序的相同建築物。白色牆面搭配橘色屋頂的兩層樓建築，全都有草坪庭院，同時停著自用車。那些車子，都是些稱為「平民化」也無妨的車款。整體而言，社區維護得還算體面，只是莫名飄盪著疲憊的氛圍。是因為二十年的歲月，足以導致全新事物褪色，卻還不足以醞釀出歷史嗎？

車子駛過和緩的彎道後，靜靜停下。螢幕消失的同時，鷗翼車門同時彈起。米娜她們下車，仰望那棟建築物。雖然久無人居，維持的狀態還算過得去。窗上也沒有明顯汙痕。

走過草坪中的小徑，站到玄關前。米娜一握住門把，鎖就開了。因為早已向受委託管理的不動產公司取得認證密碼。

「走吧。」

她開了門。業者每個月會來打掃一次，所以地板也擦得乾乾淨淨的。

「儘管查到滿意為止吧。」

「正有此意。」

米娜不好意思打擾她，於是決定離開，去巡視其他房間。

廚房、客廳、臥室，浴室與廁所。每個地方感覺都很簡樸，平凡無奇，卻沒有生活感。另外也看不到用一半的洗面乳、牙刷或常備藥品等。之前的確存在過的人為痕跡，是因為歷經漫長歲月的洗禮，又或反覆的打掃作業呢，早已消失無蹤。

『米娜！』

當她巡到二樓時，樓下傳來呼喚聲。

她急忙步下階梯。

「妳在哪，歐菈？」

『地下室。這裡有東西很有意思。』

客廳內側有道門開著，階梯往下延伸。她注意著自己腳下一邊下樓，眼前出現甚至讓人意外的寬敞空間。吸頂燈流洩而出的光芒中，可以看到無數粒子飄盪飛舞。這個空間或許沒有在打掃範圍之內。

「這個，妳怎麼看？」

房間中央，有個靠背很高的單人座沙發。雙臂悠然放在把手上，坐鎮其中的是一台代體。頭部並非顯示器，而是眼部攝影機與收音麥克風裸露的款式。感覺有人很努力地想讓它貌似肉身人體，但是骨骼還是不好看，人工皮膚看來廉價劣化，那樣子讓人聯想到古代王族的木乃伊。

「好像是蠻初期的東西耶。」

「上面刻著型號。ＴＢＰ７９９。『TERA BIO』製的原型機。還有這個。」

歐菈走向房間角落，從一個必須仰望的龐大物體上，扯下白色罩子。

「這是？」

圓形構造物周遭，纏繞著複雜機器。銀色本體上可見彷彿滲透出來的黑色汙痕隨處擴散。

「雖然做工原始，但我想是意識傳送裝置。」

「麻田幸雄也在這裡從事意識傳送的研究嗎？但是，為什麼要在這裡？都已經有麻田腦研的研究設備了啊。」

「答案的線索，或許在那裡。」

歐菈指向的牆邊，堆疊著像箱子一樣的東西。米娜靠近那裡，雙手抱起其中一個。合金製的保護容器中，裝著沉甸甸的重物。她看過印在側面的文字，目光再次投向那些堆疊的東西。

「這些全都是腦部裝置嗎？」

「二十八個。全都是麻田腦研製造的。而且批號各有些許出入。」

「所以是在蠻長一段時間中，陸續帶過來的囉？」

「所有保護容器上都有『使用過』的標記。但是，那邊的保管庫裡——」

保護容器小山旁，放著一個大型低溫保管庫。

「還剩兩個未使用的。使用期限早過期就是了。」

「使用過的腦部裝置有二十八個。未使用的有兩個。批號全都不一樣。」

「那代表什麼意思呢？」

米娜將保護容器放回去。

「這個地下室的設備，該不會與麻田在最後的訊息裡提及的實驗有關係吧？」

「米娜，有事拜託妳。」

歐菈重新轉向這裡。

「希望妳能聯絡『TERA BIO』，調查那台代體。如果是接近實用化的原型機，應該有內建晶片。分析晶片內容，或許就能知道代體之前是做什麼用的。」

「妳之後打算做什麼呢？」

「我要去見與麻田幸雄分手的妻子。」

「他太太……」

歐菈望向乾癟的代體。

「她很可能知道，當初這裡是在搞什麼。」

充滿確信的聲音。

3

是因為通勤都搭公車的關係嗎？常會夢到自己搭公車。坐在位子上茫然眺望窗外時，頓時察覺那並不是熟悉的街景。本以為是錯搭了其他公車，慌亂地正想下車，只是確認過目的地標示，發現的確是這台公車沒錯。但是，公車走的並不是平常的路線。於是我屏氣凝神地關注公車到底會開往何處，最後會抵達何處。就是這樣的夢。每次多會在公車停車前醒來。

現實生活中，可沒那麼容易出那種差錯。這天，我也順利搭上平常的公車，踏上返家歸途。對了，負責公車運行的是車輛搭載的ＡＩ，車上沒有人類司機。

公車停了下來，車門開啟，我跟在幾個人身後也下了車。由於事先買了通勤用的認證密碼，不論在哪個公車站都能自由上下車。我在公車站附近的藥妝店買了好些食品或日用品，然後再走回自家。在住宅窗戶燈光還有路燈影響下，附近看不太到星星，不過滿月已經出現在東南邊的天空。那是個實在是又大又完美的月亮，看來甚至像是做出來的假月亮。

公寓前有個人影佇立。皮褲與夾克很搭，手上拿的是全罩式安全帽。停在旁邊的大型摩托車，彷彿是守護著她的猛犬。虧她能用那麼纖細的手臂，靈活騎乘那玩意兒呢，我常如此感嘆。

「是亞季嗎？」

她圓滾滾的雙眼頓時大張，然後點點頭。好像又剪頭髮了。比上次見面變得更短了。生來就是一張娃娃臉也有關係，感覺像是個十來歲的女孩。

「怎麼了？還真難得。」

「有些話想說。」

「我可沒錢喔。」

「不是啦。」

她不悅地嘟嘴。每次只要看到她這種表情，就會覺得格外放鬆。

「唉，算了。先進去再說。」

我步上階梯，她隨即默默跟上來。

我的住處位於三樓角落。雖然不寬敞，一個人生活卻已經很足夠。對於鄰居，則是一概不知。

「大概等了多久？」

「三十分鐘左右。」

「怎麼不用『李斯特』聯絡我呢。」

我將那些從藥妝店買來的東西放進冰箱或架上時，亞季手拿著安全帽環視房內。應該沒有什麼被看到不太妙的東西才對。

「平常都這麼晚嗎？」

「今天還去了一趟內務省，挺忙的。」

「內務省？為什麼？」

「唔，說來話長囉。」

「說來話長是……？」

「妳對內務省這麼有興趣啊？該不會是畢業論文的題目吧？」

「才不是呢。」

我最後從冰箱拿出罐裝啤酒，回到亞季在的房間。

「坐吧。」

「我這樣就好。」

我打開罐裝啤酒，坐到單人床上。

「好了，想說什麼？」

「那個啊，我聽起來可能像在問奇怪的問題。」

「平常問的都很奇怪啊。」

「你，真的把我當妹妹嗎？」

剛喝進去的啤酒差點沒噴出來。

「幹嘛啦，問那麼噁心的問題。」

「所以就先說啦，會問奇怪的問題嘛。」

她一反常態的認真。

「你老實回答。你真的有把我當妹妹嗎？」

「當然啊。」

「從什麼時候開始的？」

「從妳出生開始的啦，這什麼對話呀。」

「我剛出生那時候的事，你還記得嗎？」

「我自己那時候也還小，不是全都記得，不過還記得爸爸搔著我的頭說『你從今天開始就是哥哥囉』。那的確就是亞季啊。後來就一路看著妳長大。還陪妳一起玩，唔，也常惹妳哭就是了，總之妳是我妹不會錯的。」

亞季表情越來越詫異。

「妳該不會，是在妄想自己其實不是我們家的孩子吧？」

「你沒那麼想過嗎？」

「我？沒有啊，我的神經才沒有那麼纖細呢。」

怎麼回事？今天的亞季讓人覺得好尷尬。

「喂，發生什麼事啦。好好說明一下啊。」

亞季只對我投以定定凝視般的視線，沒有回答。她頓了一下搖頭。
「沒事。回去了。」
她轉身背對我。
「等等。那種態度，會讓人掛心。」
「真的沒事……」
亞季急忙駐足，觸碰李斯特。似乎有來訊。
她有好一會兒維持相同姿勢，隨即卻突然發出暴躁的聲音：
「就說我知道啦！」
接著像在敲擊「李斯特」似地切斷連線。
「男朋友～？」
我打趣地這麼說，她仍然背對著我，以冷淡聲音說：
「是媽媽。」
感覺她雖然想再說些什麼，最後還是就那麼直接離去。

4

內務省厚生局第六課由二十二組所組成，每組負責因應個別特定問題；被授與「特殊案件處理官」的組長，就只有處理枯靈格問題的第十九組與取締違法藥物的第一組。

當上級判斷，為彈性因應特定問題，須要擁有高於一般公務員獲准使用的裁量權或權限時，便由各大臣任命特殊案件處理官。原則上，特殊案件處理官以及麾下組員都獲准攜帶槍械。

「筧前輩，這有點怪耶。」

齊藤一太的視線離開虛擬畫面，朝正面桌子出聲道。「什麼事啊」整張臉彷彿如此訴說，一邊看過來的，是捲起襯衫衣袖的筧勇武。第十九組副組長，三十七歲。

第六課獨佔厚生局大樓地下一樓寬敞的整個樓層，所有二十二個組成員總計一百四十八人，不分日夜都以此為活動據點。第十九組也被分配在其中一角，不過目前在辦公室裡的就只有他與齊藤兩人。御所正在美國出差，等等力與竹內也不在位子上。

「我正在調查上次說的那個篠塚拓也。」

「名單裡沒有符合的人嗎？」

「不，有是有啦。」

「那不就結了。」

話裡帶刺。

「……筧前輩，怎麼感覺您最近對我，好像很冷？」

「哪有。」

他視線垂下，假裝工作。身高一百八十五公分、體重九十公斤的身體裹在肌肉盔甲中，頭髮剪得短短的。有些偏向中央的褐色瞳孔，銳利到讓人想起刀刃；老實說，這個面露兇相的筧，也常做出孩子氣的事。

「啊，我知道了。是因為我之前跟組長搭檔，所以不甘心。」

「不、不是啦！」

就連自認是御所最忠實而且最優秀部下的筧，當初剛到她手下做事時，據說與現在完全相反。他毫不掩飾自己的不滿。職位分配決定後仍不改反抗態度，常對周遭抱怨說，憑什麼要被一個年紀比較小的女人呼來喚去。後來某一天，他在一場槍械攜帶許可者必須接受的格鬥訓練中，與御所交手。筧心想，可不會因為是上司就手下留情，雙眼充滿「給妳一點顏色瞧瞧」的鬥志……情況到此為止都還好。只是一旦開始對戰，才沒幾秒就失去記憶，一回神自己已經呈大字型躺在地板上。對方到底對自己做了什麼，筧自己都不清楚。這件事，首先就對筧造成莫大衝擊。再加上之後，當筧得知御所就是消滅達斯汀的立功者的事實時，頓時對本身一直以來莫名其妙、幼稚膚淺的行為感到羞愧，並爽快地向御所道歉。他是那種只要知道對手實力在本身之上，就會毫不猶豫地坦然接受的男人。

「對了，你啊，小鬍子剃囉？」

筧的口吻轉為輕鬆。

「嗯，好像真的不合適。」

「是嗎。我倒覺得不錯。這裡女生的評價也都很好喔。大家好像都說，這樣看起來很有男人味，很帥。」

齊藤冷冷回看他。

「又想像那樣陷害別人囉。」

「被看穿啦。」

他就是這樣的人。

筧輕輕揮手，拿起話筒轉向旁邊。似乎是有外線打進來。

齊藤也將視線移回虛擬畫面，腦袋切換到工作上。這裡雖然是獲准攜帶槍械的第十九組，卻幾乎沒機會實際使用，大半的勤務時間都耗費在資訊收集以及分析。如今畫面上所顯示的受雇者名單，是民間企業有義務向內務省提出的資料。「李斯特」只記錄每位員工的姓名與身份證號碼，但是只要追溯身份證號碼連結，就能掌握從出生年月日、籍貫、居住地、家庭組成、學歷、職歷、婚姻歷，乃至於治療病歷或納稅額等所有個人資訊。

「TERA BIO」的名單中，的確有篠塚拓也的名字。但是，根據ＩＤ號碼想叫出詳細資訊時，發現資料中有不自然的空白。篠塚拓也從東京的大學畢業後，進入一家小型貿易公司工作，但是做了三年多一點就請辭。兩年後進入「TERA BIO」工作，不過那兩年卻毫無資料。就算繭居在家，也會有稅金或社會保險費的支付資料，但是就連那些資料都付之闕如。那兩年之間的紀錄，簡直就像被連根拔起、完全抹去一般。

「的確奇怪。」

他嚇了一跳，一回頭就看到筧從後面窺視資料。如果是內部的人，就能共享虛擬畫面。

「筧……筧前輩，可以不要像這樣，不動聲色地站在人家背後嗎？」

「那是因為你太有機可乘了啦。」

「但是，組長還誇獎過我，就是那點才好啦！」

頭被一拍，眼前火花亂竄。

「喂，這搞不好是跟什麼專案計畫有關耶。那樣的話，資料被隱密處理就說得過去啦。」

齊藤一邊搔著火辣刺痛的腦袋說。

「但是，這沒有被加密啊。」

「可能是連加密都沒辦法的極機密計畫喔。」

「怎麼可能？」

「提供這消息的人，叫什麼去了？」

「八田輝明先生。是『TAKASAKI MEDICAL工業』的業務，之前負責喜里川正人那個案子。」

「先查查那傢伙的底吧。」

「有必要嗎？見面時的印象也不差，我不覺得他有什麼理由要特地跑到內務省來，提供假證詞耶。」

「現在是一個民間企業的人，跑來提供其他企業的員工情報。總不能照單全收吧。」

筧這麼說完，就回到自己的辦公桌。

「是喔。」

齊藤再次連結資料庫，顯示「TAKASAKI MEDICAL工業」的受雇者名單。

業務部、八田輝明。

輕輕鬆鬆就查到了姓名。接著從國民ID號碼叫出個人資訊，構成所謂「八田輝明」這個人物的要素，洋洋灑灑羅列眼前。大學雖然輟學，在現今這時代也不足為奇。輟學一年多之後的就職公司，就是「TAKASAKI MEDICAL工業」。這是一家以醫療機器或義肢製造商的定位，在業界創下實際成果的公司，大學中輟還能被這樣的公司聘用，真是不得了……

「怪了？」

仔細一看，缺了輟學後到就職之間的資料。

與篠塚拓也一樣。

（……這是，怎麼回事？）

內線訊號響起。

是管理館內的AI來訊。

他並不是用「李斯特」，而是接起話筒。以腦部直接對話，就資訊傳達或意思溝通而言效率很好，但是出乎意料之外地似乎也很損耗腦細胞能量，會很累人。

『有訪客來了。』

「找我？」

『「ZERO TECHNOLOGY」奈米機器人研究所的所長，神內先生。』

＊

「我直到出發前都還在猶豫，不過終究還是覺得，現在也只能這樣了。」

神內所長從西裝內袋，拿出一個輕薄的小匣子，放到桌上。

「這是從研究所設計用電腦中發現的備份檔案。」

睽違一週再次相見的神內所長，給人的印象幡然轉變。混濁的紅色雙眼下浮現黑眼圈，皮膚喪失彈性張力。西裝一眼就能看出是高級品牌，然而或許是沒有足夠的剩餘精力撐起那套西裝，看來感覺很沉重。唯有目光，彷彿擠出了最後一絲氣力似的，蘊含肅殺之氣。

「可能，是忘記刪除了吧。也或許，是什麼都不在乎了。」

「那個……」

齊藤伸手制止他。

「不好意思。可以用我也能瞭解的方式說明嗎？畢竟，我對這方面很生疏。」

神內所長「啊」的一聲，似乎想起了什麼。

「你之前就是這樣呢。抱歉，我好像也累了。」

他伸手端茶，緩緩吐氣。

「上次那件事情過後，我徹底調查所內的電腦。因為我覺得，其他地方或許還留有麻田幸雄介入的蛛絲馬跡。結果，就在設計奈米機器人的電腦，發現好幾個可疑的備份檔案。」

「您說的，就是這個嗎？」

桌上的小匣子。裡面放的，就是複製了那份檔案的記憶體晶片吧。

「檔案被高度密碼化，研究所的電腦根本沒辦法應付。我想，你們這邊如果能幫忙解讀內容，或許會有什麼收穫也不一定。」

「瞭解了。我們會試試看的。」

齊藤收下小匣子。

「謝謝您特地跑一趟。」

他正想起身。

「請等等——」

神內所長投以強烈視線。

齊藤再次坐下。

「剛剛交給你的檔案，根據保存位置或狀況等各方面推測，我認為應該是設計密碼。」

「設計密碼……」

「要讓奈米機器人擁有到哪種程度的哪種機能，換句話說，設計密碼所扮演的角色就是決定奈米機器人的規格。而電腦則根據設計密碼，編寫出合成奈米機器人的程式。」

「所以說，您們毫無關係也一無所知的設計密碼，不知道什麼時候被混入了電腦。」

「而且，可以強烈懷疑是從非常早期開始，就長期潛伏在裡頭了。果真如此，根據那個設計密碼所合成出的奈米機器人，很可能在我們不知情的情況下被用於測試。」

「……原來如此。麻田幸雄當初就是自稱在實驗，然後將奈米機器人送入自己身體內，氣絕身亡的。假設他最後所使用的奈米機器人，是利用研究所的電腦做出來的，那麼研究所裡可能還留有那種機器人的測試資料。」

「沒錯！」

神內所長望向齊藤的眼神轉變。

「他所使用的奈米機器人樣本，也請提供給我們一起調查。如果與我們過去測試的奈米機器人一致，就會成為他牽涉其中的決定性證據。另外，藉由測試所獲得的數據資料也能加以確認。他現在都已經死亡，那些事情或許也沒有多大意義。但是，我想最起碼能提供一些更接近真相的線索，讓我們瞭解他到底想做什麼。」

「神內所長，可以請教一個問題嗎？」

「……是。」

「這次的要求，是『ZERO TECHNOLOGY』的意思嗎？又或是神內所長的判斷呢？」

「是我個人的判斷。這案子產生的連帶責任，都由我一人承擔。」

「為什麼，要做到這種地步……」

神內所長表情嚴肅，有好一會兒無言以對。

「硬要說的話，大概是因為，我自己想瞭解『麻田幸雄』到底是什麼樣的人吧。畢竟曾是朋友。」

他說著，顯露一抹落寞的笑意。

5

聽說幸雄自殺了呢。嗯，看新聞得知這消息的時候，嚇了一大跳。

不是嗎？並不是自殺嗎？影片留下了訊息？造神實驗？那是什麼？這裡的報導，完全沒有提到那件事……

沒有，我一點頭緒都沒有。我早就決定，不再過問幸雄的工作了。以我的腦袋，不但無法理解，也無法給予適當建議。

所以，您才會到這裡來的呀。但是，我不知道幫不幫得上忙。離婚之後就再也沒見過面，電話通話次數甚至都數得出來。

真的嗎？回到日本後，幸雄還是沒將那棟房子脫手呀……是那樣的嗎？那麼，您應該也看到了吧，那個地下室。現在變什麼樣子了？

有那麼多腦部裝置……代體？也有代體嗎……所以是用了那個嗎？我是說代體。被留在地下室的那個代體，沒有什麼人的意識進駐的跡象嗎？

啊，怎麼那樣……所以說……該隱他……

……嗯，我知道。從幸雄那裡聽說過。

幸雄當初在那個地下室裡做了什麼。您是認為，這與訊息中所說的「實驗」有關對吧？

不清楚，這是怎麼回事呀。至少，我所認識的幸雄，並不是個會將「神」掛在嘴上的人……

＊

「安，我有話必須跟妳說。」

幸雄是在兩人單獨晚餐時，以沉重語調這麼告訴她的。當時，餐桌上只擺著豆子與番茄湯。就連那樣的餐點，安也剩了一半。

「是關於該隱。」

安手中的湯匙差點摔落。她深呼吸，必須壓抑高漲的情緒才行。

「別再說了，那不是你的錯。是神的垂憐，讓那孩子不用再受苦。」

他們的兒子該隱，三歲時發病的那種疾病，是運用奈米機器人的最新醫學，都不可能治癒的。全都是因為患者數實在太少，所以沒有人去發現治療法，或對此投入資金研究。

「那個晚上的事，妳還記得嗎？」

「幸雄，別再說了。」

安將湯匙放到桌上，起身離席。她將剩下的湯倒掉，將餐盤放進廚房的洗碗機。

「妳坐好。我希望妳能聽我說。」

「那不是任何人的錯，也沒有任何人能阻止。這麼安慰我的，就是幸雄你啊。為什麼事到如今，還在苛責自己呢？」

「我要說的不是那個。妳先坐好再說。」

安無力地嘆息，回到餐桌旁。

「聽好了，幸雄。我們的該隱，已經回到神的身邊去了。那孩子給了我們幸福的時光當作禮物。我們就一起心懷感激吧。你這樣子，會害那孩子的靈魂難以安息的。」

該隱的身體，在反覆住院又出院的過程中逐漸衰弱。最後，當他在醫院纏綿病榻，每個人都很清楚他的死期不遠時，幸雄提出要求，希望帶該隱回家。如果說終須一死，希望讓他在家中度過最後的時光。

該隱暌違已久回到家中那晚，安與幸雄決定輪流在他身旁照顧。要是兩人都倒下，如果遇到什麼萬一，就沒人能守護該隱了。安首先小睡片刻，一如往常地在睡前喝了熱牛奶。

「安，快起來！該隱他……」

她是在將近黎明，因幸雄急切的聲音而驚醒。安已經沉睡八小時以上。一衝到該隱床鋪旁，只見該隱整個人已經癱在床上，叫他也沒反應。他們立刻將人送到醫院，但是他再也不曾從昏迷狀態甦醒，一星期後心臟便停止了跳動。

「那孩子能回家，也很開心。那樣很好啊。」

安難以壓抑湧現的情緒，雙眼濕潤。

「該隱還活著。」

「嗯，現在也還活在我們心中。」

「不，不是那個意思。」

幸雄雙眼眨都不眨地凝視她。

「我是說，該隱他，還存在這個世界上。」

讓人不寒而慄的眼神。

「妳是覺得我失去該隱過於悲傷，已經開始喪失理智了嗎？」

安恐懼之餘無法回答。

「搞不好真是那樣。但是，我是很認真、很冷靜地思考到最後，才下定決心的。那絕對不是一時之間的迷失。」

「……你在說什麼？」

「那個晚上，我在妳喝的熱牛奶裡下了藥。妳會睡過頭，都是藥物的作用。」

她難以掌握這話的意義。

「妳之前還哭說，自己沒資格當母親。但是不論多麼心力交瘁，面對自己孩子命懸一線的狀況，怎麼可能整整八小時陷入熟睡。是不是？」

「安眠藥……你是說，你讓我吃了安眠藥？」

事情不太對勁，當初內心一隅是有這種感覺。只是自己早已被罪惡感壓垮，毫無冷靜思考的餘力。

「為什麼……」

安倒抽一口氣。

「我睡著的時候，你對該隱做了什麼，對吧！」

「有東西想讓妳看。」

幸雄起身。

他前往的地方是地下室。她知道那裡有研究機材，但是被囑咐過不要碰，所以安從來沒有進去過。幸雄步下階梯一開門，照明隨即亮起。空調似乎運轉著，乾燥的冷氣流洩而出。她聽從幸雄示意，邁步進入。

最先映入眼簾的是巍巍聳立的銀色機械。讓人聯想到儲存槽的桶子周遭，連接著複雜管線。現在並沒有在運轉吧，只見它冷冷地保持沉默。

「這是意識傳送裝置。我重複改良後，效率已經變得很好了。」

「想讓我看的東西，就是這個嗎？」

幸雄搖搖頭。

「在這裡。」

更裡面，有個像冰箱的東西。黯淡的黃綠色本體幾乎是個立方體，其下有四根堅固的腳架支撐。門上的門把也很大。幸雄握住那根門把往右轉，然後拉開。門扉隨著低沉的風切聲開啟，內部照明隨即點亮。

那東西的內部比外觀印象更為狹窄。放在正中央的是，好像三片鬆餅疊在一起的乳白色圓盤形物體。物體側面有整排顏色各異的指示燈，頻繁地重複閃爍。從圓盤上面延伸出去的管子，直接連到旁邊的細長圓柱物體。這個物體表面以數位方式顯示四位數的數字，１０３５。她不知道那代表什麼意思。現在變成了１０３４。

「白色的是腦部裝置。為了讓它擁有跟人腦一樣的功能，其中排列著以人工神經元複合體所組成的無數模組。旁邊的東西是能源單元，負責供給腦部裝置能源。」

「是你的研究所在研發的東西吧。」

幸雄微微頷首。

「該隱現在就在這個白色的裝置中。」

他重新面對安。

「那天晚上，我趁妳睡著的時候，利用這個傳送裝置，從該隱的腦部傳送過來的。傳送了那孩子的心。」

安試圖理解幸雄的話，卻做不到。彷彿就算她拚命伸長了手，卻被厚厚的玻璃片阻隔，只能感受到滑溜溜、無意義的觸感。

「要是坐視不管，該隱就會消失在這個世界上。在為時已晚之前，我想救他。」

安將視線移到乳白色的圓盤上。眾多指示燈閃爍的樣子，看來也像重現了情緒的起伏。

這是，該隱？

這光芒是，那孩子的靈魂？

「突然聽我這麼說，妳會覺得困惑也很正常。但是，我的理論如果沒錯的話，那孩子現在應該正活在這個白色的裝置裡才對！」

幸雄抓住安的雙肩。

「想與裝置內的意識溝通，現階段還做不到。但是，我跟研究所的同伴正以實用化為目標，努力投入研發。總有一天，一定可以再跟這孩子說上話的。」

他的雙眸蘊藏著異樣光芒。

「不僅如此。現在『TERA BIO』公司研發的超生化義肢一旦完成，就能把該隱的心傳送到那裡面去，讓他過著跟人類一樣的生活。妳明白嗎？移動身體、說話、笑、哭、玩，那些事情都將成為可能喔。」

幸雄的手指深陷入安的雙肩。

「妳相信我。我一定會讓妳看到該隱復活。重新跟那孩子生活的日子會來臨的。」

＊

自己當時做何反應，現在已經不記得了。能明確說出來的，就是我那時候並無法拒絕「或許能再度與該隱一起生活」的希望。如果有讓人依附的希望，不論多麼渺茫，就會想要依附。那就是當時的我，毫無虛假的心情。

我當初早就該想到的。

應該想到，「希望」有時只會成為麻藥。

而且效果並無法長久維持。

*

社區大門開啟，安乘坐的車輛緩緩進入社區。在路燈照耀之下的道路，持續描繪出和緩曲線，引誘安邁向過去的世界。當初搬到這裡後，生活了多久呢？

第一次站在社區佔地裡時，覺得眼前是一片寬廣的光明世界。幸雄的研究開花結果，該隱穩健成長，過不久會為該隱生個弟弟或妹妹。當初內心明明充滿了像這樣對於未來的預感。

車子減速，停到自家停車位中。安下了車，仰望自己的家。二樓窗戶是一片沉沉的黑暗。該隱還活著的時候，對面房子也住著日本人的家庭，還有個差不多同年齡的小男孩。只要那孩子在院子裡玩，該隱總是從那個窗戶，好像很羨慕地望著他。一定是想跟他成為好朋友吧。結果，別說是與那孩子交朋友了，就連一句話都沒說過就結束了。因為，那戶人家沒多久就搬回日本了。緊接著，該隱的病況就急遽惡化。直到現在，安還是會被揪心後悔糾纏。就算只有一點點時間也好，那時候為什麼沒讓他們一起玩呢？

「對不起啊……該隱。」

安沿著草坪中的小徑前進，握住玄關的門扉門把。門扉解鎖後，屋內照明點亮。她走進去一關上門，聲響就在屋內迴盪。就在那陣餘韻消失的同時——

這是個錯誤，這樣的確信直接命中安。

這屋裡怎麼可以沒有該隱經常響起的腳步聲。怎麼可以沒有幸雄與我彼此之間的笑聲。當初明明是那樣的，現在是怎麼回事？這冰冷的靜寂。

安衝下地下室。

她打開暗沉黃綠色的低溫保管庫。

放在中央的乳白色腦部裝置。眾多指示燈雜亂無章地閃爍。與安上次看到的，形狀有些差異。聽幸雄說，由於人工神經元複合體的耐久性問題，腦部裝置必須定期更新。使用過的裝置，堆放在室內角落。

「該隱，聽得見媽咪的聲音嗎？如果聽得見，就回答我。」

指示燈的閃爍模式並沒有變化。

「為什麼不回答我呢。連媽咪都不認識了嗎？還是，已經把媽咪都忘光了呢？」

冷冽的光群，彷彿無視於安的存在持續亂舞。

「叫你呢，該隱，回答我啊！」

「安？」

幸雄站在門那邊。是剛回到家吧。眼角透露整天的疲勞。

「妳在做什麼？」

他臉上浮現困惑的笑意。

安轉過去，瞪著他。

「到底什麼時候才能跟該隱說話？」

幸雄臉上的笑意消逝無蹤。

「到底什麼時候才能跟該隱玩？到底什麼時候才能跟該隱去散步？到底什麼時候才能看到該隱的笑容？到底什麼時候……」

幸雄向這裡舉起雙掌。

「現在正在進行系統研發。妳再稍微等等。」

「稍微等等，是要等多久？」

「一年，或是以上……」

「……那麼久。」

「想讓什麼擁有跟人類同樣的機能，不是嘴巴講講那麼簡單的。首先，必須更提升設計用電腦的性能……」

「夠了！」

長期累積的情緒已經超過極限了。

「你本來就是在騙人的吧。」

話語擅自湧了出來，無法阻止。

「你說該隱在這裡面，也是騙人的吧！」

「我沒有騙妳。該隱的意識就在這裡面……」

「那為什麼不回應我的聲音呢？為什麼不會叫我媽咪呢？為什麼……」

「安，我拜託妳，冷靜一點。」

「這才不是該隱呢。這只是冰冷的機械啊。什麼傳送那孩子的心，打從一開始根本就做不到嘛！」

「這不是單純的機械。該隱是真的在這裡。請相信我的理論。」

「既然如此，就讓我雙手抱抱那孩子啊！至少讓我感受那孩子的溫度啊！現在不是什麼都做不到嗎？」

安的叫聲凍結了所有一切。

幸雄以疲憊至極的表情低下頭。

「該隱已經，不在這世上的任何地方了。」

安冷淡地扔出這麼一句話。

「他是你殺的啊。」

*

我覺得，自己對幸雄做了不好的事。

但是，要克服該隱的死亡、持續前進，是需要莫大能量的。我企圖燃燒憎惡，來獲取那樣的能量。而憎惡，就只能發洩在最接近我的幸雄身上。

隔天，我就離家出走了。

嗯，我覺得自己很自私任性。但是，幸雄並沒有阻止我。他或許也很瞭解我的心情吧。而且也尊重我的選擇。他是准我邁入下一個階段了。

幸雄快回日本前，曾打電話給我。那是我最後一次跟他說話。我現在連跟他說了什麼，都不記得了。我想，就只是表面性交談而已。因為那時候，我已經跟現在的丈夫再婚了。

地下室既然留有使用過的代體，就代表幸雄成功啟動該隱的心了吧。該隱真的復活了嗎？您剛剛說，傳送進那台代體的意識，並沒有傳送出去的痕跡。真是那樣的話，該隱後來並沒有從那台代體再被傳送到任何地方，就那麼消失了。但是幸雄如果有那個意思，是有能力讓該隱持續活下去的。他是那個不惜對我下藥，也要救該隱的幸雄。我不覺得他會眼睜睜看著那孩子被消滅。其中，一定有什麼不得已的隱情。一定是這樣的。只是現在連幸雄都死了，根本沒辦法得知那是什麼樣的隱情了。

回到這個世界的該隱，在那有限的時間裡，看到了什麼？感受到了什麼？不見母親的蹤影，覺得寂寞嗎？覺得悲傷嗎？會恨我嗎？啊啊……可憐的該隱。身為該隱的母親，應該持續相信幸雄，一路等到最後的。那樣的話，就能再次告訴那孩子「媽咪是打從心裡愛你的」。說不定，那孩子深信自己被母親拋棄，而陷入絕望了呢。或許是那樣，才自己選擇要消失的。只要那麼一想，我就……

只是，我想幸雄在我們最後一通電話中，也沒有提到該隱的事情。是因為體貼我，不希望事到如今還來擾亂我的心吧。

說不定是那樣呢。

因為幸雄他，本來就是個溫柔的人啊。

6

這裡有個叫做「偵訊室」的小房間。如同字面所示，就是為了從相關人士那裡問出內情的地方，裡面冷冰冰的只放了桌椅。負責違法藥物案件的第一組老是使用這裡，有時還會聽到裡面傳出怒吼聲。

從隔壁監控室的螢幕，能確認偵訊室的情況。現在，這間監控室中有第十九組的御所、筧與齊藤三人待命。

『那段時間也沒特別做什麼，就是遊手好閒。也沒去看過醫生。因為那樣，才沒有紀錄資料的吧。』

『不過，你連社會保險費用的繳交記錄都沒有耶。就算是失業，任何資料都沒留下來也很怪呢。』

『那，是忘記繳了吧。』

今天被請到偵訊室的，是「ZERO TECHNOLOGY」的業務部員工篠塚拓也。他是應內務省發出的配合報到要求而來。名義上雖然是「自由配合」，只要是身為「ZERO TECHNOLOGY」的員工，就沒有「拒絕」這個選項。

『就算沒繳，也會留下「未繳」紀錄。連那種紀錄都沒有，是怎麼回事呢？』

『你問我，我問誰啊。說到底，也沒人告訴過我有那種資料啊。會不會是你們自己搞錯了啊？』

『關於這一點，我們已經確認過了。那並不是輸入錯誤。也不是被誤刪，又或遭入侵導致資料被破壞。目前想得到的可能性，大概就只有篠塚先生的資料，因為某種內情而被列為機密。』

『為什麼要把我的資料列為機密？』

『毫無頭緒嗎？』

『我怎麼可能會知道啊！』

與篠原拓也隔桌相對的，是第十九組的第三把交椅——等等力周。他定神看人的表情，猶如古代希臘神像，那種足以讓初次相見的人感到不安的才能，無人能出其右。就此意義而言，可以說是與齊藤極端相反的男人。只不過，他有個毛病是幾杯黃湯下肚，就會莫名其妙大哭，齊藤首度親眼目睹時，整個人目瞪口呆。

『啊，我想起來了。』

篠塚拓也開朗地大叫。

『那段時間是待在歐洲啦。所以才會沒有國內的資料。一定是這樣的。』

『那兩年之間都沒有篠塚先生的出國記錄。』

『那是不可能的。我的確是在國外。』

篠原拓也的態度充滿確信。

『你去了哪裡？』

『英國、法國，還有義大利。另外，就是到處走走。』

『印象最深刻的呢？』

『義大利。因為我早就想看看古羅馬遺址了。特別是龐貝。站在那裡的時候，感覺好像自己坐上時光機器，回到了羅馬時代。』

沒有任何停頓的回答方式。

『當時的龐貝，為了保護遺址，很長一段時間都是全區禁止進入的。你是不可能站在那裡的。』

彼此瞬間雙雙沉默。

『但是，我還記得很清楚。我的確走過龐貝的遺址。』

『是不是看過什麼類似的節目啊。然後深信那是自己的體驗。』

『那怎麼可能啊。』

『有證據嗎？那時候的照片或影片之類的。』

『只要找找看，應該有。』

篠塚拓也沉著迎視等等力無言的視線。

「他似乎是打從心底這麼相信呢。自己曾待過歐洲。並沒有自覺到自己在說謊。」

御所凝視監控室的螢幕，一邊這麼說。

「這是怎麼回事啊？」筧問。

「他本身，恐怕喪失了那整整兩年的記憶。儘管如此，他自己卻沒有察覺。所以，為了讓一切合情合理，下意識地編造故事，勉強填補那段空白。問題是，為什麼會缺了一段記憶。」

監控室的門被敲響。

探頭進來的是隸屬第十九組的竹內凜。她體格良好、剪短髮，再加上總穿著男用西裝，常被誤認為男性。齊藤很怕她，所以沒問過，不過根據可靠消息來源指出，今年好像將滿三十歲。

「『TAKASAKI MEDICAL工業』的八田先生來了。」

御所起身，向滿臉緊張的八田輝明伸出右手。

「謝謝您的協助。」

「樂意之至。」

八田浮現少年般的笑意，接著與篤、齊藤握手。

「上次謝謝你。」

齊藤對他一出聲，八田就說：

「小鬍子，剃掉了哦。」

「欸，是啊。」

「來，請坐。」

齊藤笑著，無法不思考個人資料那件事。這人也有空白期間。

八田在最接近螢幕的椅子就坐，御所也隨即在旁邊坐下。

「事不宜遲——」

她開始說明偵訊室狀況。

「是這位男性沒錯吧。喜里川正人的意識所進駐的人。」

「是的，就是這個人。」

「現在怎麼樣呢？有沒有感受到喜里川正人的氛圍呢？」

八田凝視畫面。

「沒有，感受不到。」

聽到那個回答，御所觸碰「李斯特」。

螢幕畫面中的等等力微微頷首。

『那麼，我們換個問題吧。』

他這麼說。

『篠塚先生到目前為止，有沒有使用過代體呢？』

『沒有。為什麼那麼問？話說回來，之前好像也在什麼地方被這麼問過。』

『可以讓我們稍微檢測一下嗎？』

『什麼檢測？』

『調查有沒有用過代體的檢測。』

『就說沒用過了啊。』

『很快就好。用這個。』

等等力從夾克口袋，拿出一台小小的機器。

『只要輕輕貼在頭部就好。結果幾秒鐘就出來。完全不會有任何痛楚。』

『知道了啦。做吧。但是，這個做完如果沒有異常的話，就要讓我回去喔。』

等等力沒有回答，直接起身繞到篠塚拓也背後，將機器貼在頭頂部位。數秒後，他的視線往攝影機短暫瞥了一眼，將機器握入掌心，回到座位，再次與篠塚拓也對峙。

『再請問一次。你說之前沒用過代體，沒錯吧。』

『沒錯。』

等等力將機器放到桌上。機器亮著藍光。

『你的大腦裡，有奈米機器人。』

篠塚拓也面無表情地注視藍光。

『雖然處於休眠狀態，機能還是維持著。在目前實用化的醫療用奈米機器人中，會固定在大腦中的機型，就只有意識傳送用的。如果沒使用過代體，那就無法說明為什麼你的腦部會有這種東西。』

篠塚拓也還是沒反應。

『怎麼樣呢？』

『啊，我想起來了。』

他流露幾近不自然的爽朗表情回答。

『這麼說來，以前用過喔，代體。』

『哪個機種？』

『「TAKASAKI MEDICAL工業」的TMX507R。』

「欸？」

監控室中響起八田的聲音。

『使用代體時，都會被分配到一位製造商的負責人，篠塚先生的負責人是哪位？還記得姓名嗎？』

『是八田輝明先生。』

「說謊。」

八田立刻這麼說。

「我負責的是喜里川先生。篠塚先生我可沒負責過，而且之前問的時候，他也很明確地說沒使用過代體。」

「可以請您現在就過去那間房裡，直接告訴他這件事嗎？」

「我是沒關係啦。」

「您真是幫了我們一個大忙。筧，帶他過去。」

筧頓時以一副「為什麼是我」的表情瞪向齊藤。齊藤則回以「你跟我說，我也很傷腦筋啊」的眼神。

御所或許也察覺到氣氛有異，開口這麼說：

「八田先生的個人安全可不能有閃失。」

「啊，原來是這樣啊，」

筧一副「那的確是該我上場咧」的樣子，站起來。

「那麼，八田先生，請往這裡。」

他以一百八十度大轉變的態度，護送八田走出監控室。

「筧前輩，還蠻單純的嘛。」

齊藤一低喃，竹內隨即咧嘴一笑：

「我等一下要跟他說。」

螢幕畫面。

偵訊室響起敲門聲，門扉開啟。

看到現身的八田，篠塚拓也發出「啊」的一聲。

『就是這個人喔。那時候負責我的八田先生。但是，你為什麼會在這裡？』

『篠塚先生，我可沒負責過你喔。』

八田說。筧在他背後，目光熠熠。

『怎麼這樣啊。你那時候不是負責我嗎？』

『那我問你，你是在什麼情況下決定使用代體呢？』

『因為我長了惡性腫瘤，所以不得不住院治療啊。』

『那是喜里川先生的案例。』

『喜里川？』

『不記得了嗎？我那時候用來叫你的名字。你說你不是，還一口咬定說以前沒用過代體。』

『不是那樣的。是八田先生自己搞不清楚狀況。我的確是……』

『搞不清楚狀況的人，是你！』

八田難以掩飾滿腔焦躁，這麼大喊。

『你是在哪間醫院使用07R的？』

他繼續拋出質問。

『輝夜醫院啊。』

『那也是不可能的。輝夜醫院使用的07R全由我負責。每一個使用者，我全都記得清清楚楚的。但是，那些人之中並不包括你。』

『說不定，是其他製造商的……』

『那種事同樣不可能。』

等等力毫不留情地打斷他的話。

『我們已經清查國內流通的所有代體使用者，並沒有發現你的名字。』

『那怎麼可能……我的確是……』

篠塚拓也的雙眼望向虛無。

『你其實什麼都不知道吧。自己的腦子裡為什麼會有奈米機器人？那兩年之間，自己人在哪裡又做了什麼？這些都不知道吧。』

等等力這麼一說，篠塚拓也頓時低頭喪氣。

「看來是被逼到走投無路了吧。」

齊藤看著螢幕說。

「不過，還是沒辦法承認本身記憶的缺角吧。」

「但是事到如今，也只能認啦。」

「如果是你，有什麼感覺？如果自己的過去，有段時間是沒有記憶的。」

齊藤稍加思考後回答：

「毛骨悚然。」

「一不小心，連自我認同都可能完全崩毀。為了避免那樣的危機，不論如何都必須先填補那段空白再說。就算是矛盾百出的故事也好。當一個人無法解釋那樣的矛盾，難以支撐起整個故事時，會發生什麼事呢？」

「繼續下去，好嗎？會不會有危險？」

面對竹內這番話，御所仍然淡淡地回答：

「覓跟等等力就是因為這樣才會在那裡的。」

此時，螢幕突然傳出低沉的笑聲。

『情況不妙耶。當初果然不該跟你搭訕的。』

篠塚拓也抬起頭來。

表情突然間徹底轉變。

八田目瞪口呆地凝視著他。

『……喜里川先生。』

「組長！」

「先別急，」

御所制止正想起身的齊藤說。

「再觀察一下。」

＊

「是……喜里川正人嗎？」

剛剛負責偵訊篠塚拓也的負責人這麼一問。

「是的。」

他隨即這麼回答。

「可以請你說明一下嗎？到底是怎麼一回事？你為什麼會在這裡呢？」

「在那之前——」

篠塚拓也，不，是喜里川正人臉轉向我。

「請讓我跟他兩個人單獨談談。」

我猶豫了一會兒，對他們點點頭。

負責人以「李斯特」與外部聯繫。

「瞭解。」

他說完後起身。

「我們人就在外面。有什麼事就叫我們。」

負責人說完就與筧先生一起出去。

門被關上。

「八田先生，要不要坐下呢？」

我在負責人剛剛用的那張椅子就坐。像這樣重新與他面對面，可以感受到屬於喜里川正人更濃厚的氛圍。

「那時候真不好意思，因為沒有時間，沒辦法好好談。」

「我的腦袋現在還是一片混亂，不知道該從何問起……」

「首先，我必須向八田先生道歉。當初一聲不響地消失。」

「被遺棄在山裡的07R，是留給我的訊息吧。你想告訴我『自己還活著』。」

喜里川正人靜靜承認。

「發生什麼事了？」

「有人請我參加某個『實驗』。」

「實驗？」

「一開始來跟我接觸的，就是這個篠塚。大概是在進出輝夜醫院時，掌握到我的資訊的吧。」

「但是篠塚先生說，不清楚喜里川先生的事……」

「那方面的事，我就不知道了。我只被告知，實驗的目的是『意識的重疊化』，還有實驗如果成功，就能繼續活下去。對我來說，那就夠了。要是什麼都不做，百分之百會被消滅，只要有任何一點可能性，怎麼有辦法不去試試看。所以，我才能到現在還活得好好的。」

他以展演般的誇張動作，張開雙臂。

「那實驗，是在哪裡進行的？」

「一方面是因為我被帶去的時候是深夜，所以不清楚具體場所。只是，我覺得是個像研究所的設施。」

「跟篠塚先生一起？」

「那個設施裡，還有另外一個人在等我。」

是的，他點頭示意。

「是誰？」

「感覺像是設施職員的一個年輕男性，名字就不知道了。」

「年輕男性……」

「我是藉由那個人的手，從代體暫時被傳送到腦部裝置。只是，後來就完全與外部資訊隔絕。那是個……」

他的視線遊移。

「……恐怖的世界。不想再回去第二次了。」

是因為腦海浮現鮮活的記憶嗎？他的聲音顫抖著。

「當我用這個身體睜開雙眼時，感覺就像從地獄生還了呢。照鏡子嚇了一跳就是了。」

「之後，就一直在這裡了嗎？」

「沉潛，這麼說比較接近我的實際感受。想用這個身體時，就像這樣浮現。」

「可以隨心所欲地沉潛或浮現嗎？」

「我的意識被設定在篠塚上層，所以可以隨心所欲地浮現。但是篠塚沒辦法把我壓下去，自己浮現。應該說，他好像沒有察覺自己正與其他意識共存。這好像就是所謂的『意識的重疊化』，但是老實說，我也不太清楚那方面的理論。畢竟是門外漢。」

「所以說，像現在跟我說話這段，篠塚先生並不會記得囉？」

「因為接收到的所有資料都是共享的，這段應該會以資訊的形式留存下來。只是詮釋資訊的方式會產生變化。換句話說，為了讓前後經驗不至於出現矛盾，會被加工。例如，在篠塚的記憶裡，會面地點或許不是在內務省的一個房間裡，而是醫院的停車場。會面的並不是八田先生，會被置換成其他熟識的人。要是怎麼樣都沒辦法整合時，就會被處理成是在夢中發生的事情。那樣就能確保他的世界的統一性。」

「但是……篠塚先生所認知的那個世界，跟現實不同，是虛構的吧。」

喜里川正人低頭，表情像在思考。他突然又抬起頭來，

「對你特別優待，分享一件好事吧。」

一副像是高亢宣言的語調。

「你們所認為的篠塚拓也的意識，嚴格說來也不是篠塚拓也的。他的記憶缺角，也不是只有那兩年。」

「……那是什麼意思？」

「現在你們眼前的這個男人，可是政府極機密進行的L專案計畫的副產物呢。」

「L專案計畫……喜里川先生，這到底是，怎麼回事……」

我把聲音嚥下。

凝視眼前的這張臉龐。

「……不對。」

我的身體往後陷入椅背。

「你不是喜里川先生……也不是篠塚先生。」

一抹詭異的笑意在男人臉上擴散。

「你……是誰？」

＊

「走囉。」

御所衝出監控室。

齊藤也慌慌張張跟上。

「現在是怎樣啊？」

竹內的聲音緊追在後。

筧與等等力早在走廊上待命。他們一見御所的身影，立即解除門鎖，開啟偵訊室大門。御所完全沒有放慢腳步，就那麼直接走進去。

「八田先生，好了。謝謝您的合作。接下來，請交給我們。」

八田輝明還無法消化眼前情勢，以惶惶不安的視線輪流望向眼前的男人與御所。

「竹內，送客。」

「是。那麼，八田先生這邊請。」

在竹內凜的催促下，他終於起身，腳步一個不穩，伸手撐住桌面。

御所來到他身旁說：

「我想應該不用我多說，不過請勿洩漏今天的所見所聞。今天是根據內務省的特別要求請您過來的，所以就算是雇用者，也禁止要求八田先生報告今天的事。公司方面應該也已經接獲相關內容的通知。」

「我明白了。」

他以僵硬的聲音回答後，回過頭。

那個男人仍然掛著沉靜的笑容，閉著雙眼。

「好了，八田先生。」

他像被竹內從背後押著一般，步出偵訊室。

大門關上。

御所坐到男人正對面，雙手在桌面上交疊。

男人張開雙眼。

深不見底的視線，筆直投向御所。

御所也以沒有絲毫波瀾的瞳孔迎擊。

強制讓人深陷緊張的駭人寂靜。

兩人散發出的強烈磁場相互干擾，彷彿只有那裡的空間是扭曲的。

御所緩緩吸氣。

「是我們，發現了你的屍體。」

「我知道。」

齊藤心臟劇烈跳動。筧與等等力兩人則是淡然處之。

「你既然像這樣浮現了，可以解讀成是有事想告訴我們吧。」

「請正確使用詞彙。我並不是浮現，而是降臨喔。」

男人的笑意加深。

「如果能幫忙說明兩者差異，就省事多了。」

「凡事總有先後順序。」

御所的眼角稍稍蒙上陰影。

「那麼，請容我確認幾件事。首先，你並沒有死。」

「愚蠢問題。下一題。」

「你留下訊息說要做實驗。實驗成功了嗎？」

「實驗，在這當下還在進行之中。」

「實驗的目的是什麼呢？」

「愚蠢問題。下一題。」

「你說要造『神』。意思是自己要成為神嗎？」

「我所謂的『神』，與你們想像中的神，兩者之間有所差距。暫時就只提示妳這一點。」

「剛剛所說的L專案計畫是什麼？」

「比起我這個民間人士，你們不是比較清楚嗎？」

「你之前也跟那個計畫有關係嗎？」

「愚蠢問題。下一題。」

「所謂的『副產物』，是什麼意思？」

他發出厭煩至極的鼻息聲。

「如果只問得出這麼無聊的問題，我就要先告辭囉。」

「快別這麼說。」

御所的雙手從桌面放下，身軀愜意地陷入椅背。

「之前提供達斯汀傳送裝置的人，是你嗎？」

「我對過去的事沒興趣。」

「破壞那些傳送裝置的人，是我。」

「完全沒興趣。」

「對了，我去過你位於美國的自宅囉。」

一股迎戰的氛圍從男人那邊蔓延過來。

「我在地下室發現了很有意思的東西。眾多腦部裝置，以及舊型代體。全都有使用過的痕跡。」

「所以呢？」

「分析代體晶片後，發現有個被傳送到代體的意識，直到單元的能源耗盡為止都存在裡面。換言之，代體中有個被消滅的意識。」

「感覺會是長篇大論，請先說結論吧。」

「結論是這樣的。」

御所的視線轉趨銳利。
她的雙手在桌面上交疊，身子往前傾。
褐色的臉龐，浮現無畏的微笑。
「差不多該來個自我介紹了吧，該隱。」
男人的臉龐僵硬。
經過沉默的數秒。
男人的表情眼見著逐漸崩解，滿臉洋溢笑意。
他似乎很愉快地露齒而笑，頭一歪。
就像惡作劇被人抓到的小男孩。
就在下個瞬間，所有情緒頓時褪去，
「後會有期。」
他以直刨人心的眼神這麼說完，剛剛那種氛圍隨即從臉上消失。

＊

幾乎就在同一時刻。
有台自動行駛於都內高速公路的黑頭車。坐在裡面的，是一個全身穿著名牌西裝的年輕男人。風從完全開啟的車窗灌進來，感覺舒適地吹拂他的金髮。

突然之間，那對眸子被賦予了全新光芒，表情隨之轉變。

「該隱……嗎？」

男人咬牙切齒似地低喃，瞇起的雙眼望向持續流動的街道。

「沒想到會有這麼一天，聽到有人再用那個名字叫我。」

不知道為什麼，他很開心地笑了。

第四章　拉撒路專案計畫

1

齊藤一太採取直立不動的姿勢。

步入會議室的男性頭部，隱藏在藍色面罩之下。這是為了防止本人身份曝光所使用的東西，是與白色鐘罩相同原理的虛擬影像。

厚生局第六課課長玉城浩介，以有別於平日本色的緊張模樣，站在男性身旁。

「我來介紹一下。只不過，正如各位所見，這位的來歷是沒辦法揭露的。等一下要請他談的，是三A等級的機密事項。我們已取得本人同意，在此稱呼他為X先生。」

他目光戒慎恐懼地轉向身旁，但是看不出藍色面罩男的表情。

「X先生參與內務省企畫0618號，通稱L專案計畫後，從本省退休，轉到民間企業任職。今天是在非常為難他的情況下，請他來到這裡。此外，本次解說完全不列入紀錄，平常的錄音、錄影，今天也完全都沒有。也請各位不要做筆記，將所有內容用腦子記下來。解說時可以隨時提問，關於前幾天篠塚拓也那件事，已經請他事先過目報告書，發問請以此為大前提。那麼，就麻煩您了。」

聽完玉城課長的介紹後，X先生首先說：

「請坐。」

聲音也不是本人的，而是經過變換的人工聲音吧。儘管如此，很不可思議地還是能讓人感受到，對方是個沉靜穩重、深謀遠慮的人物。

「今天是應邀前來講解L專案計畫。」

包括X先生在內，所有人都坐下。等到室內氣氛回歸平靜，他才開始說話。

「內務省企畫0618號，原本的代號是『拉撒路專案計畫』。當然，這個名字源自新約聖經中出現的人物，也就是藉由耶穌的力量死而復活的拉撒路。只是這麼一來，很容易就能推測到內容，所以我們那時候大多都稱L專案計畫。」

X先生伸手拿起玻璃水杯，一就口，整只玻璃杯都被暈染成藍色。

「這個專案計畫的開端，可以回溯到達斯汀被殲滅那時候。」

達斯汀能被殲滅，全仰賴臥底搜查官的活躍，這件事在省內無人不知無人不曉，然而那位搜查官的真實身份始終被謹慎保密。即便是X先生，也不見得能察覺坐在眼前的女性就是搜查官本人。

「達斯汀當時綁架一般民眾，消滅他們的意識，把他們變成布朗克，再把顧客的意識傳送進去，從中牟取龐大報酬。那個達斯汀被殲滅時，有十九名遭綁架的受害者獲救。正確來說，應該說是『回收』才對。因為他們的意識都已經被消除，變成布朗克了。」

玉城課長以沉痛的表情頷首。

「一旦成為布朗克，恢復的可能性等同於零。但是，就算意識已經被消滅，我們無論如何都無法殺害這些以肉體形式活生生地活在眼前的人。後來，只好暫時將他們安置在醫院。果不其然，這做法也引發各界對於是否該為甦醒無望的人，投注寶貴醫療資源的質疑和批判。其中，有許多犧牲者都還有親屬，就法律層面而言，只要他們願意就可能施予安樂死，但是親屬在情感上就是難以痛下決心。更不用說，是由我們來提議了。至於沒有親屬的犧牲者，除了等到肉體壽終正寢之外，別無他法。既然是再也沒有主人回歸的肉體，那麼將大限將至的患者意識傳進去怎麼樣呢。那麼一來，本來會死亡的患者就能存活下去，回歸社會。這做法，也有助於有效運用淪為布朗克的人體，抑制醫療資源的浪費。嚴肅研究這個提案的我們，後來正式提出內務省企畫，並獲得受理。那就是企畫編號０６１８『拉撒路專案計畫』。這個專案計畫，就社會普遍想法而言，的確是非常特異的操作；不過後來被認為是因應極端特異狀況的例外處置，才獲得許可。此外，考慮到專案對象回歸社會後的生活，企畫的存在也被列為機密。只是……」

他的聲音轉為沉重。

「……專案計畫進入執行階段後，面臨到幾個大問題。其一，不用說就是倫理問題。我們是將垂死之人的意識，傳送到被綁架者的肉體中，讓他們存活下去，就這一點而言，我們做的事跟達斯汀所做的是一樣的。首先，必須在理論上明確區分這種行為與犯罪行為的差異才行。其二，該根據什麼樣的標準，選擇出十九個能藉由這個專案計畫，存活下去的人。我們希望能盡可能做到公正，於是決定建構一套系統，能綜合判斷年齡、性別或長久以來的生活環境等，自動挑選出與淪為布朗克的那個人最接近的患者。剛剛提到的那兩點，有些部分與過去內臟移植相關問題是共通的，所以相對而言比較有因應之道。不過，接下來要提到的第三個問題，卻是本次案例特有的，而且沒那麼容易找到解決對策。」

X先生喝水潤潤喉嚨。

「法律上將肉體的死亡，認定為人的死亡。換言之，意識被傳送到布朗克的患者，當本身肉體病死的那一刻，在法律上就被視為『已死亡』。相反的，被變成布朗克的人，就算意識已經被消滅，在記錄上始終是存活的。各位瞭解這代表什麼意思嗎？」

他像在等待回答似地停頓。

「這代表，意識被傳送到布朗克的患者，必須接受自己的死亡，而且還要以他人的身份過活。」

坐在最前面的御所回答：

「說得沒錯。對於當事人而言就不用說了，對於兩邊的親屬而言，都會引發複雜的狀況。以患者這邊的親屬觀點看來，雖然外表變成了別人，心仍然還是自己的兒子、女兒，又或是丈夫、妻子。結果，今後卻必須將那個人視為『已死亡』，這種狀況並沒有那麼容易接受。而說到難以接受，淪為布朗克的人那邊親屬也一樣。如果將新的意識傳送進去，的確能再看到那個人睜眼起身。真的就像是拉撒路一樣。但是，進駐那副肉體的意識卻是別人。雖然外貌相同，還是很難再像以前那樣與之互動。」

一口氣說完的X先生，稍微清清喉嚨。

「從這裡開始，必須分成兩種案例來思考。第一種案例，是當事人的意識傳送到布朗克之後，以結婚或收養等方式，與原本家庭再次建立親緣關係，在之前相同的環境持續生活。一般認為，這種案例會比較容易適應，結果這種情況最後卻成了極少案例。因為，布朗克那邊的親屬首先就沒辦法接受。相反的，當布朗克本身沒有家屬，或找不到親戚時，必然會成為這種案例。問題在於第二種案例。也就是患者與原本家族切斷親緣，繼承淪為布朗克那個人的人生。這不僅止於名義上，還必須完全成為另一個人。心理上也會承受沉重負荷。要是不採取一些減輕負荷的措施，原有自我還可能因此溶解。我們於是先尋求腦科學、心理學等，各領域專家的建議。後來，獲得一個被認為可行的點子。提案者正是『ZERO TECHNOLOGY』的麻田幸雄。」

聽到這個終於出現的名字，現場一片譁然。

「據他所說，所謂人的意識就像靈魂一樣，並非不變不滅，只不過是由無數資訊構成的流動故事。就算採用相同題材，有寫出悲劇的劇作家，也有寫成喜劇的劇作家；而人也一樣，每個人都活在各自從特有記憶編織而成的特有故事世界之中。所謂的意識，就是那個故事的闡述者，除此之外不做他想。既然如此，藉由操作等同於題材的記憶，應該也可能修飾故事內容。」

齊藤拚命想要理解。只要一閃神，似乎就會跟不上，被大家拋在腦後。

「那麼，該怎麼操作記憶呢？據他所說，就是先切斷久遠記憶的通路，以便轉貼全新的偽造記憶。而轉貼的偽造記憶，是以人工創造出布朗克原本應有的記憶。我們不用涵蓋所有記憶。只要是關於雙親、孩提時的記憶、原本懷抱的夢想、憧憬的異性、達成目標時的喜悅、挫折時的鬱悶，諸如此類的重點記憶就行。根據這些記憶添加淪為布朗克的當事人的性格後，腦部就會根據那樣的文法，形成認知模式，改寫出言之成理的故事，那也就是新的意識。雖然不可能做出與被消滅的意識一模一樣的東西來，卻會形成類似的東西。而患者由於久遠的記憶被封印，所以甚至不會出現進入他人身體的自覺。這樣就能在沒有任何違和感的情況下，移轉到全新人生。」

「所以說，『ZERO TECHNOLOGY』公司內部的記憶操作技術，當時已經達到實用化了吧。」

御所確認似地說。

「就算活體腦部還做不到，腦部裝置是有可能做到的。這點，時至今日應該也一樣。具體程序是將當事人的意識，暫時轉移到腦部裝置，使用專用機器貼上偽造記憶後，再傳送到布朗克。」

齊藤感到一陣寒意襲來。對於像現在這樣看著眼前事物、聽著周遭聲音，正在思考所謂「自我」的存在的確信，隨之遭受劇烈衝擊。

「只不過，偽造記憶就像是鍍上去的，要是因某種情況而剝落，難以支撐起整個故事時，就可能轉變成精神症狀表現出來。到時候，就必須以諮詢或心理療法來處理。」

「親屬的反應怎麼樣？」

御所問。

「患者那邊的親屬，原本就有心理準備面對死亡了，所以就算不能再相見，只要想到那個人還好端端活在某個地方，大部分都能心安。另一方面，反觀布朗克這邊的親屬，反對的人還是很多。大概是對『體內進駐別人的心』，仍然抱持強烈排斥感。但是就那麼放著不管，變成布朗克的肉體只會毫無作用地逐漸老朽。就算心是別人的，只憑藉肉體也好，希望能讓自己的親人繼續擁有人生……轉念這麼想的人開始慢慢增加，到了最後，幾乎所有人都能接受這種做法了。而現實問題，還包括像是入院安置費用的疑慮、周遭旁人眼光等。不論如何，為期三年的專案計畫，最後將十五名患者的意識傳送到了布朗克，讓他們順利回歸到社會中。」

「十五名？不是十九名嗎？」

「其他四具布朗克中，有一具最後還是沒能取得親屬許可。」

「另外三具呢？」

「……拉撒路專案計畫在獲得許可的同時，也被列為機密處理，但是起初也僅止於A等級。之後，會升級到3A等級的最大主因，還是在於另外三具布朗克的下落。」

夾雜苦惱的沉默插了進來。

「那三具都沒有親屬的布朗克……後來提供給了麻田幸雄。」

「提供……？」

那個詞彙，彷彿某種尖銳異物刺激著神經。

「據說，是為了確保『人工記憶複寫』那種特殊作業的安全性，無論如何都須要進行預備實驗。」

「被當作實驗材料送出去了？那是心臟還在跳動，還有體溫的人體耶！」

「竹內！」

被玉城課長以壓低的聲音斥責，竹內凜瞪了回去。

「沒關係，玉城，她的憤怒是理所當然的。」

X先生冷靜地繼續說。

「是我們的判斷有誤。不知不覺中，竟然把布朗克當作物體看待。那時候，感覺也變得混亂了。」

「麻田幸雄當初可能牽涉達斯汀一案的嫌疑浮上檯面時，最後沒能逮捕的官方原因是說並無發現相關證據；這樣一來，讓人不禁懷疑其中另有隱情。」

X先生無言以對。

玉城課長也表情嚴肅地陷入沉默。

「那三具布朗克後來怎麼樣了。」

竹內繼續追問。

「我們並沒有被告知這方面的資訊。因為當初的條件就是，提供出去的布朗克與官方毫無關係。」

「那些布朗克真的是基於安全性，用於預備實驗嗎？一開始的目的，會不會就是想合法取得布朗克呢？想為自己的研究弄到能自由使用的人體，才會刻意參加專案計畫的吧。」

「難道……」

御所才開口。

「沒錯。」

X先生便搶先回答。

「報告書中的篠塚拓也，就是當時提供的三具布朗克其中之一。名字也沒換。」

齊藤倒抽一口氣。連結點就在這裡啊。

「也就是說。」

等等力開口。

「麻田幸雄將某人的意識傳送到篠塚拓也的布朗克，以『篠塚拓也』的名義在自己公司工作。為什麼要那麼做……更重要的是，到底傳送了誰的意識……」

「進入自己的公司，該不會是想透過本身雙眼所見，實際觀察實驗過程吧。是什麼實驗就不知道了。」

竹內諷刺般地回答，筧隨之頭一歪。

「那樣的話，不覺得也很怪嗎？不論是誰進入篠塚拓也的身體，用的可是違法門路喔。更何況，自己的大腦被置入喜里川正人的意識，別說抵抗了，甚至沒有任何察覺的跡象。那樣，不就成了麻田幸雄的吊線人偶嗎？就算是記憶受到操作，一個擁有意志的人，有辦法被隨心所欲地操控成這樣嗎？」

「您認為呢？」

玉城課長這麼問，X先生並沒有回答。

「可以再請教一個問題嗎？」

御所說。

「篠塚拓也體內不只喜里川正人，連麻田幸雄的意識都出現了。這又該作何解釋？根據喜里川正人的證詞，那是執行意識重疊化的結果。」

「抱歉，那已經超越我能回答的範圍了。關於L專案計畫，就我所知就是這樣了。」

沒有繼續下去的聲音。

「如果沒有其他問題的話，今天的解說就到這裡結束……」

齊藤心一橫舉了手。

「方便的話，想請教您一件事。」

X先生以動作示意「請問」。

「有位在『TAKASAKI MEDICAL工業』工作的八田輝明先生。前幾天也有請他協助調查，不過正如報告書所記載的，那位先生經調查後確認跟篠塚拓也一樣，也有資料空白期間。八田先生與拉撒路專案計畫，也有什麼關連性嗎？」

「這對於因應本次問題，是必須資訊嗎？」

「在不同情況下，或許必須被迫修正看待問題的角度。」

「我瞭解了。如果是那樣的話……」

X先生回答。

「如同您所指出的，八田輝明先生是藉由專案計畫，成功回歸社會的十五名拉薩路其中之一。」

2

自己差點驚叫出聲。

首先映入眼簾的是填滿英文字母、數字與記號的虛擬畫面。完全不懂那是什麼意思。桌上有沒見過的杯子，杯子裡大概還剩半杯咖啡。往周遭望去，身邊排列著好幾張相同的桌子。距離稍遠的牆邊那裡，有個五十多歲的陌生男性，正對一個三十五歲左右的陌生男性，不知道在說些什麼。聽得到語句，卻沒辦法瞭解內容。透過窗戶可以看見雜亂無章的建築物群。外面好像在下雨，一切都是一片灰濛濛的。

這裡是哪裡？在那裡聊得正起勁的兩人是誰？我在做什麼？為什麼會在這種地方？就只有我一個人格格不入。世界想把我趕出去。這種感覺。似乎在哪裡經歷過。曾數度嚐過這樣的滋味。那是什麼呢？

是夢。

現在我在作夢。

人在夢境之中。

「八田，怎麼了？」

毫無意義的光景，頓時被注入了生命。

畫面上顯示的是這半年之間的業務成績。已交貨的代體機種、數量，還有目前的使用狀況等資訊，連同各醫院名稱被彙整成眼前資料。桌上的杯子，是打從進公司用到現在的東西，不過約十五分鐘前才剛泡了咖啡。五十幾歲的男性是上司上條分部長，三十幾歲的那個是前輩田口。田口最近因為業務成績不好而感到沮喪。而我，是在「TAKASAKI MEDICAL工業」的業務分部工作的八田輝明。

上條分部長來到我的辦公桌。

「八田，你前一陣子從內務省回來以後就怪怪的耶。發生什麼事了嗎？唉，我也知道不能問啦。」

「我不要緊。真的。不好意思。」

都是因為最近發生了很多事，疲勞持續累積罷了，沒什麼大不了的。

「我說，八田啊。」

上條分部長的手放到我的肩頭，壓低音量。

「要不要去接受一下諮詢比較好？我已經跟公司簽約合作的診所聯絡好了，今天找個時間去一下吧。」

我不知所措。為什麼要把事情搞這麼大呢？害我甚至稍微愣了一下。

「我完全沒關係喔。也能好好工作。沒問題的。」

「聽說這種事啊，及早採取對策是很重要的呢。」

「您說得沒錯啦，但是突然要我去接受諮詢也……」

「只是稍微聽一下專家意見而已嘛。」

「不了，我真的……」

「就跟你說了，像這樣還覺得自己沒問題的時候，就先去接受一下諮詢比較好啦。總而言之，就先去吧。」

「但是……」

「八田。」

上條分部長聲音轉為嚴厲。

「這是業務命令。」

我緊盯著分部長。因為不管再怎麼樣，我都不覺得他說的是真心話。但是分部長的臉龐，看來從來都沒有這麼認真過。

那家據說與公司簽約合作的心理諮詢診所，位於站前大樓的其中一間。我確認過寫著「相澤心理諮詢」的老舊招牌，搭上狹窄的電梯來到五樓。電梯門一開，眼前就是診所入口。診所大門敞開，可以看到室內。以現今這時代而言，櫃臺罕見地有人看顧，那是個感覺福態的中年女性。我告知姓名，出示「TAKASAKI MEDICAL工業」員工證，說明來意。

「是八田先生吧，我們已經聽說您會過來了。麻煩往裡面走。」

當初在考代體調整士的國家證照時，曾念過心理諮詢的基礎知識，不過這還是第一次當客戶。話說回來，對於上條分部長突然提出心理諮詢那件事，自己還是無法理解。甚至還搬出「業務命令」那種措辭。我的樣子在別人眼中看來，真的有那麼異常嗎？

「不好意思。」

我敲敲門，走進內側門扉。不會太窄、不會太寬，不會乏味無趣，也不會雜亂嘈雜。用一句話來說，就是個幾乎感受不到壓力的房間。

「我一直在等您來。請坐，八田先生。」

我乖乖坐到深綠色沙發上。

「我已經接到您公司的聯絡。您是因為上司的建議，才來到這裡的吧。」

相澤醫師展露如同資深演員的笑容。緊致的小臉上，掛著一撮光澤秀髮。約莫四十歲左右吧。

「我拿到的報告顯示，您常在上班時間發呆，發呆時的樣子很不尋常。據說是這樣子的吧。」

「發呆是會發呆啦，不過就是發呆而已，每個人都會啊。那個不尋常，是什麼意思啊。」

「您是覺得自己沒有異常之處囉。」

「嗯，是吧……」

「當八田先生看起來在發呆的時候，都在想些什麼呢？」

「都想些什麼啊。像在思考，又像什麼都沒想。」

「您還記得那時候的感覺嗎?」

「不太記得。」

「我想應該會有些什麼才對喔。」

我覺得有點不對勁。一般的心理諮詢,不是不能用誘導式問題嗎?否則就會導致客戶在下意識之間,創作出讓諮詢者滿意的答案。

「怎麼樣呢?任何事都可以說說看喔。」

「我是真的不知道啊。」

「這樣啊……」相澤醫師低喃。

「那麼,最近有沒有發生什麼特別的事呢?任何小事都沒關係喔。」

「……也不能說沒有啦。」

被內務省叫去時,與喜里川正人重逢,得知他發生了什麼事。說是在參與某種實驗的條件下,選擇了續命之路。他的意識,如今也持續存在於篠塚拓也之中。不過對我而言,我會覺得他那件事至此也可以告一段落了。他對於自己擅自消失,向我道了歉,而我接受了。剩下的,就是喜里川正人自己的問題了。他要做出什麼選擇,都是他的自由。我沒有資格說三道四。

比起那件事,讓我受到最大衝擊的是篠塚拓也的言行。篠塚拓也面對明顯的謊言,依然毫不懷疑地深信那是事實。無法完全解釋矛盾時,就編出另一個故事,無論如何就是要維持住那一個虛構的世界。而且,他自己本身對此渾然無所覺。對他而言,只有自己嘴裡說出來的世界才是真實世界。親眼看到他那個樣子時，我的內心深處有種莫名其妙的感覺，彷彿共鳴似地蠢動。那感覺到底是什麼，我到現在還是不清楚。

「看您的表情，好像是不想多談呢。」

我心頭一震。

「不要緊喔。沒必要把不想說的事全說出來。」

聽她這麼說，內心反而萌生愧疚。

「那麼，在那件事情過後，有沒有產生什麼，以前沒有過的變化呢？自己心裡。」

「那方面，也沒有特別感覺。」

「就算身心產生了變化，自己也有可能沒察覺到喔。那種時候，有很多案例都會以夢境的形式展現出來。」

「夢……嗎？」

「是不是想到什麼了呢？」

之前那個公車的夢。明明搭的應該是平常的公車，從窗戶看到的景色卻不一樣，最近都沒再作這個夢了。

我告知醫師這件事。

「那有沒有改作其他的夢呢？」

「我也沒有特別放在心上……只是想到，曾經作過在醫院裡的夢。」

「那是什麼樣的夢呢？」

「我躺在病床上，旁邊有個上了年紀的女性很悲傷地俯視我。大概是那種感覺。」

我覺得相澤醫師柔和的表情深處，閃過某種嚴肅感。

「您對那位女性的印象怎麼樣呢？」

「問我怎麼樣，也說不上來……」

「感覺眼熟嗎？」

「總覺得好像在哪裡見過。像是認識，又像是習慣親近的人。但是想不出名字。說不定，是小時候在電視上看過的女明星……嗯，大概就這樣吧。」

我逐漸坐立難安。類似焦躁的情緒，掙扎蠢動著企求一個出口。毫無緣由地只想奪門而出。

「您還好嗎？」

「唔，現在有點……」

「怎麼了？」

「啊，沒有……沒事。」

「那種感覺是很重要的喔。請試著用言語把剛剛想的、感覺到的，表達出來。」

「因為，真的就只是愚蠢的妄想而已。」

「請您說說看吧。」

「喔……」

即便感受到內心的抵抗，我正想開口的那一剎那，一陣鮮活的情緒浪潮突然襲來。至今從未有過的情緒。

「怎麼樣呢？」

周遭世界急速離我遠去，要把我拋下逕自遠去。頓時想要緊緊依附眼前的白袍。

「不需要有所顧忌。請試著說說看吧。」

「嗯，感覺上，那個……那個夢才是現實，人在這裡的我其實才是在夢裡吧……胡思亂想這些東西，果然很怪吧。還是得好好接受治療比較好吧。」

相澤醫師演出誇張的笑容說：

「這樣一點都不奇怪喔。那種感覺，每個人都會有的。」

「啊……是吧。這樣我就放心了。」

嘴巴這樣回應，我卻完全無法放心。現實與夢境似乎逆轉的感覺，越來越強烈。難以相信自己就在不久之前，還能泰然自若地過著日常生活。要老實跟相澤醫師說比較好嗎？

「那個……」

「是。」

然而就在那時候，原本混亂的情緒彷彿不曾存在似地平復了。

「怎麼了？」

「……不要緊。沒事。」

相澤醫師雙眼專注地凝視我。

「八田先生。今後要不要每星期大概來這裡一次呢？」

「定期諮詢……嗎？」

「把事情想得這麼嚴重，我也會很傷腦筋的。就掌握本身狀況這層意義而言，我想會很有幫助的喔。當然，不需要八田先生自行付費。公司會支付費用。」

我思考了一會兒。

「我明白了。」

這麼回答。

預約好下次諮詢時間，離開診所的我，搭乘狹窄的電梯下到地面，步出建築物。腳下漆黑的路面，複製了街道的光芒。雨停了。我朝車站走去。

夜晚的街道。

映入眼簾的光景，總覺得虛假。不禁想要伸出手，確認是否真實存在。街道的喧嘩，層層交疊迴盪。一回神，我已經佇立於人行道的正中央。

3

「可以麻煩您再說一次嗎？」

「關於『TAKASAKI MEDICAL工業』的八田輝明，請交出這邊保存的所有相關紀錄，同時承諾今後不會再跟他有任何接觸。這次聽到了吧。」

完全不將御所歐菈的視線當一回事，直接回視的是個頭嬌小，卻擁有駭人冷冽目光的男人。法務省刑事局的板東。這個男人也擁有特殊案件處理官的頭銜。

「希望能聽聽您的理由。」

「知道L專案計畫嗎？」

「大概知道。」

「也知道他是拉撒路七號？」

「數字另當別論，不過我知道他是被達斯汀變成布朗克的肉體，然後被貼上偽造記憶，被他人意識進駐。」

「那偽造的記憶正在剝落。再這樣下去，可能導致自我溶解。都是因為你們把他拖下水，害他受到無謂的刺激。」

御所瞇起雙眼。

「你們一直都在監視他？」

「希望妳稱之為『追蹤』。」

「L專案計畫是內務省的計畫，為什麼是法務省在追蹤？」

「我們有我們的理由。」

「結果相關資料庫卻沒加密。要是加了密，我們也能提早察覺的。」

「沒那種必要。人要是失蹤或怎樣則另當別論。」

「感覺上，您也不是出於一片好意才這麼熱心的呢。」

「好好想想我特地跑這一趟的意義何在，怎麼樣呢？」

約莫十五分鐘前，御所被緊急叫了出去。法務省的特殊案件處理官，因為八田輝明那件事來到內務省。對方要求，御所連同負責人一起到局長辦公室報到。這情況下的所謂負責人，是指八田輝明的聯絡窗口。目前是由齊藤負責這項工作。當御所與齊藤進入這間辦公室時，坐在中央沙發上等候的是這間辦公室的主人渡邊局長、第六課的玉城課長，另外就是法務省刑事局的板東。

「我可以發言嗎？」

齊藤刻意控制語調。

「想要請教一下板東先生，八田先生知道自己是法務省的計畫對象嗎？」

「怎麼會知道。他連自己是拉撒路都不記得。」

「成為拉撒路，原本是根據當事人意志所做出的決定。但是法務省的計畫，卻罔顧八田先生的意志。現在情況就是這樣子吧。」

「我們並沒有以任何形式介入他的私生活。只是本來就已經建構一套機制，能在他檢測出什麼異常時，迅速獲得相關通報。僅此而已。」

「你們那個計畫，是什麼內容呢？」

「你為什麼要知道？」

「八田先生是提供我們寶貴資訊的人。今後，有些地方或許也需要他的協助。被禁止與他接觸，對於往後業務可能造成妨礙。」

「你的意思是不接受囉。」

「怎麼可能接受……」

齊藤身子隨之前傾，御所將手放到他手臂上。接著，像是接著齊藤的話這麼說。

「就像您們有您們的理由，我們也有我們自己的理由。希望您能瞭解。」

「這種說法不是很自私嗎？要是八田輝明的自我溶解，你們要怎麼負責？到時候，他原本平穩的生活就會崩毀。而那都是你們把他拖下水害的。」

「您所擔心的並不是他平穩的生活，而是自己的專案計畫吧？」

「那當然。我們這個專案計畫的目的，遠比拉撒路更有遠見。」

「那個深遠的目的是……」

「我沒有義務回答。」

「所謂的法務省刑事局極機密專案計畫，不會是在摸索罪犯的全新刑罰吧？」

「你們自己要這樣胡亂猜測，我們也很傷腦筋。」

「另外應該還有十四位拉撒路。他們當然也在您們的監控之下吧。」

「妳沒必要知道。」

「但是，都沒加密吧。我們說不定還會在不知情的情況下，接觸到這些人喔。如果能提供名冊給我們，我們或許就能多加留意了。」

「沒必要。你們遇到第二位拉撒路的機率微乎其微。」

齊藤聽著御所與板東的對話，有種奇妙的想法逐漸上身。兩人看來雖然火花四射，其實應該是樂在其中的吧。

「好了，兩個都一樣，就此打住吧。」

玉城課長踩了煞車。

「板東，你會生氣也是情有可原，但是就像御所所說的，我們也有自己的理由。以結果而言，八田輝明的日常生活出現了問題實在遺憾，但是我們也需要他的證詞。再說了，御所也不需要那麼尖銳。你們第十九組處理的是枯靈格相關問題，八田輝明並不是枯靈格。你們並沒有正當理由，拒絕向法務省交出他的資料。」

「玉城言之有理。」

之前始終靜觀其變的渡邊局長抬起頭。

「我們這邊也有錯，但是連加密都不設定的法務省也不能說毫無失誤。這部份就算扯平了，如何？」

他臉上貼了一張彷彿出色演員的笑容，輪流審視兩人。

「既然如此。」

御所首先有所回應。

「我們會交出八田輝明的資料。但是，其他的或許就無法保證了。」

「怎麼樣，板東你這樣可以收兵了嗎？」

板東也端正姿勢回答：

「我明白了。剛剛或許稍微有些意氣用事了，請包涵。」

他像這樣微笑點頭致意。

「彼此彼此。」

御所從容回答。

齊藤不禁輪流望向兩人臉龐。

板東一副辦完事的樣子起身說：

「請儘速送交資料。現在分秒必爭，必須盡早分析出損害他偽造記憶的主因。」

他微微行禮後，就以俐落的步伐走出辦公室。

大門關上的同時——

「真要命啊。」

渡邊局長的笑容消失，並嘆了口氣。

「讓步的時候，也實在有夠乾脆的。」

齊藤不自覺說出真心話。

「對方也清楚自己的要求不可能都要得到。大概一開始就先決定好妥協點了吧。他是不浪費時間的那種人。」

對於御所而言，這似乎是預期之內。

「好了，說順便嘛也有點那個，不過姑且聽聽你們的進度吧。」

渡邊局長望向這裡。

「我看過上次那件事的報告書了。麻田幸雄的肉體之前進駐的是該隱的意識，這是確定的沒錯吧。」

「是的。只是不知道他們父子最後有什麼樣的對話就是了。」

御所回答。

「父親的肉體死亡後，該隱還活著。報告上寫的是『棄乘』，真是貼切的形容啊。也就是說，該隱從父親年邁的身體，轉乘到年輕布朗克體內了。」

「只是，其中也有讓人難以釋懷的地方。」

「怎麼說？」

「麻田幸雄的身體留在別墅裡，卻沒有發現傳送裝置。」

「是在其他地方傳送後，再把屍體運過去的吧。」

「根據影片留下的訊息又或其他狀況判斷，很難想像是那種可能性。」

「那麼，妳覺得呢？」

「我不知道。但是或許必須把非一般意識傳送的可能性列入考量。」

「話是那麼說，但是該隱已經進入活生生的人體，我們不能對他出手。你們繼續追緝他，有意義嗎？」

「最讓人耿耿於懷的，是他說現在還在進行中的『實驗』。根據實驗內容的不同，日後或許還必須全力阻止。」

「現在還不清楚實驗內容嗎？」

「之前提過的備份檔案，目前正由解析組解讀，不過似乎有點費工夫。」

渡邊局長誇張地皺臉。

「不清楚實驗目的，的確讓人渾身不舒服呢。玉城，去催催解析組，要他們手腳快一點。」

「馬上辦。」

「其他還有沒有什麼，是我需要先知道的呢。」

「沒有了。」

「這邊沒你們的事了。玉城多留一下，還有其他案件想問你。」

「那我們先出去了。」

御所與齊藤留下玉城課長，走出局長辦公室。

兩人在長廊上前進，進入電梯。

齊藤按了地下一樓的按鈕。

電梯門關上，重力頓時減弱。

「嚇我一跳耶。沒想到法務省會以這種形式牽涉其中。是之前有什麼密約或檯面下的交易嗎？」

「說不定，意外地在L專案計畫的企畫階段就插手進來了呢。」

「會不會原本就是內務省與法務省的共同專案計畫呢？」

「光是處理十九具布朗克而已，不覺得這樣的陣仗太大了嗎？」

「但是，X先生完全沒有提到這方面耶。」

「如果X先生也只是在台前被操弄的其中一人而已呢？」

「要不要追追看？」

御所視線轉向這裡。

「覺得耿耿於懷嗎？八田輝明那個案子。」

「要是害人家原本平靜的生活出現障礙，就覺得要負責。我好歹也算那個案子的聯絡窗口。」

「真像是你會說的話。」

她瞬間嘴角舒緩，視線又轉了回去。

「可別被發現喔。」

「謝謝您。」

4

街道像是蒙上一層灰色濾鏡，陰鬱又冷冽。店家的自動門每次開啟，濕氣就從腳底流進來。面窗的雙人座桌面上，有個印有咖啡廳商標的保溫杯。我伸出沉重的手，啜飲只有苦味的咖啡。雨勢轉趨激烈。

就算是這種天氣，街上還是人滿為患。常看到有人穿外套，撐傘的人卻很少。人行道上方是綿延不絕的拱型頂棚，只要不是強風吹來，又或被車道濺起的水花噴到，就不會被淋濕。頂棚是會根據日照或天候，改變遮光度的款式。現在的遮光度是零，幾乎完全透明。

有個面熟的男人，從頂棚底下走來。他沒有穿西裝，感覺很假日的裝扮。對方似乎也察覺到我，於是以眼神致意，繞到後方入口進入店內。

他在點飲料時，我刻意不望著他的背後。這裡以咖啡廳而言算寬敞了，不過桌子的座位含雙人座在內幾乎全被坐滿了。面窗的吧台式座位還有幾個空位。

背後可以感覺男人走近。

我抬頭等著，男人卻沒在我這張桌子就坐，直接從旁邊經過。我以眼神追逐，看到他在數公尺前方的靠窗吧台式座位的其中一個椅凳坐下。他的身體維持面窗姿勢，同時輕觸左手腕的「李斯特」。

我的「李斯特」顯示來訊，然後通上了線。

『這樣比較好吧。也可以談些不太想讓人聽見的內容。』

（現在是喜里川先生吧。）

『嚇我一跳，沒想到你竟然會跟我聯絡。』

（因為之前收下了篠塚先生的名片。）

男人拿起飲料就口。

我等他將飲料放回桌面上後。

（篠塚先生事後不要緊嗎？會不會精神混亂或什麼的？）

『其實呢，他現在狀況有點不妙。現在，主要是由我在操控這個身體。』

（不妙？）

『這身體算是陷入了作業系統無法運作的狀態吧。』

（是我害的吧。都是因為我那樣逼問他。）

『都是過去的事了。先不說這個，你想問我什麼事？』

（在內務省與您見面時，有另一個人取代喜里川先生出現了。那是誰呢？）

『我不知道。最重要的是，我根本就沒有察覺被別人的意識入侵啊。』

（那麼，之後也一直……）

『嗯，當時自以為是自己在說話。或許從旁人看來，人格的轉變是一目了然的，但是我卻不覺得本身言行有哪裡不自然。只是，在那個意識出去的瞬間，有種大夢初醒的感覺。雖然說是夢，卻是個惡夢。』

（惡夢……）

『感覺上，被那個意識入侵期間，好像看到了很恐怖的東西。似曾相識，駭人荒涼的風景。那並不是說雙眼實際看到，而是殘存於內心的意象。』

後頸部一陣涼意。

（剛剛喜里川先生是說「意識出去」，對吧。所以不是潛伏在你那裡嗎？）

『啊～那說到底也只是感受性的表現而已啦，只是沒來由地感覺那樣。事實上，可能還在這個身體裡也說不定。』

（所以，自己也不知道囉，即使被他人的意識入侵。）

他試探似地停頓。

『八田先生。是發生了，什麼事嗎？』

我向保溫杯伸出手。

喝下冷冷的苦味。

（我的體內，是不是也存在著不是自己的某人的意識呢？這種感覺異常強烈。我或許也像篠塚先生一樣，盲目深信子虛烏有的世界才是真實。）

『會不會是你想太多了呢。』

（或許吧。但是，我的感覺卻……）

『假設，真有某人存在好了，那八田先生想怎麼樣呢？想把那個某人趕出去嗎？』

（我不知道。但是，我想知道真實的事情。我受不了在察覺到虛假世界的情況下，卻持續活在其中。）

『知道真實，真有那麼好嗎？』

我望向男人。

他的雙肘仍然撐在桌面上，只有臉龐轉向這裡。

不是喜里川正人。

（……是上次那個人吧？）

男人面向窗戶。

（你是誰？一直都在裡面嗎？還是，現在才從什麼地方……）

『別再問些無聊的問題。』

男人靜靜地說。

『對你而言真正重要的問題，應該不是那些。』

我答不上話。

自己即將更進一步踏進去，感覺很可怕。

『你，對於自我本身抱持疑問。而且，希望得知真實。』

(……是的。)

『得知真實之後，有什麼好處？』

(活在虛構的世界裡也沒意義。)

『為什麼？』

(問我為什麼也……)

『即使是虛構，只要能獲得內心的平靜，就夠有意義了，不是嗎？』

(那種活法，太悲慘了。)

『這也就是說，你覺得篠塚拓也很悲慘。』

(……我不想變成那個樣子。)

『真坦率。』

(請告訴我。你是什麼人？為什麼會在那裡？你又知道些什麼？)

『你剛剛只問出了一個有效問題。』

男人的側面笑著。

『所以，就回答你那個問題吧。我知道些什麼。我知道真實的你。』

(真實的我，那是什麼意思？你又為什麼會知道那些……)

『還想知道得更深入嗎？還是要就此打住？』

(我想知道。)

『真實有時是需要付出代價的。你有那樣的覺悟嗎？』

我掙脫疑慮，這麼回答。

（有。）

『既然如此，我就告訴你。』

男人旋轉椅凳，面對我。

『你原本的肉體已經死亡。就像你眼前的這個我一樣。』

第五章 邀請函

1

「筧前輩，您理解了嗎？」
「沒辦法。你呢？」
「完全不懂。」
「等等力怎樣？」
「我以前還蠻擅長數學的，但是看到那麼複雜的方程式也得投降了啦。」
「竹內呢……問了也是白問吧。」
「不好意思啊。反正我就是數字白癡。」
「組長怎麼樣呢？」
「啊，我剛剛問過囉。結果呢……」
「結果？」
「被她用很恐怖的眼神瞪了。」

除了御所之外，第十九組所有人齊聚於厚生局大樓地下一樓會議室。前一陣子聽過X先生講解後，今天是第六課解析組的報告。在「ZERO TECHNOLOGY」的奈米機器人研究所中所發現的可疑備份資料，據說有一部分已經能夠解讀了。只是事前必須準備的功課，竟然是「先看過超空間理論」。

「這根本就是不合理的要求嘛。我們不過區區一介公務員，竟然要求我們……」

等等力罕見地這麼一抱怨，會議室大門隨之開啟。跟著御所走進來的，是個纖弱高瘦的男人。脖子長得要命，蒼白的臉龐上沒有什麼所謂的「表情」。

御所在齊藤他們旁邊就坐。

「那麼，麻煩您了。」

男人站著點頭。

「我是解析組的羽取。各位能夠理解超空間理論嗎？」

齊藤他們彼此尷尬的互使眼色。

「我想也是啦。唉，本來就不抱什麼期待就是了。」

那聽來並不是想以玩笑舒緩氣氛的語調。

「一開頭得先向各位致歉。我盡可能會以簡潔易懂的方式說明，儘管如此，接下來要談的內容還是很難理解。請各位做好心理準備。」

筧很刻意地乾咳。

羽取的視線瞄了他一眼，隨即又轉回去。

「最先想問個簡單問題。我們能自由活動的空間是幾次元？」

「三次元。」

御所回答。

「是的，我們能做到在空間中感知，也僅止於三次元。但是我們已經知道，實際上還存在很多眼睛看不到的其他次元。不久之前，大家還以為只到九次元，不過所謂的『二十四次元』目前已逐漸成為定論……啊呀，好像已經有人跟不上了耶。」

竹內抱頭趴在桌面上。

「不要緊吧，竹內？」

筧以聽來憂慮的聲音問，她立刻以像是擠出來的聲音說。

「啊……別管我，先……先繼續下去吧。」

「那我們就繼續吧。」

羽取冷淡地接話，然後啟動身後的真實螢幕畫面。

「這是大家熟知的，由X軸、Y軸、Z軸構成的三次元空間座標模型。就像我們剛剛所提及的，實際上其他還有二十一個次元，這些次元從α（阿爾法）開始被依序命名。在意識傳送技術領域中，將其中α到ζ（截塔）這六個次元稱為基底次元。意識傳送就是利用這特殊的空間，讓粒子移動。只是這個方法的效率很糟糕，傳送耗時是一大缺點。為解決這個問題，就出現了將多個次元暫時折疊成一個次元，讓粒子瞬間移動的點子。」

在竹內之後，筧也雙手抱頭。

「比預期中還快耶。」

羽取沒輒似地呢喃。

「唉，算了。剩下的各位繼續跟上吧。劈頭就說明二十四次元的世界，大概也很強人所難，所以先以二次元的平面模型來說明。請看螢幕。」

眼前出現像是在國中數學學過的簡單圖表。

「如同各位所見，在二次元中只要決定出X軸與Y軸兩個座標，就能決定平面上的位置。假設有個X座標為3，Y座標為5，決定出的P點。如果就在那麼短暫的一瞬間，將這個二次元，折到一次元去的話，這個P點會變成怎樣呢？」

齊藤壓抑著想趴下的情緒。御所與等等力似乎勉強還跟得上講解內容。

「例如，原本是平面的東西，被朝著X軸，也就是直線折過去的話，像這樣……」

螢幕上的Y軸上下被壓縮，朝X軸擠壓，P點也隨著朝X軸移動。

「這麼一來，Y軸被消滅後，P點的位置資訊會變成只有X軸上的3。然後，假設立即恢復到二次元，復原了Y軸。」

螢幕上的Y軸也開始逐漸朝上下伸展。但是，P點卻在X軸上的3的位置上動也不動。

「好了，此時P點該取的位置，是在這個平面上的哪裡呢？」

「請問——」

齊藤畏畏縮縮地舉手。

「是的，請說。」

隨即被興致高昂的羽取點名。

「不，不是那樣的……這些跟之前那個備份資料有什麼關係呢？」

「如果我告訴你說，那備份資料的確是奈米機器人的設計密碼，而且除了一般基底次元移動之外，還被寫進了能移動到ϕ（斐）的方程式，這樣你能理解嗎？」

「……不能。」

「所以，為了幫助各位多少能夠理解，現在才會從基本內容開始，依序說明。」

「很抱歉。請繼續。」

羽取發出一聲鼻息後，繼續說。

「好了嗎？當Y軸被折疊到一次元的瞬間，Y座標的資訊也會被重新設定。但是，X軸上卻殘留所謂『3』的資訊。所以恢復到二次元時，這個點的X座標會維持3沒有任何變化。那麼Y座標呢？」

「原來如此。會在無限啊。」

回答的是等等力。

「是的。Y座標因為被重新設定，反而能解讀成任何數值。換句話說，光是憑藉在那瞬間將次元折疊，只要P點是在X＝3所呈現的直線上，就能移動到任何地方去。」

螢幕上顯示出穿過X軸的3，並且與Y軸平行延伸的直線。P點在那條直線上來去自如。

「當然，在普通空間裡不可能發生這種事。各位沒辦法想像，這個三次元空間變成一次元直線那種事吧。然而，在各式各樣條件下分析超空間理論的方程式，結果發現能將二十四個次元全折進去的次元，就只有一個。那就是ϕ次元。而藉由將所有次元折進ϕ次元，做到瞬間移動到遙遠地方的現象，就是ϕ次元移動。」

這樣瞭解了嗎？他投來感覺像在這麼問的眼神，齊藤卻無法有所反應。覺得似懂非懂。

「只是，能折疊次元的時間，僅限於甚至可以忽視『能量不滅定律』的極端短暫時間。而且根據方程式所獲得的解顯示，具備質量的東西做不到ϕ次元移動。所以相反來說，不具備質量的粒子就有可能。」

不行。果然還是聽不懂。

「這個ϕ次元移動的點子，是麻田幸雄在美國時所發表的，當時被認為不可能實際運用於意識傳送。事實上，到目前為止，藉由奈米機器人所進行的意識傳送也全都只是運用基底次元移動。」

「您說備份寫進了設計密碼，意思是麻田幸雄已經將ϕ次元移動的實用化列入考量囉？」

御所說。

「他應該是那麼想的。」

「然後，成功了。」

「恐怕是。說到底，也是因為有了像指數函數般發展到某一點，就突飛猛進、急遽進化的電腦，才能有那樣的成功吧。」

「使用ϕ次元移動時，與一直以來的意識傳送相比，具體來說會出現什麼不同呢？」

羽取的視線移向等等力。

「首先是不需要傳送裝置。」

「不需要傳送裝置……」

「在ϕ次元移動中，距離是沒有意義的。不論距離多遠，都能傳送。而且，傳送所需時間幾乎趨近於零。」

「所以，就像電波收發訊號那樣，能讓意識自由移動囉。」

「就某種意義而言，不僅於此。一般的三次元空間，是沒辦法超越光速的，而ϕ次元移動卻不會受到那樣的限制。」

會議室完全籠罩在沉默之中。

「現在各位能瞭解，ϕ次元移動是多麼具衝擊性的事件了嗎？」

等等力深深頷首。

「他那時候進駐篠塚拓也的意識，是藉由ϕ次元移動從不知道哪裡傳送過來的。他所謂的『降臨』，就是那個意思嗎？」

「但是……」

齊藤問出想當然爾的疑問。

「他是從哪裡來的，又會回去哪裡呢？明明本體已經死亡了啊。」

「關於這點，就涉及接下來要談到的第二個機能『意識的重疊化』。」

「啊……還有嗎？」

「被寫進設計密碼的，有三大新機能。我們已經能夠解讀其中兩項，所以才會先向各位進行中期報告。怎麼樣，要先休息一下嗎？」

「請繼續。」

御所毫無慈悲地說。

「可以吧。」

好……也只能這麼回答了。

那麼，羽取挺起胸膛。

「請大家再看一次剛剛的二次元圖表。」

畫面上顯示X軸、Y軸與P點。點的X座標與Y座標分別是3與5。

「我說過，只在瞬間將二次元折進一次元，就能讓P點移動；但是這並不是說能到這個平面的任何地方。移動的目的地，僅限於表示X＝3的這條直線上。」

眼前再次出現那條穿過X軸的3，與Y軸平行的直線。P點在線上到處移動。

「ϕ次元移動也一樣。雖說不受距離或時間影響，卻不代表能自由移動。自始自終，僅限於ϕ次元上的值是相同的場所。具體來說，擁有ϕ次元移動機能的奈米機器人，假設是ϕ機器人好了。必須有這個φ機器人存在，而且被設定的φ次元的值相等，才可能做到意識的接收或傳送。換句話說，只要φ次元的值是相等的，那麼不論相隔多遠，都能瞬間傳送意識。在這個部分，『意識的重疊化』就會變得很重要。」

畫面變了。

出現的是一個圓柱般的立體圖。圓柱分成三層。

「根據我所拜讀的報告書內容指出，從出現在篠塚拓也體內的喜里川正人那裡，也獲得了『參加以意識重疊化為目的的實驗』這樣的證詞。」

「沒錯。」

御所回答。

「那時候，也出現了一些關於意識重疊化的解說。這部份正如報告書內容所記載。」

「我讀過了。那也與我們的分析結果一致。也就是說，奈米機器人被賦予的第二個機能，就是將同個大腦分成數個意識分層，並規定相互關係。」

「所謂的相互關係，是指被設定成上層的意識優先於下層意識那部分嗎？」

等等力說。

「正是如此。只不過……」

畫面再次出現。

圓柱只有最上層閃耀著光芒。

「……多個意識分層組成這點沒錯，但是只有最上層能使用φ次元機能。而且，最上層被設定成像是空房。原本存在於那個大腦的意識，也沒辦法進入最上層。能進入那裡的，只有藉由φ次元移動從其他地方被傳送過來的意識。換句話說，已經在大腦事先備妥專屬空間，能容納被傳送過來的意識。」

「有可能拒絕φ次元移動過來的意識嗎？」

「沒辦法。應該說，就算傳送過來應該也不會被察覺。」

「然後，被傳送到最上層的意識支配著那個人。」

「是的。只是，能做到φ次元移動的意識，目前全世界恐怕也只有一個。」

「麻田幸雄……不，或許該稱之為該隱吧。」

「他回日本時，應該就已經轉換成該隱了。談到他回國後的動向時，就統一用該隱吧。」

御所回應等等力的話。

「等等呀。」

齊藤不禁出聲。

「所以是這麼一回事吧，篠塚拓也的腦部也有φ機器人囉。」

「恐怕是。」

「如果說該隱離開了那裡，代表還存在其他的承接處，也就是擁有φ機器人的人嗎？」

「那是必然的。」

「到底，在哪裡……？」

「齊藤，你忘記X先生說的嗎？」

「X先生……對了！」

提供給麻田幸雄與該隱的布朗克有三具。如果說另外還有兩個像篠塚拓也的人存在，也不足為奇。

「我還有一個問題。」

御所說。

「根據您剛剛所說的，就算注入根據這個設計密碼所製造的φ機器人，當事人也沒辦法進行φ次元移動吧。」

「啊，這件事啊。」

羽取似乎瞭解御所想說什麼。

「您是想問，該隱後來是怎麼做到φ次元移動的吧。」

御所點頭。

「正如您所說的，這個φ機器人並沒有辦法讓當事人的意識，做到φ次元移動。各位或許這麼理解比較好，這東西存在的目的，是為了提供據點給φ次元移動過來的他人意識。」

「該隱注射到自己大腦的奈米機器人，果然是有別於這種的其他類型囉。」

「是該這麼考慮。『ZERO TECHNOLOGY』的研究所也正在對此進行分析，對吧。」

神內所長提出的報告指出，該隱所使用的奈米機器人，的確是曾在研究所合成的其中一種。根據研究所殘留的資料，當初是由於毒性太強，所以很早就放棄相關研發。可能是該隱之後獨自重複進行反向模擬，最後才研究出那種奈米機器人的ϕ次元移動機能吧。

「好了。」

羽取顯露痛快神情。

「我的報告到此為止。有沒有什麼問題？」

「第三種機能的解讀，大概要到什麼時候才能完成？」

御所問。

「一週內勉強可以。」

「拜託了。」

「如果沒有其他問題，那就先告辭了。」

齊藤他們起立，目送快步離去的羽取。

大門關上的同時，御所回頭。

「筧、竹內，還活著嗎？」

兩人都趴在桌面上，動也不動。

等等力查探兩人狀況後，搖搖頭。

「……沒救了。」

可以聽見兩人安詳酣睡的鼻息聲。

2

我正走上一條和緩坡道。沿路是一棟接著一棟，毫無縫隙的整潔獨棟住宅。每棟住宅都是風格簡約的兩層樓建築物，自用車看來侷促地停放在樸實的車庫中。燈火已經點亮的窗戶，流洩出孩子的聲音。

自從進入「TAKASAKI MEDICAL工業」任職後，返鄉頻率大概一年一至兩次。每次總是在最近公車站牌下車，再走上這條坡道。這是條幼時不知道往返過多少次的路。舉目望去的一切全都過於理所當然，也從來不曾萌生過疑問。

我停下腳步，回過頭去。餘暉燃燒著西方天空。其下，廣大的地平線有條貫穿其中的運河，電車正駛過橫跨運河兩端的紅橋。

這幅光景。

的確存在記憶之中。

雖然存在記憶中，卻少了些什麼。

我轉向前方，邁開步伐。慢慢看到家了，我生長的家。妹妹亞季上大學後，現在只剩父母兩人住在這裡。房子窄歸窄，還是有院子。小時候，家裡養了隻白色雜種狗。我叫牠阿洛。阿洛後來是老死的。在我十八歲那時候。應該沒錯。

我站在玄關前，按下門鈴。週日這個時間，大概兩人都會在家。等了一會兒，門開了。

「阿輝，怎麼啦。」

母親感覺老了點。她本來就瘦，皺紋看來更加明顯了。

「嗯，有點事。」

我踏進家門。

「是亞季吧。是那孩子跟你說了什麼吧。」

片面決定的說法，讓我回過頭去。

「對了，亞季前一陣子來找過我，那時候樣子怪怪的。是有什麼事嗎？」

沒有回答。

我放棄等待，步上階梯，進入自己的房間。

我開了燈。

書桌、擺著飛機模型當裝飾的書架、單人床。直到思春期的不穩定期，都在這裡度過，對我的人生而言，是個特殊的空間。不過，還是少了什麼。就是少了些什麼。但是，我不知道那是什麼。以我現在的感覺，難以釐清那是什麼。我走出房間，下了樓。

父母在客廳等我。兩人都站著。

「還沒吃飯吧。」

我答說不用，坐到沙發上。

「有事想問你們。」

父母臉龐閃過膽怯。

自己現在要做的，會對兩人造成嚴重打擊吧。察覺到這一點的我，頓時倉皇失措。

「算了，沒事。我還是回去好了。」

我起身。

「等等。」

父親以嚴肅的聲音阻止我。

母親抓著父親手臂。

我又坐了下去。

父母也坐到對面沙發。在那裡的，只是一對初老的夫妻。我的確擁有被父母疼愛、養育成人的實際感受。但是，那並不是眼前這兩人。

「你說你想問什麼？」

大概是受不了彼此之間的沉默了，父親開口說。

我還在猶豫。一旦說出口，那個勉強維持至今的世界，或許就得面臨決定性的終結了。但是，要我直接離開，我又做不到。

「我，事實上，是什麼人？」

父親表情沒變。似乎早有心理準備。

「我，不是八田輝明吧。」

「為什麼那麼說！」

母親以赤裸裸的情緒大叫。

「阿輝就是阿輝啊。就這樣不是很好嗎。就這樣……」

她用雙手摀住臉龐。

父親將手放上她的背，雙眼轉向我。

「你知道多少？」

直到此時，我才察覺自己始終懷抱渺茫希望。而父親的這句話，卻徹底粉碎了我最後的希望。如今仍留存在我內心的回憶，不論是與小時候的亞季一起玩、與阿洛一起跑來跑去、聖誕節要父母幫我買很想要的電玩，還是全家人一起去北海道旅遊，這一切的一切，我其實根本就沒經歷過。

「我真正的身體，早就病死了，對吧。」

「誰跟你說的？」

「但是臨死前，只有意識被傳送進這個身體。那時候，原有的記憶被封印，還被貼進偽造記憶。身為八田輝明的偽造記憶。」

「誰跟你說的？」

父親臉龐轉為潮紅。

「我原本叫什麼名字？真正的父母在哪裡？」

一旦開始下坡，就沒辦法中途喊停了。

「你們知道吧？」

「我們也沒有被告知。他們說這樣比較好。這是真的。去問問負責人，說不定會告訴你的。」

「負責人？」

「有提供後續支援服務的人。像這種狀況發生的時候，就可以找他們。」

父親低著頭。剛剛拚命撐起來的那股氣力，彷彿正在逐漸流失。在他身旁的母親，則低聲啜泣。

他們被沉默團團包圍，無處可逃。

「請原諒我們。」

父親仍然垂著頭，一邊這麼說。

「我們當時，無論如何就是沒辦法把輝明的身體讓出去。」

母親站起來，從客廳跑出去。父親目送她的背影離去後說。

「不要緊的。我們兩個常在聊這一天。只是，這一天來得實在太突然，心理還來不及準備好吧。我也一樣就是了。」

硬擠出的笑聲，墜落至腳邊。

「真正的八田輝明，是被犯罪組織綁架走了吧。」

「那是他還在上大學那時候的事。他在打工完的回家途中失蹤，被救出來的時候，心已經被消滅了。醫生都宣告，他不可能再醒來。身體壽命的大限之日前，會持續沉睡就是了。」

他深深吸口氣，同時仰頭面向天花板。

「起初呢，我們還覺得那樣也無所謂。心臟還在跳動。終究還活著，畢竟是活著回來了……只是慢慢恢復冷靜以後，總忍不住考慮起將來。會想說我們自己死了以後，這孩子會被怎麼樣呢？但是，那都已經是無可奈何了。所以只能一心祈禱，看會不會有奇蹟發生，讓他再次睜開雙眼。就在那時候，公所通知我們說，關於輝明今後將何去何從，有重要的事情想商量。」

他的臉龐隨之緊繃。

「他們說，有個與輝明差不多年紀，因病來日無多的年輕人。只要把他的意識傳送進輝明的身體，輝明的身體就能再次睜開眼睛。當然，一般來說這是違法行為。但是他們說明，這次可以藉由政府的極機密計畫，例外處理。還說，這種機會不可能出現第二次。」

他向我投以詢問般的眼神。

「我們是很苦惱的。因為外表是輝明，心卻會變成別人的。但是仔細聽過說明後，說是可以藉由操作記憶，把心變得極度接近輝明。說是可以一直以我們孩子的身份活下去。如果那是真的，就像夢一樣了。既然身體無疑地就是輝明，如果心也能在自認是輝明的情況下醒來，那就夠了。不，我們是強迫自己相信那就夠了。因為以現實而言，除了加入那個計畫，並沒有其他選項。就算覺得勉強，也只能接受。」

他微弱地嘆口氣。

「但是，我們都只考慮到自己的情況，卻忘了一件事。那就是，那個年輕人也有自己的家人。」

「我，真正的家人……」

「聽說，你父母希望你在獲得全新的身體後，不要進行記憶操作，能回到自己身邊生活。這也是當然的。就算外表不同了，心還是自己兒子的啊。但是，我們怎麼辦？嗯？輝明的身體就算醒了，也會離開我們。要是回到那邊的家庭去，是禁止接觸的。我們不止輝明的心，連身體都會一併失去。那樣的話，從犯罪組織那裡被救回來，又有什麼意義。」

悲痛的眼神望向這裡。

「所以，我們對你的父母說了，輝明的身體可以用，不過條件是要改變記憶，以輝明的身份活下去。不到三天，對方就回應說完全接受這樣的條件。我能痛切地瞭解你父母的心情。你的死期迫在眉睫，應該沒時間再猶豫了。只要活著就好。只要是為人父母，任誰都會這麼想的。所以，我也很同情他們。但是，我們當時也是很痛苦的。」

就在那短暫瞬間，父親雙眼湧現力量，隨即再次消逝。

「我到現在才瞭解，當時應該更堅強一點的。但是，那時候就是做不到。結果，也讓你受苦了。事到如今已經太晚了，但是我真的覺得很對不起你。」

「我自己也同意了吧。決定改變自己的記憶，變成八田輝明。」

「我是這麼聽說的。」

既然如此，最終責任在我身上。這是我當初自己選擇的一條路。現在又怎麼能責怪這個人呢？

「其實呢……」

父親似乎難以啟齒。

「……當你對自己有所疑問，或是感覺快要發現事實的時候，我們就會向剛剛說過的後續支援負責人通報。」

「所謂的『通報』是……？」

「聽說問題嚴重的話，也可能會把身為八田輝明的記憶再重新貼進去。」

「那麼一來，現在的我就會消失的。事實上，我已經想不起以前的我了。真正的我，早就已經消失了。」

「不會消失的。我也不太瞭解詳情，不過應該還沒有消失。說不定還能把改變過的記憶恢復原狀。你希望的話，也可以回到真正的家人那邊去。我去找負責人商量看看。」

「說起來倒簡單……」

又是一陣沉默。

我起身。

「要走了嗎？」

「我現在也是一團混亂。沒辦法立刻有什麼答案。」

「負責人那邊怎麼辦？如果不希望通報，就什麼都不做。我們打算尊重你的意願。」

「……暫時，讓我一個人好好想想。」

父親頷首。

「要是心裡有了什麼決定，可以跟我們聯絡嗎？」

我步出家門。

母親那邊，也沒再去打招呼。

3

特殊案件處理官御所歐菈手下的第十九組，甚至獲准攜帶槍械，負責緝拿難以具體掌握的罪犯「枯靈格」，但是說到底，他們也是組成官僚組織的成員，是薪水由國民稅金給付的公務員。雖然平日活動有大部分允許個人裁量，唯獨每個月必須提出一次的報告書，被視為是特權附屬義務，受到嚴格規範。而組長御所，也必須根據手下組員的報告，進一步彙整出第十九組的月報。因此，只要定期報告的截止日期逼近，齊藤他們就會承受來自御所的沉默壓力，同時死命盯著虛擬畫面，絞盡腦汁趕著生出文章。

這一天，齊藤同樣為了本月定期報告的內容，苦惱不已。

到目前為止所進行的調查，全都有關法務省刑事局的極機密計畫，這總不能在正式報告書中留下紀錄。

除此之外，又沒有其他題材。管理「ZERO TECHNOLOGY」研究所的AI的祕密、麻田幸雄之死、他所留下的備份檔案之謎、他的真面目為何、與喜里川正人的接觸、篠塚拓也令人意外的背景……當然，這一切都不是由齊藤單獨涉入，全都由御所與其他組員持續合作處理至今；然而，對於每個事件的分析、探究，乃至於今後預測與因應方法等，看法因人而異。齊藤他們被要求做到的，正是這一點。御所非常討厭八面玲瓏的意見，總是要求他們提出自己獨特的觀點。為了符合她的期待，就必須將本身各方面的創造力提升到最高程度。

4

「停止手邊工作，聽這裡。」

御所突然站起來。

「解析組剛剛聯絡我們。聽說上次的備份檔案，已經解讀出第三個機能了。十分鐘後，在B會議室聽取說明。所有人準時集合。」

她表情轉為柔和地補充：

「筧、竹內，今天別再睡囉。」

『你為什麼就是不懂呢。你可是獲得賜福的喔。』

（這麼混亂的狀態，怎麼可能是獲得賜福啊！）

『你不是已經掙脫了所謂「肉體」的最大枷鎖了嗎？跟我一樣。』

（那根本就無所謂。這個所謂「我」的人，到底是身在哪裡的什麼人？我只想搞清楚這一點。我想要「這就是我自己」的確切感受。）

『八田輝明不是你的名字。你與生俱來的身體已經滅亡，你進駐的肉體只是借來的。現在的你，什麼人都不是。那又怎麼樣呢？你能夠認知到自己的存在。你能夠吸收新知，也能思考。思想能夠馳騁於歷史或未來，甚至還能在腦海中勾勒出宇宙的盡頭。都擁有了這些，還需要什麼呢。你是哪裡的什麼人，有任何意義嗎？』

（人就是需要一個賴以踩踏的根基。而自己是什麼人，就是最基礎的根基。）

『那不是根基。只是包裝罷了。』

（……包裝？）

『而包裝，是能隨時更換的。不是嗎？』

（……）

『人的意識是什麼？是心？是靈魂？不。就只是龐大記憶的極端複雜網路，與資訊處理的相互作用所引發的，某種流動性反餽的連續光輝罷了。這一切的源頭皆來自於系統。』

（但是……人是有意志的。根據意志思考、猶豫，克服恐懼做出決斷，也能做出有勇氣的行為。

光靠系統，有可能做到這些嗎？）

『不論任何事物，都企圖從中讀取意志的存在，這是人的典型傾向。貓狗之類的寵物就不用說了，單純的圖形在人看來也會因為運動方式，感覺像是擁有意志。更不用說外表像人的娃娃了。只要讓它們做出像人一樣的動作，就會讓人強烈感受到其中有什麼靈體存在。但是事實上，其中根本不存在意志又或是靈。你為什麼能斷言，你所感受到的那個自我本身的意志，不是類似的錯覺呢？』

（如果沒有心，人不就是單純的機械而已嗎？我不想往那個方向去想。）

『我可沒說人是機械。事實更曖昧，也更混沌。是無法輕易劃下界線的。』

（那你又是怎麼想的呢？難道靈魂不存在嗎？）

『人的意識，是系統創造出來的。既然如此，不論何種意識活動，不回溯到系統，就無法明確說明。但是，如果說最終無法回歸系統的東西，像不可能繼續分解的基本粒子之類的東西殘留了下來，那麼說不定，其中會有稱之為「靈魂」也無妨的東西存在。這是我個人的見解。滿意了嗎？』

（……你為什麼要特地來跟我這樣的人，說這些呢？）

『我想邀請你到我的王國來。成為與我一樣，掙脫肉體枷鎖，不是任何人的自由存在。』

（王國……？）

『不過，當你接受邀請時，就必須捨棄那副軀體。這是進入王國唯一的代價。這也無須在意。因為，那本來就不是屬於你的。』

（捨棄這副軀體……）

『怕嗎？』

（你，到底，是什麼人？）

『我想你心裡應該有底了。』

（……麻田幸雄。）

『他的兒子。被取名叫做該隱。』

（兒子……不是應該早就死了嗎？）

『我小時候被致命惡疾纏身，不過在肉體停止活動之前，父親將我的意識轉移到腦部裝置中。那是代體還沒實用化那時候的事。我從此就持續封閉地活在人工神經元複合體中。你知道嗎？與外部隔絕的腦部裝置中，是什麼世界？』

（我從喜里川先生那裡聽說過。他說，再也不想回去了。）

『毫無脈絡的影像與聲音像漩渦一樣旋轉，哭泣大叫也沒有絲毫回應。對於年幼的孩子而言，那是個恐怖的世界。只是，人不論任何環境都能習慣。我後來也慢慢開始理解那個世界的法則。』

（法則？）

『世界之所以會陷入一片混沌，是因為我陷入一片混沌。如果我重新建立秩序，世界也能重新建立秩序。只要瞭解規則，剩下的就很簡單。因為當我想要那樣，世界就會乖乖地跟著變化。我根據思考，創造了自己的王國。在王國中的我是萬能的。你們是怎麼稱呼這樣的存在？』

（……神。）

『雖然外部資訊早已經被阻絕，但是建構世界的最低所需種子，早已灑在五歲的我的內心。接下來，只要能讓它發芽、成長，當下材料是不虞匱乏的。對於被封鎖在人工神經元複合體中的我而言，那也是唯一的玩具。即便是五歲的幼稚思考，毫不厭倦地持續累積理論，總有一天就能獲得足夠的質量，臻於成熟。其中，只要有任何一個思考充分成熟，就可能引發化學反應，催生全新思考。每當全新思考誕生，我的世界也會隨之改頭換面。而突發性變異的摻入，也會讓思考變得更為豐富多元。整整七年之間，我都在經歷這種思考的進化歷程。那並不是物理現實的七年。而是不眠不休，持續思考到最後的七年。後來，我終於聽到了天啟。』

（那是……）

『是父親。他完成了與腦部裝置內的意識溝通的技術。那時候，我才首次得知自己為什麼會被封鎖在這個世界裡面。感想？也沒什麼感想呢。「喔～原來是這樣啊」，大概就這樣而已。接著，父親就對我載入龐大資訊。日復一日、日復一日，我就這麼持續吸收資訊。我的思考深化到了最後，萌生出了一種難以抗拒的衝動。我對父親傾訴，想要離開這裡，去看、去摸、去感受現實的世界。此時，就輪到你的專業領域登場了。』

（是……代體吧。）

『父親弄來的是實用化之前的原型。儘管如此，就當時而言已經是最尖端科技了。』

（你就被傳送進了那台代體？）

『進入代體的，是父親。』

（……這是怎麼回事？）

『父親，將自己的意識傳送進那台代體。然後將我的意識，轉移到自己身體變成的布朗克。父親他，把自己的身體讓給了我這個兒子。』

（你從此就一直在麻田幸雄的身體……）

『父親大概有種盲目的信心吧。認為想要完美感受現實世界，就必須藉由肉身人體，這種膚淺的盲目信心。』

（你父親的……麻田幸雄的意識，後來怎麼了？）

『能源耗盡為止，都存在那台原型中。』

（之後就被消滅了……）

『我事前就按照父親指示，以麻田幸雄的身份開始活動。我的腦袋完全繼承了父親的知識。那時候還覺得自己幹得不錯……唉，事到如今回頭想想，那根本就無關緊要。』

（無關緊要？你讓父親不惜犧牲自己，讓出的一切全都化為烏有，怎麼說得出這種話啊！）

『情緒（sentiment）。』

（欸……）

『那就叫做「情緒」吧。你剛剛吐露的話。我沒辦法理解那些東西。』

（……）

『我在進入父親身體後，在幻滅的同時還真切感受到一點，那就是肉身人體有多麼不自由。肉體實在過於不完整、過於侷促了。而且頻頻企圖支配思考，完全就只是思考的礙事者。我甚至覺得，既然如此，人工神經元複合體還比較好。話是這麼說，事到如今我也無意再窩進腦部裝置裡。』

（……所以？）

『我決定乾脆拋棄肉體，隨心所欲地構築全新思考世界後，再搬進去。那就是我要邀請你去的王國。』

（那種事，怎麼做得到……）

「李斯特」線路倏地被切斷，我被扔進了現實。

潮濕的風輕撫肌膚，如漩渦般打轉的光線射入視網膜，瀰漫的喧囂包裹全身。無數男女的聲音層層交疊，形成不知所以然的語言，震動耳膜。

我站在人行道上。頭上是拱型頂棚，直線延伸的白光，照耀著交錯穿梭的人群。需要一點時間，才能想起自己為什麼會在這裡。

離開八田輝明老家後的我，也不想直接回自己公寓，後來就漫無目的地在街頭遊蕩。那時候，「李斯特」有通訊進來。是那個男人打來的。在咖啡廳告知我實情的男人。現在，我也知道他的身世了。他是麻田幸雄的兒子，該隱。

感覺上似乎長時間投入了對話，卻不太瞭解內容。說是王國？那到底是什麼東西。我頓時感到一陣疲憊。

「八田先生。」

我回頭。

就在身旁的路肩，停著一輛高級黑頭車。前方座位車窗降下，一個沒看過的金髮年輕男子看著這邊。感覺昂貴的西裝與自信滿溢的自信眼神，看來像極了剛成功的創業家。是負責醫院的醫師嗎？我極力搜索記憶，果然毫無頭緒。

「請上車。」

「那個……不好意思……」

「不知道我是誰吧。剛剛一直跟你對話的人，就是我喔。」

男人微笑。

「這就是進入王國的邀請函。」

5

「以上就是我們的說明。」

解析組的羽取這麼結尾後，現場籠罩在鬱悶的沉默中。如今齊聚B會議室中的，除了羽取，其他就只有第十九組的五人。玉城課長因為要參加另一個案件的會議而缺席。

「換句話說——」

御所打破沉默，開口道。

「φ機器人會像病毒一樣自己增殖，進行人際傳染囉。」

羽取點頭。

「至少設計密碼上的，的確會讓機器人具備這種功能。實際上到底完成了沒有，還是個問號，但是賦予奈米機器人增殖感染能力本身，並不困難。」

拋棄肉體，成為意識體的該隱，能夠進入內有φ機器人的腦部，並且掌控其思考。大家之前都認為，目前體內擁有φ機器人的，就只有在拉撒路專案計畫那時候，提供給他的三具布朗克；然而，假設φ機器人擁有增殖感染能力的話，這前提就會隨之崩解。

「這問題，不是很棘手嗎？」

齊藤始終無法壓抑本身情緒。要是φ機器人已經擴散開來，自己也有可能被感染。該隱任何時候入侵都不足為奇。根據喜里川正人所言，就算大腦被佔領，也不會察覺。就連當下這個瞬間，說不定自己體內已經……

「只是，就目前這個階段而言，還不能判斷φ機器人是否開始增殖。」

御所頭一歪。

「你是說有可能還沒開始增殖？」

「根據設計密碼，φ機器人的增殖機能在初期狀態會被凍結。至於，要靠什麼解除凍結，還不清楚。」

「設計密碼上沒有記錄嗎？」

「現階段，還沒有看到類似記錄。只是，現在還剩下若干尚未解讀完成的部分，我們會繼續徹底解析。」

「假設該隱握有增殖的開關好了。」

等等力說。

「問題在於，他按下開關了沒有。不然，該隱是打算什麼時候按下開關。」

「追根究底，該隱的目的到底是什麼？」

篦也是一臉若有所思。

「φ機器人增殖得越多，能讓該隱隨意操控的人也就隨之增加。說不定，地球上所有人類最後都會淪陷。掌控所有人類。那就是他想要的嗎？」

「但是以現實層面而言，很難想像所有人都感染。就連曾引發全球大流行的流感，聽說也只造成全人口的三成感染呢。」

竹內隨即反駁。

「三成就已經很嚴重了。」

「說得也是啦。」

「認為全人類感染的可能性很低，就樂觀以對，未免也太輕忽了。」

發出冷靜聲調的是羽取。

「φ機器人是人工合成出來的東西，與自然界的病毒不同。這種東西不會中途突變，也無法被人體的免疫系統壓制。就算感染也不會出現症狀，本人首先並不會察覺。可以充分想見，這種東西在不知不覺中蔓延全球的情況。」

「那麼，對抗φ機器人的疫苗呢？」

等等力問。

「到目前為止，當局針對官方許可的奈米機器人，考量到出問題時的風險管理，規定必須事先備妥使其無效化的疫苗。所以我們擁有相關專門知識。剩下的，只缺實際使用的φ機器人樣本到手。」

等等力微微頷首，然後說。

「組長，請批准再次要求篠塚拓也配合報到。他的腦部確定有φ機器人，如果說增殖已經開始，應該也已經會排出體外。傳染路徑的鎖定還有取樣，都須要他的協助。」

目前已知提供給該隱的三具布朗克中，有一具以篠塚拓也的身份，任職於「ZERO TECHNOLOGY」，剩下兩具，則在曾參與拉撒路專案計畫的X先生協助下，正審慎進行鎖定追查作業。

「會不會乖乖配合啊。」

竹內又說。

「我要是該隱，絕對會拒絕啊。畢竟，可能會妨礙自己的計畫。」

御所沉默思考數秒，隨即抬起臉龐。

「竹內說得沒錯，不過我們目前除了請他協助之外，沒有其他選項。剩下的其他兩具，一旦鎖定就嘗試接觸。等等力，麻煩安排一下。」
「瞭解。」
「話又說回來了，他要是認真想要掌控所有人類的話，實在是個離譜到了極點的變態東西。」
筧一吐出辱罵，羽取卻語出驚人地輕聲道。
「或許相反的，他並沒有把人類放在眼裡喔。」
「什麼意思？」
聽到御所再次詢問，他反常地慌張回答。
「啊，沒有啦，這並不是從客觀資料推導出的結論，該說是直覺嗎？總之，單純就是個人意見而已。」
「不要緊。請務必讓大家聽聽看。」
羽取「是」的一聲，誠惶誠恐地繼續說下去。
「該隱擁有掌控全人類的慾望，我對於這種想法無論如何就是有種排斥感。當然，只要是人，多少都會有想要掌控他人的權力慾望。但是，真能把他想成是跟我們一樣的人嗎？」
御所無言地敦促他說下去。
「聽說，該隱從五歲開始在腦部裝置中整整待了七年。各位知道有種說法指出，被長期存於腦部裝置中的意識會變樣嗎？」
「這種說法，是I型枯靈格被揭發那時候出現的吧。」

「I型是違法接連轉換進駐代體，持續延長壽命。有報告指出，他們的意識隨著接連轉換代體，怎麼說呢，會從本質逐漸變化。」

「本質的變化是什麼樣的變化呢？」

齊藤頭一次聽說這回事。

「這個嘛，可以說是人性的情感起伏消失，變成機械式反應吧。」

「機械式的……」

「被傳送到代體中的意識，只能憑藉視覺、聽覺還有觸覺，獲得外部資訊。但是肉身人腦，除了五感之外，還會從肉體接收到各式各樣的影響。例如，各種臟器所分泌的微量賀爾蒙，會大幅左右性向或情感，而性向或情感也會對肉體產生作用。這種生氣蓬勃的雙向反饋，才是人腦與肉體原有的樣態。腦部裝置也有類似機能，但是並不會受到賀爾蒙影響。掌控一切的是意識，而意識應有樣態自始自終就在腦部裝置內完結。一般認為，要是長期處於這種狀態，意識就會在本人渾然無所覺的情況下，逐漸質變。」

「原來如此。」御所認同地說。

「所以說，該隱的意識很有可能也已經質變了啊。」

「畢竟，歷經了七年的時間。況且，該隱在腦部裝置裡面那時候，別說代體了，就連與外界交換資訊的技術都還沒有完成。被完全隔離的世界，是一個不存在他者的世界，不需要認知他者的世界。該隱打從自我都還沒有完全成形，就開始在那種世界裡生活。一個長期以來對他者毫無認知的人，天生就會擁有掌控他者的慾望嗎？對於如今的該隱而言，或許根本不存在本質性的他者，換言之，他所承認的與本身對等的他者根本不存在。」

齊藤無法想像，活著卻對他者完全沒有需求的可能性。就算有此可能，內心所呈現出的光景該是多麼寒冷荒涼呢。「孤獨」這個詞彙，相較之下都比較有溫度了。在這種環境中，還能保持神智正常嗎？

「就算全人類都感染ϕ機器人好了，該隱一次就只能掌控一個人。儘管如此，也足以造成重大威脅了。要是重要人物遭受感染，間接導致人類滅亡也不是不可能的。該隱只要有那個意思，全世界就會陷入一片混亂吧。目前也無法保證，無效化疫苗一定來得及問世。只不過，企圖發動恐怖攻擊的人，會留下那種影像紀錄嗎？那也不是警告，甚至連聲明都不是。」

羽取似乎很困惑，眼角隨之皺起。

「總覺得，影像中在實驗前顫抖的那個他，並不是他真正的樣貌。各位不妨嘗試想像一下。ϕ次元移動等，這些理論上的假設，可是沒有任何人嘗試過的喔。他是用自己的身體，來做人類史上第一次的實驗。真的就是賭上了生命。當然，事先應該謹慎進行過反向模擬。但是，那也不是絕對保證。根據事前模擬資料，他應該早就知道本身使用的奈米機器人毒性很強，就算成功做到ϕ次元移動，肉體也難逃一死。儘管如此，他還是大膽執行了實驗。從他那時候的言談舉止，我實在感受不到他對於人類的憤怒或憎恨。感覺上，反而像是過於純粹的冒險精神或好奇心在驅動著他。所以我忍不住就是會感覺，該隱的目的並非什麼煙硝味十足的掌控人類，怎麼說呢……而是更天真無邪的理由。說『天真無邪』可能有語病，但是想到天真無邪也可能招致比惡意更為悲慘的後果就……」

羽取蒼白的臉龐染上潮紅。

「不好意思。滔滔不絕說些根據薄弱的臆測。」

「不，這是非常耐人尋味的意見。」

御所沉穩地回答。

「方便的話，可以聽聽看羽取先生對於這個案子的所有想法嗎？」

「喔……」

是因為個性意外謹慎嗎？感覺上似乎不太起勁。

「因為對於該隱的精神結構，羽取先生似乎比我們有更深的理解。」

「我想，倒沒有這回事啦。」

羽取先說了這麼一個簡短的前提。

「只是，該隱在影像中是說，自己即將展開的是造神實驗。我是覺得，他會不會是企圖利用大量的腦，創造出一個全新的思考世界。」

語畢，他的眼神往上瞥，觀察聽眾反應。

「請繼續說下去。」

聽到御所這麼一句話，他這才釋懷地抬頭。

「就像我上次說明的，利用φ次元移動的意識傳送，不會受時間與距離的影響。該隱可以做到瞬間的意識傳送，與傳送進去的當事人五感銜接。那速度，理論上已經超越光速。這也就是說，就算想每秒在多個人腦間轉換移動，也是輕而易舉。」

羽取雙瞳開始詭異地閃現光芒。

「假設是〇・一秒好了，一秒就能走過十個人的腦部。〇・〇一秒的話，就是一百個人。〇・〇〇一秒就是一千個人。如果是無限接近零，一秒之內能移動走過的人腦數量同樣是無限大。這等同於幾乎同時與所有人的五感相互銜接。屆時，個別腦部都不可能獨立分割出來，假設全人類都感染到φ機器人，就會出現某種全人類的總和五感。位於該隱意識之下。那個時候的該隱，會看到一個超乎我們想像的世界。」

「你是說，這就是該隱在追求的囉。」

「問題在於，該隱的意識能否承受那樣的世界。」

羽取加重語氣。

「我的推測如果是正確的，那麼該隱的目的是想要重現腦部裝置內那個純粹的思考世界。但是，他已經在我們這個現實世界中生活了十年。就算現在再次回歸腦部裝置的孤絕世界，想像以前一樣適應，應該也是一件難事。他的意識，應該已經難以承受那個環境了吧。但是，他自己本身或許還沒發現這一點。」

「難以承受的時候，會怎麼樣呢？」

「要是我們的大腦處於在該隱之下，被統合為一的狀態，而該隱的自我此時溶解的話，我們也不可能平安無事吧。其實，我曾嘗試跑過簡單的模擬……得到的結論是，精神會一起崩壞。」

「精神一起崩壞……那麼，如果那時候全人類都感染到φ機器人的話……」

齊藤與筧他們面面相覷。難以立刻相信。不願相信。

「目前能輸入的參數還很少，我也無法斷言這個模擬是百分之百正確的。」

「有預防措施嗎？」

御所說。

「現階段的有效手段，只有兩個。一個是完成φ機器人的無效化疫苗。還有一個……」

羽取噓了口氣。

「就是捕獲該隱的意識，完全消滅。」

6

「你是……該隱？」

「你是第一次見到這副軀體吧。」

男人笑了。

我本來莫名深信，該隱用來現身的就只有篠塚拓也的身體。

原來不是那樣啊。

「對我而言，不論任何肉體都只是包裝而已。根本就無所謂。來吧，上車。」

我動彈不得。

「怎麼了？」

「那是誰？」

「這男人嗎？」

我點頭。

「nobody。」

男人臉龐浮現泰然一笑。

我的情緒開始沸騰。

「你現在是一聲招呼都沒打，就擅自使用別人的身體吧。」

「沒什麼招不招呼的，平常就是我所創造的模擬人格，在驅動這個身體。除此之外，並沒有輸入其他意識。」

「……模擬人格？」

這我當然聽說過。研發代體時，會輸入模擬人格，進行各式各樣的測試。雖說是人格，卻很單純，遠遠不及人類意識。

「我不信。模擬人格是不可能在社會中生活的。」

「你甚至都已經跟模擬人格交談過了呢。」

當我明白該隱這話是什麼意思時，不自覺出聲道。

「篠塚拓也，那個人也是……」

果真如此，就是與一般所知的模擬人格截然不同的東西。

「順帶一提，只靠模擬人格驅動的人體還有一具。你應該還沒見過。」

「那些身體原本的主人……」

「早就被消滅了。」

「是被變成布朗克的人嗎？」

「跟你的身體一樣。」

沒錯。

我也是未經本人同意，就使用八田輝明被變成布朗克的身體。

「好了，上車。」

我轉身背對他，離開高級黑頭車，加入流動的人群。

『你去哪？』

背後透過「李斯特」來訊。

（那就是你所謂的王國？簡直就像換車一樣，接連更換人類身體。）

腦內響起一陣大笑。

『你完全不懂。我所創造的，是個擺脫肉體束縛的思考王國。我如今寄宿的身體，不過是為此目的的踏板之一。我即將引發宇宙大霹靂。到時候，就能徹底甩開肉體掌控，投向新生成的宇宙。所以才叫你一起來的。』

（我不要。）

『為什麼？』

（我不想變得跟你一樣。）

一陣沉默。

『這是什麼意思？』

（看到你在我面前現身，我終於明白了。變成什麼人都不是的存在，並不是我所追求的。）

『你現在已經是了。現在的你，什麼人都不是。』

（不。我是八田輝明！）

這句話脫口而出。

（我承接了這個身體。雖然沒有得到本人同意，正因為這樣，更無法輕易拋棄承接的身體。這是我自己決定的。我有這個責任。）

自己說出口的話，逐漸鞏固本身該走的那條路。

『等等。』

（沒用的，我不會再迷惘了。）

『給我等等。』

我停下腳步。

『我有話想說。』

（事到如今，還有什麼好說的？）

『邀請你的真正理由。』

我回頭。

高級黑頭車的車窗緊閉。

『你覺得自己會進入代體製造商工作，然後像這樣與我接觸，都是偶然的結果嗎？』

（……你在說什麼？）

『如果說你是在下意識間，被引導著逐漸接近我的領域呢？』

（那種事，怎麼可能……）

有什麼讓我的思考頓時打住。

『現在發現了吧。』

（該不會……）

『是的。八田輝明並沒有什麼使用生化義肢的同學。』

我很驚訝，卻不至於意外。或許是這突如其來的資訊，讓我一時無法反應，又或許是內心深處早有預料。

（我負責喜里川先生的案子也……）

『我當然都知道。』

（為什麼，對我要那麼大費周章……）

『你是因為國家的專案計畫，才得以使用八田輝明的身體，但是我也參與了那個計畫。以腦部裝置技術最高權威麻田幸雄的身份。幫你貼上八田輝明記憶的人，也是我呢。』

（……這麼說，你跟還在自己肉體裡的我……）

『一直都有見面。』

高級黑頭車突然間看起來好大。

『我在計畫中被委託的部分是人格改變。因為，當時做得到這件事的人就只有我。我於是與計畫對象個別會面，說明人格改變機制與改變後的狀態。那些人全都是因病而死期將近的年輕人。其中就屬你，給我的印象特別深刻。』

（你知道我真正的名字吧。也知道我真正的父母。）

『想知道嗎？』

內心為之動搖。明明才剛下定決心，要以八田輝明的身份活下去的。

『我之前也說過，小時候就罹患了絕症。對我而言，肉體只會帶來痛苦，是令人憎恨的對象。當時的你，懷抱著與我相同的憎恨。想要就此擺脫肉體這種東西的渴望，比任何人都來得強烈的人，正是你。』

我只能專注凝視高級黑頭車。

『你在微弱的氣息之下，持續吐出詛咒話語。而那些也都是我曾吐露的話語。我在你身上看到了自己。大概是因為那樣吧，最後忍不住多嘴了。我那時候跟你約定，就算轉移到了新肉體，如果有可能擺脫肉體這種東西的話，就去接你。你那時候可能以為那不過就是沒有格調的玩笑話，只是嫌麻煩似地笑了笑。不過，卻也沒有拒絕。』

（我真的……）

『我按照約定來接你了。你決定怎樣？』

我無言以對。實在不知道該如何面對眼前乍現的「過去」。

『好了，你決定怎樣？』

（我……）

我用力閉上雙眼。

亞季的臉龐。阿洛奔跑的樣子。就在上坡盡頭處的家。還有，與父母在一起的我。

睜開雙眼。

抬起頭。

現在，從內心深處自然湧現的心意。

我相信那樣的心意。

（我要以八田輝明的身份活下去。我不要去你那邊。）

『這樣啊。』

彼此橫亙著奇妙的空白。

『真的，決定了。』

（是的。）

『老實說，很遺憾。』

沒想到，會從他嘴裡聽到這種話。

（該隱。）

『怎樣？』

（你以前真的把傳送裝置交給了犯罪組織嗎？）

『又是那件事啊。』

（但是，警察都實際發動了搜索，你也被解除了社長職位。）

『沒有發現任何證據。』

（雖然如此……）

『這真是肉身人腦的缺陷耶。看到感覺煞有其事的故事，就會反射性地飛撲過去，然後怎麼樣都不想離開。所以，才會說你們不自由嘛。』

（所以，你在那個案子裡是清白的吧。）

『為什麼會放在心上呢？』

(因為我希望你是清白的。)

『這我沒辦法理解。』

(這就是情緒喔。)

『唔……原來如此。』

(到底怎麼樣?)

『大概是有人設局想讓我被逐出公司吧。光就傳送裝置的嫌疑而言,我是清白的。』

(既然如此,為什麼不對世人多辯解呢?)

『因為對我來說,那根本就無關緊要啊。更何況,我這一路以來又不是說完全沒做過違法的事。』

一陣輕笑聲傳來。

『不行耶。每次一跟你說話,就會聊個沒完。』

「李斯特」的通訊被切斷。

高級黑頭車閃著方向燈動了起來。等到車子逐漸遠去,從視野中消失,街上的喧囂這才總算復甦。

好了,回家吧。

我在內心低喃。

我觸碰「李斯特」。

『我從媽媽那裡聽說囉。』

劈頭就聽見亞季的聲音。

『你都知道了喔。』

（嗯……）

『你要回那邊的家庭去嗎？』

（我不回去喔。）

對方陷入寂靜。

（我的心並不是八田輝明。但是，我會以八田輝明的身份活下去。而亞季，也是我重要的妹妹。這一點，請妳要相信我。）

『……嗯。』

（亞季，下次有空的時候，可以跟我聊聊妳哥哥嗎？希望妳告訴我，他是個什麼樣的人。）

『嗯。』

（妳哥哥的身體，我會很珍惜的。）

過了好半晌，亞季才說。

『謝謝。』

結束「李斯特」通訊。

仰望夜空。

「這樣就好。」

頭頂廣闊無垠的漆黑空間，沒有一絲混濁，直到群星閃爍的彼方，都是整片的澄澈透明。

「是八田先生吧。」

不期然傳來的聲音，讓我嚇了一跳，全身緊繃。

穿著拘謹西裝的男人站在眼前。陌生的臉龐，是該隱用別的身體又跑來了嗎？不對……

這種感覺，不是他。

「我是法務省刑事局的板東。」

男人觸碰肩膀，秀出身份證。

「我們接獲八田咲子通報，現在是來接你的。」

「母親她？」

「請跟我們一起走吧。」

我瞭解情況後，雙肩也隨之放鬆。

「啊，那已經沒事了。我已經決定從今以後要像以前一樣，以八田輝明的身份活下去了。我現在就要去跟母親說這件事。沒必要重新貼上記憶。已經沒問題了。」

「你這樣會錯意，會讓我們很麻煩的。」

冰塊般的聲音。

「你本來應該是個已經死亡的人。能像這樣存在，是因為受到我們專案計畫的庇護。你要怎麼想，那是你的自由。但是，那個身體卻不是你能自由掌控的。不論你下了什麼決心，開始出現破綻的記憶都必須修復才行。」

「要是那麼做的話，現在的我不就會完全消失嗎？」

本來是想笑的，卻因為雙頰僵硬笑不出來。

周遭——

幾個眼神不懷好意的西裝男，保持一定距離將我圍住，同時看向這裡。

7

「八田先生？怎麼了？」

齊藤刻意發出聲音，向抬頭的竹內使眼色。今天筧與等等力休假。御所正在與官邸開會。

『請幫幫我。再這樣下去，我會被消滅的。』

「你現在人在哪裡……」

通訊被切斷。

「怎麼回事？」

「八田先生好像出事了。」

齊藤叫出虛擬畫面，以GPS追蹤八田的「李斯特」。畫面在數秒後，顯示最後發訊位置。齊藤一把抓起掛在椅背上的夾克。

「在哪裡？」

「祇園大學附設醫院！」

停車場在地下二樓。走樓梯比較快。竹內的聲音透過「李斯特」追了上來。

『我預約了五號車，最快的那輛。』

「不愧是竹內前輩。謝謝！」

下到停車場，一走近五號公務車，齊藤的ID就被順利認證。他開門上車，目的地設定祇園大學附設醫院。緊接著，便以緊急行駛模式出發。自動行駛中的一般車輛，全都會與各區域的交通管制系統連線，只要緊急行駛車輛一接近，就會根據指示自動優先讓出車道。即便如此，也要花十八分鐘才能抵達。車輛從地下室飛奔至夜晚的街道，然後加速。

『齊藤。我現在在查祇園大學附設醫院，那裡有在與「TERA BIO」進行共同研究呢。國家也以補助金支持。產官學聯手全力投入。』

（是什麼研究？）

『腦部裝置上的記憶改變操作。』

原來是那麼一回事呀。

（可以傳給我醫院配置圖嗎？）

『已經傳過去囉。』

（竹內前輩太棒了。）

『我知道。』

我從畫面叫出資料。

祇園大學附設醫院的平面圖。

如果要重新貼上八田輝明的偽造記憶，就必須暫時將意識移轉到腦部裝置。首先，應該會使用傳送裝置。

這裡嗎？

C大樓四樓的手術室。

（組長還沒回來嗎？）

『聽說會議延長了，應該會再花一點時間。』

今天由御所在官邸會議上，報告φ機器人感染擴大的危險性。

（我會再跟妳聯絡。）

那麼……齊藤思考，人是衝出來了，不過又不可能動武搶回八田輝明，單獨一個人也做不到。像這種時候，御所會怎麼做呢？想效法那個人雖然很勉強，然而在自己能力範圍內，還是有做得到的事。自己對於法務省的極機密專案計畫，憑藉到目前為止的調查，已經大致掌握了來龍去脈。接下來就得運用能到手的情報，模擬狀況演變，盡可能事先備妥因應措施。

（竹內前輩。）

『在喔。』

（有件事，希望妳火速幫忙確認。）

祇園大學附設醫院。

齊藤在地面停車場下了車，走向門診大樓的夜間專用門。假日時患者就從這裡進出。一進門，就是候診室。櫃臺裡面除了職員，還有兩名保全駐守，不過穿著西裝堂堂正正走過，就不會被盤問。齊藤一副若無其事的樣子，經過候診室，走樓梯上到三樓。根據平面圖，這裡有間醫療技士使用的更衣室。齊藤毫不猶豫地直接進去。

幸好，沒有感覺到有任何人在裡面的動靜。確認過沒有監視器後，他從斗大的髒衣收納箱中拉出一件醫務衣換上。脫下的衣服，堆在不顯眼的寄物櫃上方。他站在更衣室的鏡子前做表情。看來蠻合適的嘛。這樣的話，就算被監視器拍到，看起來也不會不自然。更衣室大門開啟，有人走進來。

「辛苦了。」

齊藤爽朗說道，同時與來人擦身而過，走出去。

「喔，辛苦囉。」

後方傳來這樣的聲音。

他上到門診大樓五樓，利用通道走到B大樓，接著再經由通道進入C大樓。佔據這層樓大半空間的復健室，如今全都鴉雀無聲。只要走樓梯下到四樓，馬上就能抵達傳送裝置的手術室。

齊藤氣勢如虹地衝下階梯，抬頭挺胸地在走廊上奔跑。果不其然，手術室前站著兩個西裝男。對方似乎察覺到了齊藤。齊藤停下腳步。

「你們是怎麼回事。不是這裡的職員吧？」

齊藤主動出聲。

「我們是法務省的人。」

其中一個男人泰然回答。

「法務省在這裡做什麼？負責醫院查核的，應該是內務省厚生局吧？」

「這不是查核。要詳細說明的話，說來話長。」

另一個似乎想打圓場。

「離開那裡，我們要用那間手術室。」

「做什麼用呢？」

男人擋住去路。

「這跟你們沒關係吧。這可是我的職場哦。」

「很抱歉，請暫時不要接近這裡。您應該已經接獲相關聯繫了。」

「這到底是在搞什麼東西啊！」

齊藤佯裝情緒激昂，一邊接近男人。

「不好意思，現在裡面在進行重要實驗。可以請您不要打擾嗎？」

「我可沒聽說有這麼一回事。是什麼實驗？」

「聽好了，我們已經正式取得許可了。你要是再繼續糾纏下去，最後可能會後悔莫及喔。」

齊藤讓嘴角顫動。

「……我知道了。你們是恐怖份子吧。」

「啊？」

「你們是在這個醫院裡動什麼手腳吧！」

男人們苦笑。

「不是啦。我們只是根據國家專案計畫，與這裡進行共同研究而已。」

「那，你們為什麼要在走廊上把風。難道不是因為心裡有鬼嗎？現在立刻讓我確認裡面是什麼狀況。不然，我就要報警囉。」

男人們臉色一沉。極機密專案計畫進行時，應該不想讓人家報警吧。要是引發騷動就會驚動媒體，屆時不論再怎麼檯面下運作，都很難迴避讓所有一切曝光的風險。

其中一個男人觸碰「李斯特」。

好像是有來訊。

「非常抱歉。有個職員對我們有些誤解，誤以為我們是恐怖份子。還說不讓他看裡面狀況，就要報警。」

大概是刻意想讓齊藤聽見通訊內容吧。

操作室大門不久後開啟。

「到底在搞什麼！」

邊罵邊走出來的人是板東。他拍打左肩秀出身份證，銳利目光射向齊藤。

「法務省刑事局，特殊案件處理官板東。我們絕對不是什麼可疑……」

「上次謝謝您了。」

齊藤好聲好氣地致意，然後身手敏捷地從敞開大門進入操作室。

「……你……」

為時已晚。

裡面有個看來像醫師的男人，還有負責傳送裝置的醫療技士。兩人一見齊藤，全都面露詫異。正前方監視畫面映照出的是手術室裡的情景。他們是讓八田輝明睡在那個罩子底下吧。傳送標的並非代體，連接的是被嵌入轉接器的腦部裝置。似乎才剛開始傳送。

齊藤回頭。只見板東他們早已堵住出口。手下也從兩人增加到四人。

「我大概三十分鐘前，接到八田輝明先生的聯絡。說他被綁架，人在祇園大學附設醫院，再這麼下去會被殺掉。」

都這種時候了，對事實稍加潤飾就睜一隻眼閉一隻眼吧。

「趕到這裡一看，竟然是眼前這副樣子。板東先生，可以請您解釋一下嗎？」

板東無言以對。

「那麼，由我來發問吧。傳送裝置連接的人是八田輝明嗎？」

果然還是沒有回應。

齊藤轉向大學相關人士，重複相同問題。

一位感覺像醫師的年長男性窺探板東臉龐，看到板東毫無反應，以失望的樣子回答。

「是的。」

齊藤轉回視線。

「板東先生，你們不是不介入八田先生的私生活嗎？」

「那是因為家人提出要求，不得已才介入處理的。」

「他本人應該有拒絕。事實上，還向我求助。」

「那是偽造記憶劣化所引發的暫時錯亂症狀。認真看待才有問題。」

「那麼，向本人確認一下吧。請立刻停止傳送，將意識送回本體。」

「沒那種必要。」

「要是違反本人意志，操作記憶，很明顯地是在侵害人權喔。」

「你好像還沒搞清楚狀況。這可是正式獲得核准的專案計畫。」

「你是指巴拉巴專案計畫？」

板東臉上閃過驚愕。

「藉由耶穌力量復活的拉撒路之後，是取代耶穌免除罪刑的罪人巴拉巴。拜託，還真會取名字。但是，這個專案計畫的實際進展，根本已經處於瓦解邊緣了不是嗎？」

驚愕轉變成為憤怒。

「到拉撒路專案計畫為止，一切都還能按照著你們的劇本走。只不過，轉到巴拉巴專案計畫後，問題就接踵而來，被改變記憶的十三名實驗對象中，目前已經有四名因為出現自我溶解，從對象名單中被剔除。其中有三名自殺，另一名強制住院。」

「正因為如此，在出現自我溶解之前才須要迅速處置。這也是為了當事人好。」

「就算你說的有道理好了，首先該尊重的畢竟還是本人意志，不是嗎？」

「既然如此，我就挑明了說。我們需要偽造記憶在毫無瑕疵運作狀態之下的數據資料。一旦本人察覺那是偽造記憶，相關數據資料就沒用了。」

「如果不能用，從實驗對象剔除就好了。」

「目前，實驗對象的數量已經掉到十名以下了。再減少下去，就無法確保數據資料的可信度。」

「這就代表專案計畫本身已經達到極限，走不下去了，不是嗎？」

「把人給我攆出去。」

板東對手下下令。

「板東先生！」

「為了支撐這個國家的整體系統，這是非得完成的一項技術。專案計畫必須持續進行下去。」

「用這種做法勉強進行下去，只會離技術完成越來越遠的。應該暫停重新檢討檢證才是。」

「快轟出去。」

齊藤嚴陣以待，幾個男人隨即反射性地把手伸向西裝內側。

「還真驚人呀。法務省特殊案件處理官的小組，是打算在醫院裡進行槍戰嗎？」

「我從這裡一出去，可是會立刻報警的喔。另外，也會對媒體通風報信。產官學共同推動的研究，實際上是披著極機密專案計畫的外衣，暗地裡在操作室裡嚴重侵害人權，到時候會引發多大的騷動呢？」

「內務省也會遭受波及喔。」

「拉撒路與巴拉巴，跨部會的大醜聞呢。責任追究的涵蓋範圍大概會很可觀，不過那也沒辦法。」

「你是在虛張聲勢。」

「可以試試看沒關係。」

沉默在周遭流動。

「板東先生。」

開口的，是大學醫院的醫師。

「先暫時中止吧。就像這位先生所說的，事實上，的確已經到了必須重新檢證的時期了。」

「繼續下去！」

板東拔槍，指向醫師。

「組長！」

「你們這些貨色，根本不了解這個國家的現況。今天之所以能在那裡滿嘴仁義道德，藉此自我滿足，全都是因為有人在某個地方幫忙當壞人、擦屁股。可別忘記這一點啊。」

他將槍收進胸前槍套。終究察覺自己做得太過火了吧。

「你叫齊藤是吧。回去跟你上司說，不要對別人的地盤指三道四的。」

「我不能就這樣回去。那樣才會被罵。」

「勸你別把事情想得太簡單。我們的職場可比你想像中殘酷多了。」

「老是得意忘形地隨口說出這種話，才會失控亂來的。」

「什麼……」

「拉撒路三號，安藤武務。這名字，可由不得你說忘記了。」

這次臉色是轉為蒼白。

「對他執行的一連串操作，也是在這個祇園大學附設醫院裡進行的，不是嗎？」

醫師的臉龐僵硬。

「沒有獲得遺屬許可，抽出生前意識嘗試訊問。那也是很有問題的手法。要是遺屬們得知事實會怎麼想，會採取什麼行動呢？」

「你現在是打算恐嚇我們嗎？」

「然後，現在又準備進行漠視人權的操作。板東先生說，這是家人的要求。但是我們剛剛確認過，八田先生的父親完全不知道有這麼一回事。」

「是母親來通報的。」

「換句話說，這並不是全家人的共識。」

「不一定需要共識。那是家庭的內部問題。」

「就連他妹妹，也對你這次的暴行感到非常憤怒。她是這麼說的，如果不論如何都不願意釋放哥哥的話，已經做好隨時趕到這裡的準備。要是那樣還是沒用，就會報警說發生了綁架事件。」

醫師臉色大變。

「板東先生，這跟原先說好的不一樣。我們根本沒聽說有家人反對。這麼一來，我們會成為罪犯的。」

「你到底明不明白。你現在要消滅的，是一個擁有個別意志與情感的人啊。是個已經與家人或朋友建立羈絆，難以取代的存在。並不只是數據資料而已呀！」

板東他們完全陷入沉默。

空氣中只充塞著傳送裝置低沉的呻吟。

板東緩緩走近。

他站在齊藤面前，兇狠的眼神從頭瞪到腳。

視線後來停留在齊藤的臉上。

「我對你單槍匹馬闖進來的勇氣與行動力表示敬意，今天就先讓你立個功。但是，可別以為下次也會吃你這一套。」

齊藤燦爛一笑。

「我會銘記於心。」

板東厭惡地別過臉，如此告知那幾個醫師：

「中止傳送，把意識傳回本體。剩下的，他會下指令吧。」

接著便快步離去，而部屬也緊跟在後。

齊藤重新轉向醫師，低頭說：

「不好意思，引發軒然大波。」

「啊……不會。」

「稍微失陪一下。」

「李斯特」顯示御所來訊。會好像開完了。

『我從竹內那裡聽說了。現在情況怎麼樣？』

（現在要將八田先生的意識傳回本體。板東走了。）

『趕上了嗎？』

（多虧竹內前輩幫忙。）

『八田恢復後，就送他回到自宅。』

（要是被問到專案計畫，該透露到什麼程度呢？）

『八田有權力知道一切。』

（瞭解。）

＊

「是喔。亞季那麼說啊。」

八田輝明靜靜地說，視線轉向車窗外。側面看來有股濃厚的疲勞感。齊藤心想這也難怪。

「我是沒有兄弟姊妹啦，有的話也是好事吧。」

「也會吵架就是了。不過，這也是偽造的記憶呢。」

開出祇園大學附設醫院的五號公務車，正朝著八田輝明的公寓，順暢地自動行駛。現在是用一般模式。

「請問，你是什麼時候察覺的呢？發現自己的記憶不是真的。」

「一開始覺得奇怪，是到場參與篠塚先生的訊問之後。」

「果然是那樣啊。我們剛開始麻煩你那時候。」

「利用偽造記憶變身成為他人，這是我自己在明白其中風險的情況下，做出的決定。所以，我不會對任何人抱怨。只是……」

他的雙眼從車窗轉向這裡。

「剛剛那些人的專案計畫，好像又不一樣。」

齊藤「是」的一聲點頭。

「法務省刑事局正藉由再犯率高的罪犯意識改變，執行罪犯更生、防範犯罪於未然的構想。板東他們的專案計畫，只是那個構想的其中一環，目的是觀察那些被貼上偽造記憶的人的生活過程，收集意識改變有效性的相關數據資料。」

「所以我在自己都不知道的情況下，被當成了實驗材料囉。」

「這是絕對不能被原諒的事情。真的很抱歉。」

「當時沒頭沒腦地就跟齊藤先生求助，不過齊藤先生的立場沒關係嗎？事情現在變成這樣。」

「啊～這種事請不要放在心上。」

齊藤展露笑容。

『抵達目的地。』

「還有，關於剛剛那件事。」

齊藤改變語氣。

八田輝明表情蒙上陰影。

「根據你所說的進一步推測，對於該隱而言，八田先生似乎是某種特別的存在。或者也可以說是他首次認同的他者吧。正因此，才會邀請你到自己的王國去。」

公務車開始減速，停了下來。

「拜託你助我們一臂之力，幫我們一起阻止該隱。」

第六章 肅清指令

1

神內從研究所內的辦公桌抬頭，幽長地嘆口氣。

「已經二十五年啦。」

他沒察覺自己正在自言自語。

「那時候好年輕呢，不管是你，或是我。」

當時在日本的大學，埋首奈米機器人研究的神內，收到旅居美國的麻田幸雄所傳來的電郵，希望他針對如何讓奈米機器人突破血腦屏障的方法，提供建言。他與這個比自己小一輪的年輕人素昧平生，只依稀記得是個發表過所謂「意識傳送」的古怪理論的學生。只是，因為他聽過外界對於這個人的評價，大多都是「盛氣凌人、滿腦子只想著賺錢」，所以並沒有什麼好印象。然而，麻田幸雄寫在電郵裡的文句，不僅洋溢對於未知科技的純粹熱情與確信，同時兼具對於長輩的禮儀與格調。神內因此再次對這個人萌生興趣，發揮本身見識，毫不吝嗇地提供建言。他們兩人的來往，從此展開。

與麻田幸雄交換想法、深入討論，往往也會激發知性的興奮，對於神內而言也成了一種樂趣。兩人初次會面，是神內赴美參與學術研討會那時候。當他抵達作為學術研討會會場的飯店，到櫃檯辦完登記，在大廳休息時。

「神內老師！」

他聽到這樣的呼喊聲。仔細一看，一個身高一百八十公分、神采奕奕的年輕人，大步往這裡走來。他隨後使勁握住神內右手說：

「我是麻田幸雄。能見到您，實在太榮幸了。」

說著，展露由衷的笑容。兩人當時只是簡短打了招呼，不過在第一天議程結束後的聯歡會中，雙方就彷彿老友一樣親近地相談甚歡。麻田就在那個場合中，向神田吐露設立「麻田腦科學研究所」的計畫，甚至提出了這樣的職務邀請。

「我打算日後也要在日本成立意識傳送用的奈米機器人研發據點。屆時，可以來幫忙擔任所長一職嗎？」

神內原本只是乘著興頭，不當一回事地答應了。只是內心深處，早有預感「這總有一天會實現吧」。結果，這個預感在十五年後果然成真。

「……那時候好開心啊。是真的很開心。」

只不過，將據點移回日本後的麻田幸雄簡直像變了一個人，神內對此也不知該如何是好。他雖然到了四十歲，身材仍保持得跟年輕時一樣；但是在他身上，已經完全找不到神內曾大讚「實際見過面，就會忍不住一定要跟他交朋友」的那個男人的影子。

在人們接二連三從他身旁離去的情況下，神內也曾經打算唯有自己，一定要支持他到最後。只是這樣的想法，也只能堅持到他涉嫌提供傳送裝置給達斯汀之前。雖然案件最後真相未明，眼見幸雄甚至無意辯解，他只感覺遭受背叛。神內徹夜勸說他，幸雄卻完全不以為意。當時已經到了極限，神內不得不承認，與他的人際關係已經到了盡頭。同時身為「ZERO TECHNOLOGY」董事的神內，那時候對於麻田幸雄的社長解職決議案也投下了贊成票。

「沒想到，竟然是與兒子交換了意識啊。」

當年熱烈闡述想法的麻田幸雄的樣子，再次浮現腦海，內心湧現激烈的強烈感傷。

「為什麼一句話都不找我商量呢？明明可以幫上忙的。」

他重複深呼吸，擦拭眼角。

「別怪我啊，幸雄。你的兒子，太危險了。」

桌上浮現一個綠色光球。是有人來訪的訊號。

『我是井口。』

透過擴音器傳來聲音。

「進來吧。」

所長室大門自動開啟，井口啟太走了進來。他是麻田幸雄兩年前親自挖角來的青年才俊，隸屬於傳送機能小組。主席研究員津村對他的評價也很高。

「請坐。」

他自己也移動到沙發，坐到他對面。

井口挺直背脊，等待神內開口。平常就覺得他是不太表露情感的那種人，如今像這樣被頂頭上司召喚，仍然面不改色等各方面看來，的確不自然。但是，那也是聽人一說，才首度想到。平常又怎麼看得出來，這是沒有自我意志的模擬人格呢。

「該隱，聽得到的話，希望你回答我。」

井口臉龐瞬間僵硬。雙眼眨也不眨。

「我在你小時候見過你。不過你大概不記得了吧。真沒想到，會以這種形式再見面呢。」

井口的表情雖然沒有變化，神內卻感受到了該隱。

「我有很多話想說，不過現在只說一件事。聽說，你企圖登入全人類的腦，創造出全新的思考世界。那是真的嗎？」

「不覺得那很棒嗎？」

「那是在胡來。自我會溶解的。」

只有嘴唇掀動。

「我已經做好承受風險的心理準備了。」

「一不小心，會把全人類都拖下水。」

「有何不可？」

孩子拋出單純疑問般的說法。

「你……」

神內嚥下原本應該接下去的話，淡淡告知：

「內務省已經對井口提出配合報到的要求。很快就會有車子過來接你，準備一下吧。」

2

『布朗克2已經回收。簡易檢測結果，在腦部之外並未檢測出奈米機器人。你那邊怎麼樣？』

「目前正以五號車急速行駛中。大概再十五分鐘就能追上目標。該隱呢？」

『好像從布朗克2出去了。根據竹內的報告，也沒有在布朗克1出現。現在進入布朗克3的可能性很高。可別讓他跑了。』

「瞭解。」

筧轉向齊藤，一副「聽說情況是這樣」的表情。

「現在只剩下這傢伙啦。」

他在虛擬畫面上叫出資料。倉科鄉。住在都內高級公寓，搭著高級黑頭車到處晃的無業男子。真面目卻是提供給該隱的第三具布朗克。

「有點奇怪耶。」

齊藤不禁吐出這句話。

「哪裡怪？」

「我們最先提出配合報到的要求時，該隱他應該已經看穿我們的企圖了吧。結果，卻完全沒有想要逃亡或抵抗的樣子。布朗克1的篠塚拓也很乾脆地來報到，布朗克2的井口啟太聽說是乖乖跟著我們的人過來，布朗克3的倉科鄉則是悠閒地在兜風。這是怎麼一回事啊？」

「誰知道啊？抓到以後直接問本人。」

他的雙眸閃現強烈光芒。

「提供給該隱的布朗克只有三具。該隱在那三具都注入了ϕ機器人，當作那什麼ϕ次元移動的據點吧。那樣的話，只要ϕ機器人還沒增殖，該隱肯定在那三具中的其中一具。」

「理論上是這樣沒錯啦。」

「你是怎樣。講話不清不楚的。」

「總覺得該隱游刃有餘，這表示他還藏著什麼王牌嗎？」

「王牌？」

「我們好像忽略了什麼……」

省內向布朗克1的篠塚拓也提出配合報到要求時，也有人認為，不是應該等到鎖定另兩具布朗克，再同時扣押三具嗎？只是，如果ϕ機器人已經開始增殖，就必須十萬火急地儘速著手製造無效化疫苗。為此，結構分析是不可或缺的。既然不知道殘留於研究所中龐大的資料中，到底哪些是ϕ機器人的相關資料，就只好從被實際注入φ機器人的人體中採樣。之前，能迅速鎖定該隱本身使用的奈米機器人，完全都是因為能取得殘留於注射筒中的實物。

以結論而言，大家後來決定首先確保布朗克1，剩下兩具等到發現所在之處再迅速回收。布朗克1目前住進了醫院隔離大樓，幸好尚未發現φ機器人增殖的徵兆。

「該不會……」

「什麼？」

「布朗克3的φ機器人已經開始增殖，在其他人之間擴大感染了吧。那樣的話，該隱不妨礙我們回收布朗克1跟2，也就說得通了。」

「只讓布朗克3增殖的必要何在？一開始就讓三具一起開始，不是比較有效率嗎？」

「所以才奇怪嘛。為什麼不早點讓機器人增殖呢？是有什麼做不到的原因嗎？還是……」

警笛聲在腦內響起。

「來了。」

自動駕駛車的位置資訊，每兩秒會傳送給交通管制局一次。重新輸入或變更目的地時，也會立即回傳。而交通管制局就是根據像這樣匯集來的資訊，毫不間斷地持續計算，調整各車輛的行駛路線，避免區域內的車流壅塞。

齊藤透過「李斯特」，登入交通管制局的數據資料，將布朗克3搭乘的車輛資訊拿到手。當然，這是取得特別許可才能進行的操作。布朗克3的車輛直到剛剛都沒有輸入目的地，只是漫無目的地行駛於環狀線上。

「目的地是哪裡？」

「……阿德阿諾國立醫院。」

是布朗克1被隔離的醫院。布朗克2目前也正往那裡移動。

「現在是怎樣？」

「不會是想把布朗克1搶回來吧。」

「單槍匹馬去嗎？」

「現在，布朗克1只有竹內前輩一個人守著。」

御所與等等力正在負責布朗克2的回收。

「快聯絡竹內。」

筧說著，將公務車的目的地輸入成「阿德阿諾國立醫院」，然後切換成緊急行駛模式。前方行駛的車輛，在接獲交通管制局指示後，全都一起往旁邊靠。公務車就在眼前出現的花道（註2）上加速前進。

「竹內前輩，布朗克3正朝妳那邊過去。現在還不知道原因，不過有可能是為了奪回布朗克1。請小心因應。」

『那個……緊要關頭時可以直接射殺嗎？』

「筧前輩，竹內前輩這麼問的。」

「我現在也正在跟組長通話，她說盡量不要瞄準頭部。」

『對方要是穿防彈背心什麼的，手槍可能打不透喔。』

「盡量就好。請臨機應變吧。」

『Copy that！』

「為求保險起見，先向警察局請求支援吧。」

「來得及嗎？」

「能改變布朗克3的行駛路徑嗎？這樣可以爭取一點時間。」

「獲得許可的內容，只能做到登入資料。以我們目前的權限，是不可能變更路徑的。」

可惡，他咂舌。

「布朗克3還要多久會抵達醫院？」

「十二分鐘。」

「我們呢？」

「十四分鐘。」

「竹內，現在情況就是這樣。要盡力撐過兩分鐘。」

註2：「花道」：日本歌舞伎劇場的舞台設備之一，為貫穿觀眾席連接主舞台的縱向通道，作為表演者出場通道或表演舞台。

『話說回來了……布朗克3擁有那麼強大的武力嗎？』

「就是不知道，才叫妳準備因應最糟糕的狀況。也不要忘記採取感染對策！」

筧整個人焦躁難安。

「真沒想到該隱會採取這種行動。」

「終究是企圖以意外假象殺害查核官的傢伙。」

「應該事先預測到這一步的。」

「只是我覺得，如果事到如今才要去奪回布朗克1，不如一開始就別讓他配合報到啊。」

「是因為剩下兩具都被我們追到，完全打亂了他起初的陰謀吧。」

「但是，就算把布朗克1搶回來了，又能怎麼樣呢？比起承擔這樣的風險，光用布朗克3趕快逃到國外還比較好啊。」

「那種事也去問他本人吧。如果到時候還有那種閒工夫的話。」

筧從槍套中拔出手槍。

齊藤也檢查起自己的配備。

「最近，跟這玩意兒很有緣份。」

「但是自己還沒擊發或中彈過吧？」

「謝天謝地。」

「雖然以後也會想要祈求那樣的幸運，但是這種情況不會持續下去，才是所謂幸運的特有味道。」

「特有味道？」

「沒人用這種說法嗎？」

「第一次聽到。」

齊藤將槍放回槍套，閉上雙眼，反覆規律呼吸。別想無謂的事情，只專注於阻止該隱。睜開雙眼。

布朗克３，差不多要抵達醫院了。

『看到了。布朗克３的車。』

「看起來怎麼樣？」

『車子根據ＡＩ指示停好了。似乎沒有什麼特別危險的感覺。啊，現在下車了。布朗克３，倉科鄉，手上好像沒有拿武器。不過，是個討人厭的傢伙。』

「可別掉以輕心。」

『從這裡開始禁止通行，可不會讓你進入醫院大樓喔。』

「我們也準備一下吧。」

他們戴上眼罩、面罩以及耳罩。

「這些東西，真能預防感染嗎？」

「也只能信了。」

他們全身早已噴上奈米機器人抵抗膜。效果只能維持兩小時。目前已經過了一個小時。要是真的已經開始增殖，就不能再拖拖拉拉的了。

「竹內，現在情況怎樣？」

沒有回應。

齊藤與筧面面相覷。

胃部緊縮。

「竹內！」

『在，人還在。拜託不要大聲咆哮啦。』

「立刻回答啊，混帳東西！」

『布朗克3現在舉起雙手了，好像沒有抵抗的意思。我先做個奈米機器人的簡易檢測。』

「一個人很危險，等我們到了再說。」

『沒關係啦。』

「會丟掉小命的傢伙，大概都是這麼說的啦！」

『那你們快點過來啊。我手臂都酸了。』

「齊藤，還要多久？」

「已經到了。」

阿德阿諾國立醫院只有地下停車場。公務車降低速度，駛下坡道。緊急行駛時，就連管理停車場的ＡＩ都不會干涉。齊藤按下手動駕駛鍵，內部顯示板立即開啟，方向盤從中升起。雙手一握，車輛就會轉換成手動駕駛。他踩下油門，輪胎隨之高鳴。

「在那裡！」

竹內人就佇立於稍微內側那裡，肩膀以下在其他車輛陰影中，所以看不到。布朗克３的所在位置，無法目視確認。

「竹內！」

他將方向盤左轉。看到了，竹內雙手持槍往前指，槍口前方有個年輕的金髮男人雙手抱住頭後，跪在地上。

「好像平安無事呢。」

他踩煞車。停下車子的同時，躍出車外，舉起手槍嚴陣以待。

「倉科鄉，不，是該隱。你這是打算幹嘛！」

男人保持跪姿，臉上浮現異常冷靜的笑容。

「不想勞駕你們親自動手，所以自己來投案了……反而給你們添麻煩了嗎？」

3

齊藤等第十九組成員，齊聚於阿德阿諾國立醫院內特別準備的一個房間內，已經兩小時了。已經順利回收全部三具布朗克，全都安置於這裡的隔離大樓，每具都未確認有ϕ機器人增殖的情況。接下來，只要等無效化疫苗完成，為三具布朗克注射後，該隱就再也無法進行ϕ次元移動了。總算躲過全人類精神崩壞的危機了。

儘管如此，玉城課長仍下令要求第十九組持續在阿德阿諾國立醫院待命。齊藤等人不太清楚這個命令的真正含意，正在等候下一個指令。

「還是很怪。」

齊藤把椅背弄得吱嘎作響，大大仰頭。

「你還在想呀。」

覓對他投以視線。

「就是想不通嘛。該隱為什麼不逃呢？甚至還自己跑到醫院來，根本是在耍人啊。」

「包括你說的那些在內，全都想問問本人呢。」

該隱之後就未曾出現在任何一具布朗克中，所以也沒辦法好好訊問。

「該隱現在究竟有沒有在那三具裡面啊？」

竹內這話讓覓挑起眉頭。

「提供給該隱的布朗克，只有那三具喔。現在都已經搞清楚拉撒路、巴拉巴兩個專案計畫的全貌了，應該沒有相關內容指出有第四具布朗克存在。」

結果，竹內以難以苟同的語調說。

「真是那樣嗎？」

「什麼啦，有什麼想法就講清楚啊。」

「根據X先生的說法，不是另外還有一具布朗克，直到最後都沒能說服家屬，所以婉拒參加拉撒路專案計畫嗎？」

「喀答」椅子發出聲響。

筧的臀部從椅子抬起。

竹內洋洋得意地說。

「要是那具布朗克歷經什麼波折，最後落到該隱手上呢？」

「那就是第四具布朗克……也就是那傢伙的王牌！」

「原來如此，那或許正是我們的盲點呢。」

等等力也對竹內的說法開始感興趣。

「既然如此，不能繼續在這裡耗下去了。說不定該隱已經在那裡……」

齊藤正想起身。

「你們幾個，給我冷靜一點。」

御所的語調一如往常。

「你們說的那具布朗克，去年十月經過家屬申請被施予安樂死，已經死亡了。四名見證醫師也確認過身份，沒有偽造的可能性。」

她淡淡瞅了目瞪口呆的眾人一眼。

「為求保險起見，事先調查過了。」

齊藤再次感到肅然起敬。真的是辦事沒有絲毫疏漏的人。竹內也以一副「甘拜下風」的神情苦笑。

「對於該隱這次的行動，組長是怎麼看的呢？」

等等力一問，她便回答：

「齊藤之前也說過，我們從頭到尾，看起來好像都被他耍弄著。問題在於，他在這種狀況下，為什麼還能那麼游刃有餘……」

來人沒敲門，直接開門進來。

現身的是玉城課長本人。齊藤他們起立，室內瀰漫著讓人不安的緊張感。玉城課長鮮少親臨現場。玉城會出現在這裡，代表上頭下了一個甚至不能以「李斯特」傳達的重要決定。

「坐下吧。」

玉城課長拉了一張空椅子坐下。

齊藤他們也坐下。

討人厭的氣氛。

「只是來轉達正事。來自官邸的至高命令。」

「至高命令？」

御所以嚴肅神情反問。

玉城不改顏色。

「你們要把回收的三具布朗克全都處理掉，完全排除ϕ機器人外洩的危險。」

齊藤張嘴卻只發出不成聲的氣息。

「所謂處理的具體意思是什麼？」

御所問。

「不用說，就是安樂死處置。」

玉城泰然自若地回答。

「法理依據呢？」

有些情緒化的聲音來自竹內。

「雖然是布朗克，人權應該還是獲得法律所承認的。而且，布朗克1被輸入了喜里川正人的意識。布朗克1的安樂死處置，等同於他的死刑。」

「這個命令，將以特殊案件處理官認可的緊急規避措施名義，加以執行。」

「你們這是要組長負起全責？」

「只是形式上。本決定的最終責任，自始至終都在官邸。這也已經獲得官房長官（註3）承諾。」

那聲音包含沉靜的憤怒。玉城課長也無法認同本次的決定啊。

「期限呢？」

御所冷靜詢問。

「今天午夜十二點。」

「太趕了。」

等等力苦澀低喃。

「我也有同感。但是在此必須重申，這是官邸的至高命令，並沒有徵詢各位的意見或感想。」

「課長。」

齊藤說。

「現在不接受任何問題了。」

「我是要確認，今天之內處置完就行了吧。」

「……是沒錯……」

「除此之外，官邸沒有其他指示了，可以這樣理解對吧。」

4

進駐篠塚拓也體內的喜里川正人，視線低垂，持續保持沉默。身上就只有寬鬆的駝色病患服，還有戴在右手腕上的機器。這個彷彿是「李斯特」加粗版本的機器，是奈米機器人的簡易檢測裝置，只要在血液中檢測出奈米機器人就會發出警示聲響。目前，在他大腦落地生根的ϕ機器人還沒有外洩。

這是個沒有窗戶的狹小房間。讓人想起接獲F等級事故報告，前去檢查喜里川正人的07R那一天。只是，現在坐在眼前的他，只是透過「李斯特」所呈現出的懸浮影像，就算伸出手也觸碰不到。阿德阿諾國立醫院的隔離大樓，本來是為特定傳染病患者所設置的設施，為了將感染他人的風險降到最低，內部大半作業都已經自動化。與患者會面交談，也會受到極度限制。

『我呀，現在可是心懷感激呢。』

喜里川正人突然這麼說。

『因為可以重新體驗到真正的死亡啦。』

他短暫一笑，抬起感覺空洞的雙瞳。就在我無言以對的當下，他「呼」一聲嘆息。那嘆息微微顫抖。

『借別人身體活下去，沒有想像中快樂耶。』

視線搖曳。

註3：類似我國行政院秘書長，在日本內閣中是僅次於總理大臣（首相）之職。相當於日本副首相、政府發言人，同時也是內閣各大臣或省廳之間的協調者。

『到頭來，根本就不是自己的人生啊。沒有任何人發現我在這裡。我是喜里川正人呀。我並不是篠塚拓也。竟然好想這樣大喊呢。那時候，會在輝夜醫院的電梯裡對八田先生出聲，大概也是因為難以抗拒這樣的衝動吧。那或許也在該隱的意料之中吧。』

「不管再怎麼說，這未免也太倉促了！」

我忍不住大叫。

喜里川正人正色道：

『這也沒辦法啊。像這樣對話的當下，我腦子裡的ϕ機器人說不定就已經開始增殖了。要是外洩到醫院外面去，就難以挽回了。況且……』

他欲言又止地繼續說：

『我是所謂「枯靈格」的罪犯。要是嚴格適用法律，早該被消滅了。然而，現在卻獲准與肉體一起被消滅。所以我說「感激」，可不是在諷刺喔。』

當我抵達阿德阿諾國立醫院時，其他兩具布朗克井口啟太與倉科鄉的安樂死處置已經結束。那兩具原本就只被輸入模擬人格而已。在全人類精神層面臨危險的眼前狀況下，只剩心臟還在跳動的肉體人權，根本不被放在眼裡。

『親眼看到自己死後的世界，與其說有趣，倒還比較像是寂寞呢。唉，被遺忘也是無可奈何的，畢竟連葬禮都辦過了。』

「不用再見令尊令堂嗎？」

『怎麼可以讓他們再承受一次喪子之痛呢。』

他說著，深吸口氣。

『我之前怎麼會那麼膚淺。過於執著於存活，感覺上卻好像犧牲了什麼重要的東西呢。』

「我也一樣。」

終於說出口了。

「我也是使用別人的身體，過著別人的人生。」

我說起拉撒路專案計畫。不過沒有提及該隱與計畫的關連。因為覺得沒必要也沒時間。

『啊，原來那不是夢啊。』

喜里川正人眼神悠遠。

『一定是該隱在這具身體裡的時候，去告訴八田先生的吧。相關資訊，在我的意識裡似乎被處理成夢境了。唉，要是能早點察覺，就能天南地北聊更多的。』

他的臉龐浮現懊惱的笑意。

『但是我啊，老早就決定要把包括那些事情在內的所有一切，都視為是自己的人生囉。雖然可能是沒辦法滿足的人生，不過這才是喜里川正人。』

「喜里川先生……」

他彷彿想起了什麼，眨了一下眼睛。

『現在的我，還是喜里川正人嗎？』

「唔……嗯。」

『怪了。為什麼啊？』

「您是指該隱嗎？」

『他現在唯一的容身之處就只剩這裡了。明明隨時都可以取代掌控我的，對我很客氣嘛。』

他半開玩笑地笑了。只是，那抹笑稍縱即逝。

沉默毫不留情地襲來。

呼吸變得痛苦。

但是，我不想說出口。

因為，我害怕終結沉默。

『差不多，該走了。』

出手終結的是喜里川正人。

『該隱好像也不會再出現了。』

「不行啦。這樣子還是……」

『已經沒關係啦。』

一抹漾開的寂寥微笑，讓我再也說不出話來。

『八田先生，一直以來有好多事情都很謝謝您。保重。』

喜里川正人雙唇緊閉，面頰顫動，眼睛瞪得老大。就在他微微開口，像是想要喊些什麼時，影像隨即消失。

眼前只剩下空無一人的椅子。

還有無情的寂靜。

「八田先生，好了嗎？」

房間外傳來聲音。

門被打開，齊藤先生走進來。

「什麼時候要處置？」

我也無意站起，直接問。

「現在立刻執行。」

「有什麼必要非得這麼急呢？」

齊藤先生感覺痛苦地低頭。

「我們本來也想好好投入時間調查，確實掌握案件全貌，但是官邸那邊下了至高命令。要求我們儘速將ϕ機器人與該隱從世上肅清。」

「就算是那樣，未免也太急了吧。」

「官邸那邊對於全人類的精神或許會崩壞的報告，實在太過恐懼，所以沒辦法冷靜判斷了吧。只不過，命令終究是命令。我們沒有其他選擇。要實現喜里川正人最後心願，讓八田先生前來會面就已經是竭盡所能了。」

我壓抑湧現的情緒。

就算只有喜里川正人的意識能被傳送到其他腦部裝置，之後也不准再次進入代體或布朗克。總有一天非得被消滅，就是他的命運。即便如此，我還是無法認同。這絕不是待人之道。

「八田先生。」

漫長沉悶的時間流逝後，齊藤先生說了：

「人在隔離大樓的御所跟我聯絡過了。聽說，篠塚拓也被施以安樂死處置，剛剛確認已經死亡。」

5

時間已過午夜十二點。

厚生局大樓地下一樓在這個時間，人同樣很少。第十九組只剩下齊藤一太與筧勇。等等力周說今天是女兒的六歲生日，晚上七點就打道回府。竹內凜最近好像認識不錯的對象，就算齊藤他們邀她喝酒，也不再賞光。而御所只要沒什麼大事，晚上十點就會離開職場。據她本人說，是為了確保睡眠之前做瑜珈與伸展的時間。

「要回去的話，我送你吧，反正順路。」

筧伸直脖子，看向這裡。他以現今時代而言算少見地仍駕駛自用車通勤。

「謝啦。但是，就這份報告書希望明天之前能完成。」

「是該隱那個案子？」

「嗯。」齊藤回答。

「這次，案件處理完的餘韻感覺很糟耶。」

「是啊。」

「扭曲原有規則，對三具布朗克施以安樂死處置。而且，其中一具雖然是枯靈格，但有人類意識進駐。」

「那也是無可奈何的呀，當時是緊急狀態。」

齊藤停下手邊工作。

「結果，該隱到底想做什麼啊？」

「就說啦，創造全新的思考世界……」

「如果真是那樣，為什麼要留下影像，特地在我們面前現身回答問題？做那種事，根本完全沒有好處。」

筧面有難色。

「的確是那樣。畢竟，最後結果只是吸引我們的注意，打亂了計畫。」

「該不會，是故意想讓我們知道他想做什麼……」

「單純想引人注目？」

「不，用那種形容的話，語感就偏掉了。」

「那是什麼嘛？」

「該隱被傳送到腦部裝置時，是五歲吧。說到五歲，不是還想跟父母在一起的時期嗎？結果，卻獨自一人被扔進陌生的世界。一開始，不是會像迷路的孩子那樣，又哭又叫地想找父母嗎？」

覓雙臂交叉抱胸。

「這麼一想，他還真是個可憐的傢伙。」

「小孩子要是學會了什麼新玩意兒，會跑去找父母炫耀吧。像那樣獲得父母誇獎，慢慢養成自我肯定。但是對於該隱來說，根本沒有足夠時間去重複那樣的過程，直到自己心滿意足。」

「你是說，後來是那種缺憾的代償行動？」

「在腦部裝置裡的七年，該隱的思考的確發展到了某個程度，精神卻始終停留在五歲階段。那樣的該隱，一回到這個世界，首先面對的就是母親扔下自己離去，父親為了自己犧牲身體的事實。五歲的心靈，怎麼可能好好接受那些事呢。尤其要承認自己是被母親拋棄的孩子，比死還痛苦吧。面對那種衝擊，該隱只能藉由思考來解毒。但是也因此，造成本來該被釋放的情感完全被壓抑，只有思考日益壯大，他的心靈也逐漸出現龐大扭曲……」

「等等，齊藤。」

「怎……怎麼了？」

「那些是從哪裡聽來的？」

「啊，你知道喔？」

齊藤的語調頓時改變，隨即一笑。

「什麼情感的壓抑啦、心靈的扭曲啦，就從來沒聽你說過這些東西啊。」

「筧前輩，沒想到你很敏銳嘛。」

「『沒想到』是多餘的。」

齊藤投降。

「是八田先生啦。聽說因為工作需要，好像也念了這方面的東西，問了他相關意見後，發現很有參考價值。」

「我就知道。」

筧鬆開環抱的雙臂，打了哈欠。

「唉，那個人這次也真是辛苦了呢。」

「……嗯。」

「希望他之後能穩定下來，慢慢回復平靜生活才好。」

「筧前輩……」

「嗯？」

「你真的覺得，事情就這樣結束了嗎？」

「什麼東西？」

「該隱啊。毫無疑問地被消滅了嗎？」

「既然第四具布朗克的存在已經被否定，那就只能這麼想啦。」

「說到這，不覺得組長最近的表情，不太開朗嗎？」

筧視線朝上。

「失戀什麼的吧。」

齊藤「噗嗤」一聲笑出來。

「別笑。會被幹掉的啦。」

「筧前輩真是的。」

也只有在深夜時段，才能聊這種老掉牙的玩笑話。

「啊。」

筧止住笑。

「怎麼突然這樣？」

「組長啦。好像是昨天吧。她可能是在用『李斯特』通話，然後不自覺地發出聲音。我聽到φ機器人數據資料什麼東西的。」

「φ機器人的數據資料？」

「她後來就一副事態嚴重的樣子，陷入沉默好一會兒，我甚至都不知道該不該對她出聲了。」

「是解析組提出了什麼不妙的數據資料嗎？」

「不妙？」

「沒有啦，我也不清楚就是了。」

6

神內明白自己臉上逐漸喪失血色。心跳隨後開始激烈鼓動。

「你是說……只有一種？」

「是的。三具布朗克，不論哪一具都只檢測出一種奈米機器人。」

這一天，與內務省特殊案件處理官御所一同造訪研究所的，是同樣隸屬內務省、名為羽取的蒼白男人。那濃厚的學究氛圍，讓神內一眼就感覺，彼此應該很合拍。

「不會出錯吧。」

「我們已經利用多種不同的分離手法，各自反覆實驗，全都獲得相同結果。」

那三具布朗克被達斯汀清空原本意識時，曾使用過意識傳送用的奈米機器人。而被提供給該隱後，又被注入ϕ機器人，長期被作為該隱ϕ次元移動的據點。既然如此，那些布朗克腦部沒有檢測出兩種奈米機器人是件怪事。因為意識傳送用的奈米機器人並不會自行分解，會持續存留於腦部。

「那個……檢測出的奈米機器人，是ＴＹＰＥ　Ｄ２嗎？」

「完全吻合。」

達斯汀當時所使用的意識傳送用奈米機器人，與既存任何類型都不相同，一般被稱為「達斯汀型」又或「ＴＹＰＥ　Ｄ２」。那個程式落入達斯汀手裡的來龍去脈，至今都還是個謎。

「這也就是說，沒有任何跡象顯示該隱曾將ϕ機器人注入那三具布朗克囉。」

「是那樣沒錯。」

御所接著羽取的話說。

「從這樣的事實，只能推論出一個結論。」

「您應該也瞭解吧」，彷彿這麼說的眼神轉趨嚴峻。

「我們必須儘速研擬對策，希望您能提供協助。」

7

我關掉虛擬畫面。

「沒有任何地方出現異常，請放心。」

「啊，太好了。」

我被她開心的樣子感染，一起露出笑容。

今天的工作是TMX507EL的定期檢查。這台剛上市的女性專用代體的使用者是杉山郁海。她是個十八歲的高中生，一年前因基因遺傳疾病病發，從此無法離開醫院病榻。據說，她老早就對代體有興趣，但是法律規定使用者必須年滿十八歲，於是選在自己生日下訂。她雖然也曾考慮過其他各式機種，不過一得知有女性專用代體，就毫不猶豫地鎖定目標。這也是因為她所投保的醫療保險，包含代體費用特約，才能考慮這個選項吧。

「我跟你說喔，八田先生。我呢，有些事是在用了代體之後才發現的呢。」

「什麼事？」

「就覺得，我的身體很努力地想拚命活下去耶。」

定期檢查也會使用專用運送車。稍微有什麼小問題，也能立刻因應。

「不是我很努力，是我的身體一直都幫我努力。」

頭部顯示器映照出的臉龐，是她在發病前健康的樣子。雙眼炯炯有神，雙頰有些圓潤，讓人感受到生命力。

「還有啊。轉移到代體以後，感覺精神方面變得好穩定。怎麼講呢，是因為可以從疾病解脫了嗎？」

「我想那也是部分原因。另外，代體所使用的腦部裝置與肉身腦部不同，原本的設計就是情緒平衡不會趨於極端。」

「原來是那樣啊。超強。」

驚訝的呈現方式非常率真。

「只是，不覺得很不可思議嗎？同樣都是我的心，個性卻會因為進駐的地方不一樣而改變，那到底哪個才是真正的我呢？」

「不論哪個，都是杉山郁海小姐呀。」

「可以那麼說嗎？」

並不是說大腦或腦部裝置，單方面型塑意識。意識的本貌也可能掌控那兩者的機能。所以，人絕不是只受腦部操控的機械。我寧願這麼去想。

「還有，八田先生。」

「是。」

她有些吞吞吐吐，末了才說。

「聽說能治好這種病的奈米機器人，很快就能做好了。真的假的啊。」

「好像是真的。」

「您知道大概還要多久嗎？」

「聽說半年後，不管任何人都可以用了。」

「半年啊。」

她緊抿雙唇，「嗯」一聲頷首。

「八田先生，等我回到自己的身體後，我自己也要努力喔。」

那並不是在對我傳達決心，而是要求自己有所覺悟的話語吧。

「我會一直祈禱，希望您快點康復。」

「喂喂，真的假的啊。」

她斜眼看我，輕快發笑。

「我保證。每天一定毫不間斷地祈禱。」

我格外認真地回答。

「謝謝您。」

聽來害臊的聲音。

「差不多該回去了吧，令堂還在等您喔。」

「好啊～」

她步下運送車，用手理了理罩衫與裙子。

「那，八田先生，再見囉。」

她以耀眼的笑容揮手，步出房間。

我對著她的背影揮手。等到聽不見她的腳步聲後，放下手凝視自己的掌心。

我還像這樣活著。

但是，喜里川正人已經死了。

這樣的差別，到底從何而來？不論是我跟他，同樣都是因病喪失原本的肉體，被轉移到布朗克。我憑藉國家的專案計畫，獲得保護被允許活下去，而他卻被依法消滅。只要稍有差池，我們的立場或許早已逆轉。這世上不存在任何理由，是非得由我存活下去不可。冷酷駭人的偶然，就這麼硬生生區分出生與死。這是多麼荒謬啊、這是多麼不公平啊！明明身處相同處境，有人存活，卻也有人死亡。又或者，有人年紀輕輕就病倒，也有人活到終老不曾生病。那嚴明的區分從何而來？到底是什麼在區分人的命運呢？

「那種事，再想也沒用。」

嘴裡發出的自言自語，讓自己嚇了一跳。

「你總有一天也會明白的。」

感覺就要停止呼吸。

這不是自言自語。

不是我自己的某人，正在說話。

不是我自己的某人，正在我的體內。

該隱。

第七章 覺醒

1

腦中的霧靄消散，一坐起來，照明隨之開啟。這是一間像膠囊的白色房間。我下床上完廁所後洗臉。在那期間，無人推車幫我送早餐進來。我一邊沉默地清空食物，頓時想起。

那件事，有多少是夢境呢？

戴在左手腕上的奈米機器人檢測器，始終保持沉默。

2

「聽說亞季小姐來過呀。」

『嗯。』

眼前所見的八田輝明，是透過「李斯特」傳送過來的虛擬影像。本人現在在醫院隔離大樓。

「現在也能感受到該隱嗎？」

他無語點頭。

「交談呢？」

『從那以後，完全沒有。』

這是第四次在會客室與他見面，每次看他表情都很平淡，讓人擔心。

「心理諮詢呢？」

『沒有，一次都沒做過。』

被安樂死的三具布朗克，都只能檢測出由達斯汀注入的奈米機器人。而該隱之前長期以來，都藉由那三具布朗克進行ϕ次元移動。由此只能獲得一個結論，達斯汀當年注入的奈米機器人，正是ϕ機器人。

該隱恐怕是透過某種手段，將ϕ機器人的設計程式交到了達斯汀手裡。而達斯汀就將ϕ機器人當作一般意識傳送用的機器人，將人體中的意識清空。因為ϕ機器人也具備基底次元移動的機能。結果，意識被傳送到布朗克存活下來的人，腦部因此全都帶有ϕ機器人。只處分供給該隱的三具布朗克，根本毫無意義。

對於該隱而言，那三具布朗克不僅是隨時都能自由挪動的棋子，同時也是針對意識的多層化與ϕ次元移動機能，進行最終確認的實驗台吧。所以一旦達成目的，就失去了利用價值。

「今天我來這裡，是想通知你目前局勢已經獲得重大進展。首先，我們已經查明啟動ϕ機器人增殖的開關是什麼了。」

八田輝明「欸」的一聲，抬起視線。

「那個開關就是，意識傳送的次數。換句話說，被多層化處理過的意識最上層，當重複傳送達到一百一十一次的時候，就會讓φ機器人開始增殖。」

『一百一十一次……』

這個數字乍見好像很多，不過根據解析組的羽取所言，卻不見得如此。假設帶有φ機器人的人有一千人，每個人如果花一秒，那麼一千秒就能穿梭所有人腦部一輪。重複一百一十一次也只要十一萬一千秒，不到半天。要是目標群鎖定在較少人數，時間就會更為縮短。

「另外，本次案件也已經正式向WNO（世界奈米機器人機構）的風險因應部門提交報告。目前演變已經不再是光靠國內就應付得來的問題，必須與各國共享資訊處理因應。」

八田輝明沉默傾聽。

「目前已經要求多家奈米機器人製造商，進行φ機器人無效化疫苗的研發工作。只是，好像還要一段時間才能控制住局勢。在那之前……」

『齊藤先生。』

「……是。」

『現在的我，表情看起來怎麼樣？』

他不懂這個問題想問什麼。

『我最後與喜里川先生見面時，我是在你那邊的。』

八田的視線轉到一旁。

『我沒有辦法忘記喜里川先生當時的神情。所以想說，現在的我，看起來是不是那個樣子。』

「八田先生是不會死的喔。」

『現在還來得及。』

他感覺沉重地抬起右手腕。戴在手腕上的是比「李斯特」大一號的黑色裝置。只要腦中的ϕ機器人增殖，滲入血液，裝置就會立刻激烈閃爍，鳴笛示警。

「八田先生，請你振作一點。帶有ϕ機器人的人，早已經散佈到全世界了。就算你一個人死亡，也沒辦法阻止ϕ機器人增殖。」

在現在這個時間點，帶有ϕ機器人的人，大多都是所謂的II型枯靈格。確切數字還沒有掌握到，但是一般認為那些人幾乎都是富裕階層，為了躲避追緝都已遠走海外。

『但是，喜里川先生卻非死不可。』

「在那個時間點上，沒有任何人能推測到達斯汀當初用的就是ϕ機器人。那時候以為，只要少了那三具布朗克，該隱在這世上就沒有容身之處了。」

『難道沒有其他辦法嗎？等到兩具布朗克的分析結果出來也不遲啊。根本沒必要那麼倉促行事的啊。不是嗎！』

發出粗暴聲音後，八田輝明看來似乎隨即回過神來，低下頭。這或許是他住進隔離大樓後，首次真情流露。

「……正如您所說的。我們很明顯地是喪失了冷靜。」

『抱歉。』

八田輝明低垂著頭說。

『看來，我還是接受心理諮詢比較好。』

嘴裡溢出自嘲般的笑聲。

「八田先生。」

『不要緊啦。』

他猛然抬頭。那勉強自己打起精神的模樣，明眼人一看就知道。

『只是，我這副樣子，好像沒辦法幫忙阻止該隱。』

「還不知道喔。」

齊藤盡力開朗地回答。

「現在除了八田先生之外，恐怕再也沒有人能跟該隱溝通了。日後，或許會有必須借重八田先生之力的時候。」

3

阿德阿諾國立醫院的隔離大樓，為了細膩因應各式各樣的不同患者，總共分為五區。我住進的第二區，是為了防止尚未出現症狀的帶菌者與其他人接觸的一區。這裡每個單人病房當然都附浴廁，體溫或血壓等資料，也都透過非接觸型感應器隨時監控，膳食會由無人推車送過來。看診、接受諮詢，又或與外面的人會面，也都有專用的通訊裝置。只要使用裝置，就能透過「李斯特」線路所播出的影像，感覺好像對方就在眼前似地互相對話。想要電影或音樂等娛樂，利用病床附設的端末機器就能欣賞。簡單來說，這裡就是設計成生活所需一切都在這個乏味的狹窄室內就能完全搞定，就連步出走廊都遭受嚴格限制。

淋浴完的我，穿上還是由無人推車送來的新室內服，然後坐到床上。離關燈還有一個小時。我一如往常雙手十指緊扣，放在膝上，閉著雙眼祈禱，祈禱杉山郁海小姐的病能早日康復。

自己已經來這裡多久了呢？會不會已經過了好幾年了呢？內心常湧現這樣的不安。就連跟齊藤先生或亞季會面過後不久，都難以抹去「自己剛剛不是在作夢嗎」的疑念。我深信最近發生在自己身上的事件，會不會全都已經是陳年往事了呢？不，實際上會不會什麼都沒發生過呢？不僅如此，我會不會打從出生以來，就沒踏出過這裡一步？腳底的世界隨時都會崩裂的恐懼數度來襲，我在這種情況下，之所以還能保持正常，感覺上都必須歸功於這個睡前的儀式。

我沒辦法等到杉山郁海使用完代體那一天，就被卸除負責人一職。住進隔離大樓也是在倉促之間決定，所以沒辦法跟她道別。代替我成為負責人的田口前輩說，她後來順利回歸本體，重新展開對抗疾病的生活，不過從來並沒有聊到我。只打過幾次照面的代體調整士，沒兩三下就被年輕的她拋諸腦後了吧。那樣也沒關係。我要為了那孩子祈禱。因為我答應過她要每天祈禱的。

「你又怎麼能斷言，那個女孩子的存在不是幻想呢？」

我睜開眼睛。

下了床，走到洗臉台前面。

鏡中的我，親暱地嘻皮笑臉。

「好久不見了呢。」

（……該隱。）

聽喜里川正人所說，遭受該隱的意識入侵，應該也不會察覺，但是我每次都知道。或許是該隱刻意要讓我知道的。

（你果然跟達斯汀有所牽連。你跟我說的全是謊言。）

我說話時，鏡中反射出的自己，嘴巴是閉著的。說出的話語，也只在耳朵深處發出聲響。反觀該隱說話時，我的嘴巴卻是打開的，也能聽到我自己的聲音。

「我應該事先說過了，我的清白只限於涉嫌提供傳送裝置那件事。而且我還補充，一直以來也不是說完全沒做過違法的事。」

（怎麼可以……）

「有一點要先說清楚，我從來沒主動跟他們接觸。是他們嘗試入侵研究所的電腦。為了盜取奈米機器人的程式。所以，我就幫他們稍微開啟了祕密之門。當然，並非出於善意。我當時完成的奈米機器人，機能完全符合我的期待，正在思考該怎麼讓機器人擴散出去。也就是所謂的順水推舟。」

（那也是謊言。既然如此，為什麼要讓φ機器人甚至具備基底次元移動的機能？不是一開始就打算讓達斯汀使用了嗎？）

「你對φ次元移動機能完全不了解。φ次元移動，根本就是以基底次元移動為基礎。換言之，所有φ機器人預設值都內建基底次元移動機能喔。有一點要先說清楚，交給他們的奈米機器人，都充分確認過安全性。結果，之後我自己本身要用的機器人，卻迫於無奈決定犧牲安全性。」

（你覺得那樣就能合理化自己的行為嗎？）

「為什麼需要合理化？我只是在陳述事實。」

（結果，你不是也利用了犯罪組織嗎？為了達成自己的目的。）

「所以呢？」

（這代表你也是個罪犯啊。）

「希望你別再浪費時間說這些無聊的事情了。可以快點回答我的問題嗎？」

（問題？）

「你哪兒來的自信，確定你幫忙祈禱的少女實際存在？你為什麼能斷言，那並非你單純的妄想？」

（……這跟你沒關係。）

「你其實並沒有確定的自信。但是，一旦開始懷疑起她的存在，你與現實之間就完全喪失了連結。所以才會拚命地……」

（不對。）

我無法忍受地打斷他。

（你什麼都不懂。）

「是嗎？」

（就像你所說的，那個叫杉山郁海的女孩子，或許並不存在。）

「……喔。」

（但是，我想為她祈禱的那份心，能讓我感受到現實的觸感。對於現在的我而言，那就已經足夠了。）

「情緒。」

（是的，情緒。哪裡錯了？）

「就算祈禱，也無法改變現實。不覺得沒意義嗎？」

（沒錯。不論我再怎麼拚命祈禱，實際上她的病情也不可能因此好轉。）

「你自己不是也很清楚嗎？」

（既然如此，人為什麼會領會習得「祈禱」這個行為呢？就算沒辦法變更現實生活，其中應該也有什麼意義存在。）

彼此之間出現數秒空白。

「所謂的祈禱，會不會是想像力的副產物啊。」

（副產物……？）

「人類長久以來發明了各式各樣的工具或制度，背後的原動力就是想像未知事物的能力。就算不存在眼前的現實中，藉由在腦海中勾勒出意象，摸索出具體化的路徑。但是當應該具體化的事物過於遙不可及，完全無法想像能抵達的路徑時，人就只能沉溺於意象之中。」

（你的意思是，那就是祈禱的原型？）

「或許是企圖填補意象與現實之間絕望性差距的悲切衝動，創造出了最初的情緒。」

（如果是那樣的話，人在學會祈禱時，就能獲得靈魂。）

「這麼一來，代表我沒有靈魂呢。」

他說著輕笑。

（你沒有祈禱過嗎？）

「我跟情緒是絕緣體啦。」

（不會不安嗎？懷疑自己本身是否存在現實中。自己真是自己嗎？特別是你，長期在腦部裝置生活過，後來使用了父親的肉體，現在又來去穿梭於不特定的多數人之間。應該比我更容易對自我萌生疑問。你還記得擁有自己本身肉體那時候的感覺嗎？）

「你好像認為『探索自我』這樣的行為似乎是什麼特別高尚的事情。但是，那不見得能彰顯靈魂的存在。那什麼『自我』，要我說的話，只是單純的症狀。」

（症狀……）

「詢問自己是什麼，等於是重複無法得到答案的無謂演算。而這種無法獲得答案的事情，又莫名其妙地獲得珍惜重視。就我看來，就是這麼一回事。」

（就我看來，你這次的行動才是一種症狀。）

「什麼……」

（你說要重新打造一個能讓自己隨心所欲的思考世界。但是，你認真相信那是可能的嗎？你所謂的「新宇宙」會變成什麼樣子，其實連你自己都沒辦法預測，不是嗎？）

他無語凝視我。

（你，根本就不知道自己想做什麼，想追求什麼？）

「所以，你要說你知道嗎？」

（當內務省的御所小姐叫你該隱的時候，你其實是很開心的吧？）

嘴巴彷彿想說些什麼地張開，卻什麼都說不出來。

（你有好多年都以麻田幸雄的身份活動，周遭旁人也都將你視為麻田幸雄待你。而在那之前，則是待在沒人可以叫你名字的腦部裝置的世界裡。人類呢，聽說只能透過他人的雙眼，來瞭解自我喔。如果是那樣的話，「沒有他者的世界」等於是個沒有能反射出自己鏡子的世界。在那裡的你，甚至連思考自己是誰的機會都沒有。）

「……所以呢？」

（現在，眼前的鏡子中反射出我。但是，那個並不是我。這種不一致是種非常詭異、不愉快的感覺。那麼，你眼中看到的是誰？你能在裡面，看到自己本身的身影嗎？）

「還真像是精神官能症的問題。我可沒興趣。」

（你長久以來始終遭受「自己到底是誰」的慾望催逼，同時又遭受「無法知道自己到底是誰」的現實壓迫。所以才會企圖深信，那種慾望壓根兒不存在。你只是想從這個世界逃脫罷了。逃到一個沒有他者目光的世界。逃到一個沒有鏡子的世界。逃到一個不用思考自我也無妨的世界。但是，那種世界不存在於任何地方。對你而言，已經永遠失去那個世界了。）

鏡中的我，遲了一會兒才拍了三下手。

「多謝你幫我做了一番頭頭是道的精神分析。只是，與其他眾多頭頭是道的假說相同，推估錯得離譜。」

（是嗎？）

「我自認並沒有愚蠢到那種地步。如果只是想逃離他者的目光，一開始就不會邀請你。我只是想要重獲自由的思考罷了。我想逃脫的是肉體的干涉。」

（你的話完全沒辦法引發我的共鳴，你覺得是為什麼呢？因為，那一切全是說給自己聽，用來自欺欺人的話。）

「那只是因為你並沒有嘗試去理解我的想法。」

（你剛剛說是精神分析，在精神分析中，比起被說出來的話，聽到沒被說出來的話才重要。）

「……你想說什麼。」

（你在與我的對話中，跟我提過形形色色的好多事。小時候的事、腦部裝置的世界、接收父親身體後的生活。但是某件重要的事情，卻始終維持空白。）

他的表情紋風不動，瞳孔卻明顯擴張。

（是你的母親啊。）

「我沒有母親！」

彷彿有什麼頓時炸裂般的嘶吼。

面對這意想不到的激烈反應，我啞口無言。

他似乎也有相同感覺，無法掩飾對於本身行為的困惑。

僵硬的沉默持續著。

鏡中的我，突然擺脫僵硬。

「原來如此，是那麼一回事啊。」

他展露如花朵突然綻放似的笑容，從腹部深處發出笑聲。我還是頭一次看到自己笑得這麼開心的樣子。

（……該隱。）

「與你的對話非常有意義。得再次向你道謝呢。」

（等一下。話還沒……）

「說完！」

最後發出的聲音，是我自己的聲音。

我回頭。

環視房間內部。

再次，面對鏡中的自己。

用左右雙手觸碰臉頰。

我一舔嘴唇，鏡中的自己也隨之仿效。這理所當然的現象，卻讓我感到非常懷念。

「該隱，你也是有情緒的，不是嗎？你也跟我一樣是人啊。你聽得到吧？」

鏡中的我，不論過了多久都還是我。

我離開洗臉槽，坐到床上。

我隨著嘆息低頭。

「你是不可能做得到的。怎麼可能做得到……」

就在那時候，尖銳的警示音響起。

戴在右手腕上的裝置，閃爍著赤紅燈光。

第八章 艾波

1

鹿野瞪著灰色的天空咂舌。

有台小型無人機融入厚重雲層似地飛行。

「那是哪家通訊社？違反協定了。」

「不是通訊社，是『真實目光』那些傢伙呢。」

站在旁邊的高梨以望遠鏡邊確認邊說。

「什麼嘛，那個噁心的團體呀。」

「最近炒熱各種話題，自稱記者集團，或是揭發政府機密文件，或是操控那種無人機飛行，傳播事件現場影像。」

「有夠礙事的。」

「現在就派出『獵鷹』去處理掉。」

上空出現三角形的黑色飛行物。說時遲那時快，黑色飛行物急速下降，用機體底部伸出如同爪子的東西鉤住無人機，然後就不知道把無人機帶去了哪裡。隔了好一會兒，才聽見低沉的轟鳴聲。

「哇，還真精彩。」

鹿野的視線轉回地面。

犯人佔據後用來對峙的房間，位於一棟三層樓公寓的二樓。面向道路的窗戶，窗簾完全拉上，看不到內部情況。公寓周遭林立氣派的獨門獨棟建築。平常應該是悠閒寧靜的住宅區，如今卻聚集手持盾牌的警察。居民已經全數疏散，事發區域也被列為禁止進入，所以沒有看熱鬧的人群。

「狙擊隊、攻堅隊都已經準備好了。」

接獲高梨報告後，鹿野握住警察車的麥克風，開啟電源咳了一聲。

「山倉誠司。聽得到嗎？我是第二區警察局的鹿野。如果有聽到，一點點也好，可以稍微露個臉嗎？」

車輛的三音路雷射喇叭，對準犯人所在的房間。只有室內的犯人能清楚聽見，周圍旁人幾乎聽不到聲音。

窗簾微微晃動。

鹿野暫時關掉麥克風電源。

「怎麼樣？」

「人是來到了窗邊，不過還是不肯離開人質身邊，黏得緊緊的。」

高梨望著熱源掃描器影像回答。

「處於興奮狀態，是大量嗑了什麼藥嗎？」

「鹿野前輩。」

窗簾已經被完全拉開。緊接著，窗戶也被打開。

「喂，我要出去了啦！」

滿臉鬍渣的男人齜牙咧嘴大叫。他的T恤衣領鬆垂，看得到肋骨浮現的胸口。擴張的瞳孔往眼球正中央集中，理性早已消失得無影無蹤。他以細弱的左手臂抱住女性人質，用槍抵著她的頭。女性感覺毫無力量抵抗，只能任人宰割。她激烈抽泣，整張臉爬滿淚水。

「用D選項因應。」

高梨淡淡告知。

「沒問題嗎？那女的看來好像很驚慌失措。」

「她說是在演戲。」

高梨若無其事地回答。

「喔，還真了不起啊。」

成為人質的女性，是那個房間的房客，小川花蓮，二十歲的學生。她現在與高梨正透過「李斯特」連線。男人對此似乎毫無所覺。

鹿野再次開啟麥克風電源。

「山倉誠司，謝謝你露面。」

選項D是預想能夠目視男人與人質情況下的攻堅計畫之一。由狙擊隊鎖定男人離開人質的短暫瞬間，讓男人喪失攻擊能力，再由攻堅隊火速制服男人，救出人質。當然，實際情況沒有紙上談兵那麼容易。關鍵在於淪為人質的女性能否準確行動，不過小川花蓮似乎是個出乎意料之外具備膽識的女性，這方面好像沒什麼問題。剩下的，就是以「李斯特」指示她離開男人身邊的時機了。

「可以說說你想要什麼嗎？我們可以為你做什麼？」

「立刻離開這裡，別管我們。我要的就是這個！」

「很遺憾的，就是這一點辦不到。」

「別耍我！」

「真可憐。」

「什麼？」

「她不是都嚇得半死了嗎？」

「你原本沒打算這麼做的。對吧。」

男人氣勢稍斂。

鹿野自始至終保持沉靜，一邊對他訴說。

「我是不知道發生了什麼事。但是，你原本應也沒打算把事情鬧得這麼大吧。結果一回神，就演變成這麼嚴重了。你現在應該也很混亂。你也不清楚到底是在哪個環節，又是怎麼出差錯的。如果時間可以倒流，好希望能回到過去。這一切如果都沒發生過就好了。這才是你的真心，不是嗎？」

「是的話，又怎樣啦！」

「太好了。現在還來得及喔。該說是不幸中的大幸吧，你還沒有傷到任何人，特別是那個人。你現在用手臂架住的那個人。」

男人的臉龐因悲傷而扭曲。

「你其實應該也不想傷害那個人，或讓那個人害怕的。既然你是真心深愛著她。對吧？」

「已經太遲了。」

「沒有什麼是太遲的。」

「太遲了啦！」

「感覺上好像有什麼內情呢，可以說來聽聽嗎？」

「我感染了艾波。」

男人以顫抖的聲音說。

「一切都完了啦。」

「那種東西是謠言喔。」

「我用檢測器確認過了。有艾波，就在我這顆腦袋裡！」

「那個檢測器是從哪裡弄來的？現在流通的都是些粗製濫造的東西喔。那種東西就算出現陽性反應，也沒必要相信。」

「騙人。」

「既然你都這麼說了，那現在就去專門醫院，請醫師檢查吧。那麼一來，應該就能清楚知道你根本沒有異常。我也會陪你去的。」

「你以為我會被騙嗎？聽聽你那早就被看破手腳的謊話！」

「那我們請醫師過來，就在那個房間裡接受檢查。那樣的話，就沒什麼好抱怨的吧。」

「吵死了、吵死了、吵死了，鬼才信啦！」

鹿野對高梨使個眼色。

高梨輕輕點頭。

「我啊，我呢要在這裡，跟花蓮一起死啦。可以吧，啊，最後，這點小事，沒關係吧。」

他臉上浮現痙攣的笑。

「花蓮她呢，也說了要跟我一起死喔。對吧，她好體貼呢，好瞭解我呢。這樣，我們就能永遠在一起了。你們只是在干擾我們而已。別再管我們了啦！」

「別胡說八道。她也很困擾，不是嗎？」

「就跟你說不是了！你們全都給我消失啦！不要再來干擾我跟花蓮！」

原本指著人質的槍口，轉向這邊。

就在同時，高梨順口說了什麼。

小川花蓮滑出男人左手臂，當場蹲下。

「咦……」

鹿野直到事過境遷，都還記得山倉誠司在那一瞬間呆若木雞的樣子。

＊

放眼望去，眼下整片是首都圈第二區。這區在構成首都圈的十二區內，失業率第三低、每戶平均收入第二高，另一方面居民平均年齡則是第四年輕，就算是比較值，也是能讓人充分感受到活力的區域。鹿野大概有十五年的時間，在第二區內的各警察分局之間輾轉調動，後來可喜可賀地調到總局後，即將迎接第七年。只要是這一區，不論多狹窄的巷弄都清楚……這麼說或許言過其實了，不過大致上的資訊全都記在腦袋裡了。

「還真稀奇呀，鹿野前輩竟然會在休息室裡。」

一回頭，高梨已經按下飲料機按鈕。飲料費用會經由自動精算，每個月從薪水扣除。價格從上個月起漲了一些。

高梨手裡拿著印有名字的馬克杯，站在鹿野身旁。咖啡香味飄了過來。

「咦，鹿野前輩喝熱可可喔？真不像你。怎麼了？」

「別管我。」

他刻意大聲啜飲。

高梨也喝了一口，「呼」一聲嘆口氣。

「我聽說囉。你好像又跟課長大鬧了一番？」

「喔～消息還真靈通。」

他又啜飲熱可可。暴力式的甜度，讓他不禁皺起臉來。

高梨本想將馬克杯湊到嘴邊，卻又半途打住。

他的視線往鹿野瞄了一眼。

「你是不是心裡有事？」

還是老樣子，真是個直覺敏銳的男人。

鹿野重新轉向高梨。

「你對艾波那件事，瞭解多少？」

鹿野不清楚，這個謠言是從什麼時候開始流傳的。好像主要是以網路一口氣傳播開來。內容是說有國際恐怖組織，在全球散佈具有增殖感染力的奈米機器人。這種奈米機器人會在大腦落地生根，因為不會立即出現症狀，所以連本人都不會察覺。但是時間一到，機器人就會同時開始活動，感染者會被廢人化。那個時間，傳說是四月。因此，被冠上了「四月的死神（April Death）」這樣的名字，最近則多被簡稱為「艾波（April）」。

「常見的都市傳說吧。又沒有恐怖組織發出那種聲明，連對峙事件中山倉誠司到醫院詳細檢查後也是陰性。昨天陪同檢查的，不就是鹿野前輩嗎？」

「唔。山倉誠司他的確是陰性的。」

杯子一斜，熱可可流進嘴裡。

「那個奈米機器人檢測器小雖小，聽說不管是皮膚上或血液中有沒有機器人都測得出來。然後，我也試著接受檢測了。也不是說跟山倉誠司約好要一起檢查啦，就只是以輕鬆的心情試試看。結果……」

他深深吸氣，吐氣。

「出現了陽性反應。」

「欸？」

「真的有夠討厭的，知道自己身體裡有奈米機器人。當然，我根本不記得是什麼時候放了那種東西到身體裡的。感覺上又不是檢測器故障，醫生也都百思不得其解。」

「這不是……在開玩笑吧？」

「別太靠近我比較好喔。」

「你不要這樣啦。」

聲音轉為僵硬。

「艾波，或許不是都市傳說呢。」

鹿野將熱可可喝光，離開窗前。

「我出去一下。」

「要去哪裡？」

「法務省刑事局。」

＊

鹿野坐在公園長椅上，上半身往後仰，天空炫目的光線讓他瞇起雙眼。櫻花含苞待放的時節也差不多快到了吧。這個幾乎位於省廳街中央位置的公園，也以賞櫻勝地為人所知。

像這樣悠閒眺望著浮雲，慢慢覺得自己驚慌失措的樣子很可笑。儘管打算冷靜接受，內心的混亂卻反映在行動上。不只是將咖啡按鍵錯按成熱可可而已，區區第二區警察局副課長，竟然甘冒大不諱越級直接要求面見法務省刑事局特殊案件處理官。一般情況下，都會被懷疑是不是神智失常了。

「隨便提什麼安藤武務，傷腦筋呢。」

一回神，板東已經佇立於眼前。他的雙手插在西裝褲口袋中，俯視鹿野。

「報告應該已經送出去了。要是對內容有意見，也希望你走正規程序。」

「不是那件事。」

鹿野挺起上半身。

「但是，還真嚇到我了呢。沒想到你真的會親自過來。身為特殊案件處理官，有這種閒工夫嗎？」

板東露出苦澀神情。

「那個頭銜已經是過去式了。」

「升官了嗎？」

「是降職。之前參與的專案計畫受挫停頓。」

連回想都忌諱的口吻。

「可以坐下嗎？」

他粗魯地說完，隨即在身邊就坐，然後吐出摻雜疲憊的氣息。

鹿野仔細端詳他的側臉。

「你啊，變了耶。」

「是嗎？」

「怎麼說呢，很普通。」

鹿野這話讓他眉頭緊蹙。

「哇，之前一直覺得你是個像魔鬼的王八蛋。」

「有些時候，就是必須勉強自己表現得像魔鬼。」

「喔，所以那時候是在勉強自己喔。我可沒發現呀。」

「我不過就是個隨處可見的平凡公務員。工作到深夜回到家，妻子早就呼呼大睡，兒子也只會窩在自己房裡，一聲不吭。」

他說溜嘴似地皺臉。

「不該跟你說這些的。」

「慘了，開始想跟你握手了。」

「來聽聽你有什麼要事吧。」

鹿野頷首。

「那時候，你的部屬用一種奇妙的機器，貼在安藤武務頭上吧。那是奈米機器人的檢測器嗎？」

「嗯。」

「所謂的『還活著』，並不是指安藤武務，而是腦中的奈米機器人。」

「是你明察秋毫，報告中應該完全沒提到才對。」

「我打從一開始，就不信那種東西啊。」

「也是吧。」

「話說回來，你知道被稱為『艾波』的奈米機器人嗎？也被叫做『四月的死神』。」

「我知道。」

「聽說艾波也會佔據人腦，讓宿主變成廢人。」

「……」

「在安藤武務腦裡的奈米機器人，不是艾波嗎？」

「為什麼會這麼覺得？」

「提問的是我。怎麼樣？那是艾波嗎？」

板東起身。

「喂。」

「不好意思，到此為止了。」

「是艾波吧。這麼一來，散佈艾波的就不是恐怖組織了……」

「事情沒有那麼單純。內情遠比你想像中的複雜。」

「那個什麼內情……」

「你認為我能說嗎？」

「那只要告訴我一件事就好。感染到那個奈米機器人，真的會變成廢人嗎？安藤武務也是因為那樣才自殺的嗎？」

「安藤武務會自殺，是因為自我溶解。詳情我不能說，不過那並不是奈米機器人直接作用的影響。」

「所以不會變成廢人嗎？」

「不知道。」

「別裝傻了。」

「真的不知道，才會說不知道。」

板東瞪了過來。

「別再繼續刺探，多管閒事了。我可不是因為小家子氣的地盤意識才這麼說的喔。」

「這才不是閒事呢。」

鹿野也站起來。

「我的這副身體裡也有艾波。不對，也不知道是不是艾波。可以確定的是，體內存在著連自己都不記得的奈米機器人。整件事可是跟我自己這條命息息相關。現在就在這裡，也讓你感染吧！」

「那種威脅對我來說是不管用的。」

「我可是認真的。」

「我也一樣。」

板東如同冰冷的岩石般不為所動。

鹿野哼了哼鼻子。

「你果然是魔鬼呢。」

「別誤會了。」

板東臉龐浮現漠然一笑。

「那種奈米機器人，我早就感染到了。所以不用擔心再被感染，就只是這樣。」

「……你也……」

喉頭一緊。

「真……的嗎？」

「我不會要你勉強相信。」

力量頓時從全身流失，讓他一屁股跌坐到長椅上。從未體驗過的某種恐懼，從深層噗嚕噗嚕地逐漸湧了上來。

「喂……這世界，到底發生了什麼事了呀？」

「別知道比較好。」

板東回答。

「就算知道了，也無能為力。」

2

就統籌管理內務省厚生局第六課的玉城看來，讓人不禁想要閉上雙眼的難題每天都會出現。但是，至今從未遭遇過像現在顯示在虛擬畫面上的圖表這樣，嚴重考驗他意志力的情況。眼前描繪出的S曲線，宛如被記載於牆面上的毀滅預言。

「這種東西怎麼拿得出去啊！」

渡邊局長的怒吼聲，迴盪在狹窄的會議室中。

來自厚生局第六課的玉城與御所，同局第二課的林田課長，以及厚生局最高長官渡邊局長，正齊聚於這間會議室中會商。

他們藉由φ機器人樣本解析，大概推估出了增殖感染能力。根據分析資料，輸入φ機器人帶原者人數與分佈狀態等各種條件計算後發現，不論在任何情況下，感染者比率以加速度增加後，增加率會逐漸縮小，直到達到某一數值後就會緩和停止。而那個數值，是九十八％。換言之，最後地球上總人口的九十八％都會感染。電腦上也彈出那個日期，四月十五日。不過，這個日期有前後十天的誤差。

「疫苗真的來不及嗎？」

第二課的林田課長頭垂了下去。

「真的非常抱歉。」

要求奈米機器人製造商研發疫苗一事，由管轄整體醫療機器的第二課負責。根據林田課長的報告，φ機器人的無效化疫苗研發工作不如預期順利，限定性使用也必須延遲到六月才做得到。雖然不清楚該隱什麼時候會開始腦部巡迴，只是很難想像他會等到六月。無效化疫苗一直以來始終被視為因應本次狀況，最大而且是最後的一張王牌。要是這張王牌來不及，事實上就形同束手無策。

「怎麼辦？在此同時，感染者也正在持續增加。」

目前，官方每週都會祕密進行世界規模的定點觀測。也就是隨機選出受測者，調查奈米機器人的帶原率。要是沒使用過代體，腦內卻被檢測出帶有奈米機器人，無疑地就可視為是φ機器人，觀測結果一目了然。φ機器人的感染者比率正穩健增加。那樣的發展，與圖表的S曲線一致。

但是，別說這些數據資料了，就連φ機器人存在一事，截至目前為止都還沒對一般民眾公開。因為根據研判，公布消息不但無法期待有任何阻止感染擴大的效果，反而只會助長混亂。至少，在無效化疫苗供給體制建構完成之前，將暫緩公布。這不僅是日本，也是經ＷＮＯ確認過的方針。

話雖如此，所謂的「祕密」就是會外洩，而且外洩的祕密還會被加工藉以迎合大眾胃口。結果ϕ機器人的資訊，就在包含部分真實的情況下，重複變態，最後以「四月死神」的謠言之姿破繭而出。各國政府當然是對此謠言置若罔聞，全盤否認。

「目前最吃緊的課題，就是預定在下週舉行的ＷＮＯ風險因應部門會議。」

渡邊局長站起來，毫無意義地踱步到窗邊又走回來。他沒有就坐，右手撐在桌面。

「只能說，我國目前正處於最惡劣的立場。外界的理解是，我國對於Ⅱ型枯靈格並未採取嚴正處置，才會導致今天全球性的災難。要是在部門會議上，提不出任何具體的解決途徑，我國可是會遭受各國砲轟的。真的一點辦法都沒有嗎？」

撐著的右手搥打桌面。

「課長，那件事……」

御所對玉城低喃。

玉城點點頭，仰望渡邊局長。

「局長，我們六課其實在解析組主導下，正在研擬捕獲該隱的方法。」

「這種不著邊際的方法根本無濟於事。」

「不，我們對於執行手法已經有了具體想法，只是還沒有確切實證能在這裡告訴大家，究竟可以期待有多少的實效性，所以遲遲沒有提出報告。」

渡邊局長的眼神有了變化。

他重新就坐。

「沒關係。說說看。」

＊

「對該隱設下圈套？」

神內不自覺反問，羽取隨即大大點頭。

「ϕ機器人的感染來勢洶洶、越演越烈。就算完成無效化疫苗，也不知道追不追得上擴散的速度。想要確實避免最糟糕的狀況，除了讓該隱束手就擒，沒有其他辦法。」

「這我明白。但是，對手可是沒有固定肉體的意識體。」

內務省厚生局的羽取，是在昨天提出要求說，有事想當面商量，能不能來研究所拜訪。神內與隸屬解析組的他已經有過一面之緣。上次還有特殊案件處理官御所同行，這次只有他一個人。

「很幸運的是，不論是ϕ機器人或是該隱自己之前使用的奈米機器人，我們手上都有從樣本取得的數據資料。據此，我們就能合成出ϕ圈套機器人，也就是能接受ϕ次元移動過來的意識，卻無法讓該意識傳送到其他地方的奈米機器人，然後再注入腦部裝置中。」

有入口卻沒有出口。所以說，只要一進入那個腦部裝置，該隱就再也出不去了吧。

「你是想用這裡的電腦設計出那種東西？」

「因為這恐怕是全球唯一一台在奈米機器人，成功寫入ϕ次元移動機能的電腦了。」

的確，這個研究所的電腦在ϕ次元移動方面，已經累積相關經驗，從中有所學習。這是更勝於演算能力的一大優勢。只是，問題在於末端。

「就算能備妥圈套好了，又該怎麼樣才能引誘該隱進來呢？」

「不需要引誘。」

羽取似乎在等這個問題出現，隨即斷言。

「一般認為等到ϕ機器人擴散到某種程度，該隱就會開始巡迴感染的大腦。到時候，感染者數量不知道會有多少。一百萬？一億？五十億？不論如何，藉由登入時間差無限趨近於零，統合所有大腦，創造全新思考世界，就是他的目標。」

到這裡還行吧，他彷彿這麼說地暫時停頓。

「起初，會像是逐一確認每個大腦一樣慢慢巡迴；但是習慣以後，應該就會逐漸加速。隨著巡迴速度提升，要區分一個個的大腦也會變得越來越困難。在那種狀態之下，就算是該隱，也不可能瞬間判斷是不是圈套。只要符合ϕ值，就有充分可能性讓他不小心自投羅網。」

「反過來說，巡迴速度要是無法提升，就難以期待這樣的成果。但是，巡迴速度越提升，該隱自我溶解的危險性就越高。」

「那就得賭一把了。看該隱能不能在自我溶解前，先被圈套抓到。」

「還有一點不能忘記的是，我們還不清楚當該隱將數量龐大的每個腦部統合起來時，到底會發生什麼事。或許會發生我們沒預料到的狀況。」

「即便如此，還是有放手一搏的價值。不是嗎？」

羽取毫不掩飾本身的興奮。

「你好像很樂在其中嘛。」

這話可能是被解讀成了諷刺，他的表情轉為尷尬。

「抱歉，是我太輕率了。」

神內搖搖頭。

「我很瞭解你的心情，我好歹也算是個科學家呀。」

該說是業障嗎？運用創意挑戰未知問題時的激昂情緒，是其他任何事物都難以取代的。即便面對的是左右人類命運的嚴峻局面也一樣。

3

根據推估，ϕ機器人的感染者光是國內就已經超過一千萬人。走在外面的人之中，每十人就有一個是感染者，而且數量還與日俱增。情況演變成這樣，已經不可能將所有感染者隔離了。畢竟沒有自覺症狀，只要沒有接受專用機器檢查，就連有沒有感染都不會知道。在此情況下，預先讓八田輝明等少數感染者隔離住院，根本沒有實質意義。儘管如此，官邸仍然拒絕解除隔離措施。這也是因為，要是解除隔離讓國外各政府知道了，可能會被解讀成是提早放棄感染防止對策的行為，就政治層面而言是下策。

「真的非常抱歉。這樣根本太荒謬了。我們課裡的御所，目前還在跟高層交涉中……」

『我不要緊的。況且，也已經習慣這裡了。』

八田輝明甚至展露笑容。

「八田先生不覺得生氣嗎？這麼不合理的待遇。」

『我覺得這也是無可奈何的。』

怎麼回事啊？今天從八田先生身上，散發出的那種不對勁感覺，總有些機械化，說話也好像事不關己似的。

『請別把我的事情放在心上。你來見我，我也很高興，但是齊藤先生也很忙吧。』

「八田先生，是……發生什麼事了嗎？」

『在這裡，什麼事都不會發生喔。』

他說完這麼一句，就沒打算繼續說下去了。

好像還是別拐彎抹角的好。

「是亞季小姐跟你說了什麼嗎？」

『她最近沒來。』

「昨天不是來過了嗎？」

『昨天？是嗎？』

應該來過了。因為自己正是接到她的聯絡，說哥哥的情況不對勁。

『她說了什麼嗎？』

「她很擔心八田先生呢。似乎很在意你什麼時候能出院。」

『是喔。』他只淡淡這麼應付過去。

讓人不舒服的沉默持續著。

「對了，你還有繼續祈禱嗎？」

『祈禱？』

「你之前負責的代體使用者，是叫做杉山郁海嗎？你不是說每天祈禱希望她早日康復，有助於穩定精神嗎？」

『喔，連那種事都跟齊藤先生說了呀？』

他的表情顯露些許混亂。

『這麼說來，最近……因為她，應該早就忘記我了吧。』

笑容再次浮現。

果然有古怪。

並不是以前的他。

齊藤深吸口氣。

「來自於該隱的接觸呢？」

『沒有。』

幾近不客氣的迅速回答。

「真的嗎？」

八田輝明突然抬起雙眼。

『真的啦。』

*

齊藤一太的影像消失，病房裡只剩我一個人。

我茫然凝視早已看膩的牆面。

整個腦袋逐漸變得空白。

「差不多下定決心了吧。」

我的嘴巴自顧自地說話。

我起身，站到鏡子前面。

我的鏡像，親暱地微笑。

「我們需要彼此。」

4

對於齊藤一太而言，這天是他首度與八田亞季碰面。首先讓他大吃一驚的是，比起光聽聲音的想像，本人殘留著濃厚的少女氣息。或許是因為肌膚白皙吧，甚至還有種莫名的虛幻感。聽說她連大型重機都能輕巧駕馭，不過眼前沉穩的套裝打扮實在讓人無法想像。

「的確，內心是別人。剛開始，還會覺得哥哥被偷走了。只是，確實記得跟我們一家的回憶，也把我視為妹妹，另外也跟我保證會好好珍惜哥哥的身體。更重要的是，不論樣貌、聲音、表情，就是原本應該不在人世的哥哥。所以……不想失去，現在的哥哥也一樣。」

φ機器人的事情，已經告知她與她的父母。否則，也不會答應讓八田輝明住進隔離大樓吧。

「我這種想法很奇怪嗎？」

「不，我覺得不奇怪啊。」

齊藤一回答，她僵硬的肩膀似乎稍微放鬆了一點。她的手伸向桌上的杯子，然後將杯子湊進嘴邊。

「但是，後來在醫院裡碰面時，對於那樣的哥哥萌生一種不對勁的感覺，對吧。」

是的，她點頭將杯子放回去。

「在會客室裡見到的哥哥，跟之前的哥哥不一樣。」

「哪些地方不一樣呢？」

她像在尋找適當詞彙似地停頓了一會兒，視線從杯子抬起。眼神中澄澈的意志力，讓齊藤為之一震。

「這麼說可能很抽象，但是感覺上他好像正在逐漸抽離『八田輝明』這個人。」

「抽離……嗎？」

唯有深刻瞭解他的人，才用得出這種形容呢，他想。

「齊藤先生您沒有那種感覺嗎？」

「的確，他那天給我的印象，會讓我覺得『那並不是以前的八田先生』。」

現在所謂「八田輝明」的人格，是根據偽造記憶改造而成。被改造的人格容易陷入不穩定，最糟糕的狀況下還可能自我溶解。而且本次個案，還要加上環境因素。

「果然是因為住進隔離大樓的影響嗎？」

「恐怕是。」

要確認本身輪廓，必須要有自己與他者的分界線。要有他者存在，才能定義自己。但是，在與他者的接觸機會極度稀少的隔離大樓內，分界線會變得模糊，自我的形象也很容易崩潰。

「只是，除此之外還有一點讓人掛心。」

「掛心……？」

「以前應該跟您提過該隱這號人物。」

「好像是那個動不動就出現在哥哥那裡，只有意識存在的人吧。聽說這次散佈ϕ機器人的也是那個人。」

「前幾天會面時，面對我的問題，八田先生斷言之後沒再跟該隱接觸過。但是，我無論如何就是覺得他否認的方式好像很不自然。」

「哥哥現在，還在跟那個叫該隱的人……」

「真是那樣的話，為什麼要隱瞞而若無其事地撒謊呢？」

八田亞季的臉龐靜靜地轉趨蒼白。

「他身上出現的變化，或許比我們所想的還要嚴重。」

5

「八田輝明」我出聲，乾巴巴的響聲撞到白色牆面，摔落到地面。再次重複出聲，什麼都感覺不到，什麼都沒發生。「八田輝明」這副軀殼賦予了我形體，在此同時，也是圈禁我的牢籠。只要背負軀殼，雙眼能看見的有其極限，得以觸摸的有其極限，得以感受的有其極限，思考也有其極限。軀殼提供我保護，相對地也強化了不自由與侷促。卸下軀殼時該有多麼自由啊。我的感覺能擴展到什麼地步啊。我的思考能達到什麼境界啊。到時候，我能看見什麼啊。

「好了，走吧。」

我點頭。就在那瞬間，視野一口氣遠去，就像在隧道裡看到的前方景色，變得越來越小。如今，我周遭空無一物。如同群星燃燒殆盡後的宇宙……不，不對。

可以看到一束光芒，無數的光無聲無息地在其中流動。來自永遠的彼方，然後又去到永遠的彼方。宛若大批流星毫不間斷地橫越夜空。

是那個嗎？

「是的。」

浩瀚的流星群形成一條閃耀的大河，越來越近。可以清楚看到流過其中的一顆顆光粒。

就在那個時候，微乎其微的猶豫攫住我。

〈你，真的把我當妹妹嗎？〉

亞季。

我要是一走了之，又要害亞季傷心了，讓她二度經歷失去哥哥的悲傷。

「所以，那又怎麼樣呢？」

所以，怎麼樣呢？無法繼續思考下去，無法繼續往前，被踩下了強力煞車。

「那跟你沒關係。八田亞季並不是你的妹妹。因為你，已經不是八田輝明了。」

是嗎？或許是吧。但是，不論再怎麼說服自己，還是有疙瘩。我是還沒完全脫離八田輝明嗎？不對，說到底，真能完全脫離嗎？身為八田輝明的記憶，幾乎全都是人為貼上的假東西，但是以八田輝明的身份實際生活的這幾年，卻是事實。連那些記憶都要否定，我做不到。我有一部份，已經成為了八田輝明。我已經以八田輝明的身份在生活。八田輝明……

煞車突然被解除，思考重新運轉。

我到底在做什麼……

巨大的光流逐漸逼近眼前。

不行。

不可以接觸這光。

必須回去。

回到原本的世界。

回到有亞季與父母的世界。

回到我以八田輝明之姿生活的世界。

「你應該跟我一起來的。」

（該隱……這是怎麼回事？）

「無論如何都需要你啊。」

（我說過要以八田輝明的身份活下去。我以為你也瞭解了。）

「你應該也聽說了。當我統合大量腦部時，我的自我可能溶解，連帶地也可能造成所有人的精神崩潰。」

（你明明知道卻……）

「我當然也不想溶解。所以採取了避免風險的對策。而那就是你。」

（我？）

「你自己不是也說過嗎？所謂的『自我』只有透過他者的雙眼，才能夠理解。相反的，只要有成為鏡子的他者存在，因為能隨時確認自我，那樣就能防止自我溶解。要不要一起創造那樣的情境呢？」

（你是要我成為鏡子？）

「我也會成為你的鏡子。」

（那你一開始，也是因為這樣的打算，才會接近我的……）

「我能從你身上感受到強烈共鳴也是事實，這不是謊話。」

（所以就要我乖乖聽話？）

「你要覺得不痛快，那是你的自由，但是事物應該根據事實判斷。如果無論如何都想回到舊世界，回去也無妨。只是在那情況下，我的自我溶解導致眾多人們遭受牽連，精神崩潰的危險性就很高。現在，全球的半數人類，都已經感染了你們稱為ϕ機器人的奈米機器人。」

（你為什麼不惜做那種事情也……）

「因為實驗就是這麼一回事。」

（哪有這麼自私的歪理！）

「我的父親同樣是相信自己的理論，才將我的意識轉移到腦部裝置。正因為如此，我才能以這種形式存在。」

（這根本就是兩回事吧。）

「既然要踏上未知的大地，或多或少都必須伴隨著超脫常軌。要是對此有所恐懼，就什麼都得不到。這就是先驅者的宿命。」

（……我現在明白了。你根本是對父親麻田幸雄，燃起了反抗心。所以，才會這麼亂來的……不，不僅如此。對你而言，麻田幸雄的影子始終如影隨形，被父親偉大的亡靈追逐。你想要逃脫的不只是父親的肉體，還有始終被迫背負的「麻田幸雄」的存在！）

「又在做精神分析了，要講幾次才懂呢。我根本沒有那種情緒。」

（我看你也差不多該承認了吧。承認你也跟我們一樣，擁有充滿矛盾的複雜感情。）

「你也差不多該改改動不動就剖析人心的毛病。」

（不改的話又怎樣。要放棄帶我走嗎？）

「我是無所謂，只是你的那個決斷會導致怎樣的慘事呀。」

（你這種人實在是……）

「好了，你可以選擇。是要繼續窩在舊世界裡，還是要跟我一起創造新宇宙呢？」

第九章 未知大陸

1

好堅強的人呀，齊藤一太心想。

即使是這樣的時刻，八田亞季的側臉仍散發出力持鎮定的無畏意志。上次在內務省會議室面對面談的時候，是雅致的套裝打扮，不過這次穿的是緊身騎士裝，沒有絲毫多餘的纖細曲線一覽無遺。特別是那嬌小的肩膀，就連齊藤的手掌似乎都能輕鬆一手掌握。左手抱著全罩式安全帽，她才剛抵達醫院，呼吸還很紊亂，胸膛如同波浪上下起伏。

八田輝明就躺在她凝視的數公尺前方。如今安置他的是醫院隔離大樓的加護病房。這裡有道透明的牆壁隔在中間，所以不能靠近或用手觸摸。

「感應器是在大概兩小時前偵測到異常。據說當護士趕到病房時，意識反應已經消失。」

齊藤注視八田亞季的表情，一邊說。

「這並非單純昏睡。現在的八田輝明先生，腦子裡已經沒有任何人的意識進駐了。」

八田亞季用瞪大的雙眼轉向齊藤。

「完全的布朗克。」

「布朗克……」

她顯露似乎再次遭遇惡魔的神情，視線再次轉回八田輝明的身體。

「是那個叫該隱的人嗎？是那個人把哥哥給……」

「真的很抱歉。沒能預料到這種狀況，是我們的疏失。」

八田亞季雙手緊抱住安全帽。皮革摩擦下發出「啾」一聲聲響。

「哥哥走掉了，對吧。扔下我們一家人。」

「這並不是說八田輝明先生的意識，已經從這個世界消失了。一定還存在某個地方，如果能出來的話，還是有可能再回來的。現在還不到放棄的時候。」

八田亞季的嘴角抽動，大大眨眼後點點頭。

「是吧。我們不能放棄吧。必須相信到最後才行，畢竟身體還活著。畢竟還有地方能讓他回來。」

齊藤胸悶到說不出話來。

「齊藤先生。」

「……是。」

「我可以再過來嗎？雖然我不覺得陪在身邊，就能幫哥哥的意識回來。只是……」

「請務必為他這麼做。妳的心意一定能傳達出去的。」

八田亞季頂著發愣的臉龐，望著齊藤。

齊藤頓時慌了手腳。

「不好意思。輕率說出『心意能傳達出去』那麼不負責任的話。」

「……不會。」

八田亞季搖搖頭。

一聲靜靜的嘆息從她嘴裡溢出，她微微低頭。

「謝謝你。」

那聲音多少恢復了一點力量。

2

奈米掃瞄技術的發達，讓人腦運作以神經元為單位全面解碼時，研究人員的下一個課題就是該如何在電腦上完全重現腦部機能。當時，電腦的演算能力已經足以匹敵人腦。所以一般普遍認為，既然都已經釐清了腦部機制，重現也不是什麼難事，然而實際嘗試過後，重現率卻遠遠不到百分之百。因為其中，還缺少了些什麼。人腦本來就是受到數位式與類比式兩種影響操控。與數位相較，類比不論精準度或效率都較為遜色，然而想讓人造腦擁有與人腦相同機能，或許也必須嚴密重現數位訊號。麻田幸雄就是基於這樣的觀點，投入人工神經元複合體的研發，並藉此打造出由數百萬微小模組所構成的人造腦。那就是如今全球持續沿用的麻田型腦部裝置。麻田型腦部裝置重現的不止人腦機能，還包括所謂「人腦」這種器官本身。正因為如此，才能同時運用於意識傳送用的奈米機器人效果實驗上。

「第八群，這是最後了。『太電』已經重新設定設計。」

設計小組的研究員大原，慎重地將腦部裝置放到地上。一接上能源單元，綠色指示燈隨之微微亮起。

「這樣就是三百二十四個啦。」

神內伸著懶腰，環視會議室。會議桌已經收納到地板下方，呈現出完全平面的地板，寬敞到感覺都可以打籃球了。腦部裝置連接能源單元的組合，以三×三＝九為一區的排列方式，如同平安京（註4）一般井然有序地擺放在地上。每組都注入由電腦設計合成出的圈套用φ機器人。

「『太電』感覺還做得下去嗎？」

「應該沒問題吧。只是要投入第九群的設計，可能還要耗上一段時間。重新設定第七群之後，到開始設計第八群花了二十七個小時，在那之前是十二個小時。」

「只要其中有任何一個，能發揮圈套機能就好了。」

註4：日本794～1869的首都，又稱「平安城」，位處於現今的京都市內。由於當初的城市規劃採取整齊有致的棋盤狀設計，故有此言。

一般情況下，如果是使用腦部裝置的實驗，提供的機器人檢體都僅限於通過反向模擬測試的奈米機器人。但是，眼下是在與時間賽跑。只能直接上場決勝負，將合成出來的機器人直接逐一注入。

「大家要有信心堅持下去。要是『太電』做不到，其他電腦也不可能做到。」

所謂的「太電」是研究所引進的設計用電腦暱稱。不論φ機器人，又或該隱使用的那種奈米機器人，這台「太電」都曾設計過。

「是啊。」

擁有職人性情的大原，打從引進開始就是「太電」的負責人。他的職務不僅要負責編寫設計密碼，還包括為了提升性能的電腦升級或維護等方面。也正因為如此，當初確認電腦被混入不知道從哪裡冒出來的設計密碼時，聽說他還因為自責遞出了辭呈。圈套用φ機器人的設計，可說是他與「太電」洗刷恥辱之戰。

「從第九群開始，可以用我的辦公室來放。」

「用所長室？可以嗎？」

「這裡已經變得太窄了。又沒有其他適合的地方可以用。」

「知道了。」

「今天到此為止，你可以回去了。」

時間已經超過晚間十點。現在還留在研究所裡的人，只剩神內與大原兩人。

「要是有什麼狀況，桑妮會通知我的。麻煩妳了，桑妮。」

『包在我身上。』

桑妮是為接替愛麗絲的工作，所引進的通用型ＡＩ。

「那我先走了。」

就在大原行個禮，正準備離開的當下。

廣佈地板的腦部裝置群竄過紅色光浪。換算成時間，或許還不到〇・一秒。但是，那絕不是幻覺。大原也因此止步，瞠目結舌。

「所長，剛剛那是……」

腦部裝置的紅色指示燈在剛剛那瞬間亮起了。紅色指示燈代表，腦部裝置有意識進駐。後來又消失了，這也就是說……

「……是該隱。」

神內說。

「就在剛剛，該隱巡迴過這些腦部裝置。除此之外想不到其他可能性了。」

「那圈套……」

「『太電』設計出的三百二十四種奈米機器人，或許發揮了φ機器人的機能，不過好像沒辦法捕獲該隱。」

「『太電』都設計了三百多種，其中竟然沒有一種成功……」

他整張臉因懊惱而扭曲。

「現在可沒閒工夫沮喪囉，大原。該隱已經開始巡迴了。」

「……是的。」

「而且，換個角度思考，這種狀況也不差。」

神內感受到一股不合時宜的興奮。睽違已久的激昂，一飛沖天似地盈滿胸口。

「我們原本認為，巡迴速度不提升到某種程度，該隱就不可能自投羅網。但是看這情況，該隱似乎無法區別肉身人腦與腦部裝置。光得知這一點，就算是有收穫了。既然如此，現在問題就能鎖定在我們能不能賦予ϕ機器人圈套機能。只要這個問題也能成功解決，就跟捕獲該隱沒兩樣了。換句話說，現在只能靠『太電』了。」

大原以欽佩的神情點頭。

神內望向天花板。

「桑妮，把時間記錄下來。到下一波紅色光浪出現的間隔時間。」

『瞭解。』

這樣就能掌握該隱巡迴的約略時間了。

3

大樓、人潮、水、貓、辦公室、房間的牆壁、城鎮、河川、人臉、天空、虛擬畫面、桌子、料理、大地、沙漠、紅色的太陽、直線延伸的道路。毫無脈絡的影像一個接著一個切換。這全都是我用ϕ次元移動所進入的人們的視覺資訊。對於其他資訊應該也有所知覺，只是來不及處理。要是持續看著這些東西，肯定會發瘋的。但是就算想閉上雙眼，也沒有能讓我閉上的雙眼。也不能靠我的意志喊停。我只能一直看下去。就只能像這樣持續沉浸在資訊之中。

儘管如此，我在不久後察覺那些影像的明暗有固定傾向。明亮影像持續出現後，會逐漸變得黯淡。當幽暗影像持續出現時，外面就是夜晚。如今，我們正在感染到ϕ機器人的人腦之間高速移動，不過我們並不是在地面上隨機跳動，而是從距離近的人開始依序巡迴。

「就是那樣。」

我聽見該隱的聲音。只不過，比起聲音，感覺上更像是他的念想流了進來。

「ϕ次元移動雖然跟距離沒關係，但是有規則地巡迴會比較輕鬆。」

聽到那聲音的我，也不具備實體。就算想看看自己的手腳，也一無所有。我單純只以認知資訊並思考的主體存在著。

「你好像也慢慢習慣了，那我要加速囉。」

（啊，還沒……）

我們猶如推進器點火頓時加速。畫面切換實在過快，已經無法再判別每個影像了。變得更快、又變得更快了。這樣太亂來了啦。就在我想大叫的那一剎那，感覺像是「砰」一聲穿過一道牆，影像頓時幻化成遠去的無數星子。

我被扔進一個浩瀚的空間。是的，那的確是個空間。那裡有深度，有時間在流動。而且，整個空間被白色光芒完全填滿。那不是單純的白光。而是帶有形形色色各種色彩的光，大量聚積後所形成的白。廣無邊際、深不見底，周遭滿滿的都是光的粒子。

「這一粒粒的光粒，滿是每個大腦正在處理的所有資訊。雙眼所見、雙耳所聞、心有所感，所有一切。」

（這……就是你之前說的那個新宇宙？）

「不是。」

（不是？）

「我們現在，還只是單純地巡迴腦部而已。在全人類的半數，約四十億個人腦之間，以一秒勉強巡迴過一萬個的速度移動。要完整巡迴過一輪，要花一百小時以上。」

（巡迴過四十億個腦……形成眼前這樣的光……）

「原本想等全人類都感染到奈米機器人後再開始的，但是無效化疫苗說不定在那段期間就完成了。」

（……疫苗早晚會完成的啦。到時候，你的計畫就會受阻，這個空間，還有從這裡出現的新宇宙也會完全消失。）

「由我編寫設計密碼的奈米機器人，原本就設計成沒那麼容易研發出無效化疫苗。大概還有一個月的緩衝期吧。」

（不是應該說只有一個月嗎？）

「你還是老樣子，真的一點都不懂。」

該隱笑了。

「所謂的新宇宙誕生，也代表著新時間的開始。身為創世主的我們，能夠靠思考操縱時間的流動。讓物理現實的一個月，足以與數千年匹敵應該也是有可能的。」

（那種事情怎麼可能……）

「沒有確切證據證明做得到。正因為如此，才有嘗試的價值。不是嗎？」

（……）

「希望你不要忘記，這是一個實驗。這個從古至今沒人嘗試過的實驗，馬上就要邁入最後階段了。」

該隱的聲音，散發出類似捨我其誰的感覺。

（但是，所有一切最後都難逃消失的命運吧。那樣子真的好嗎？）

「所以，你是要我以恐怖份子自居，跑去妨礙疫苗製造嗎？」

（不是！不是啦，只是……）

「難逃消失的命運，這不是與物理現實相同嗎？」

（欸……）

「地球上的生命遲早都會滅絕。就算沒有滅絕，只要經過數十億年，地表也會被老朽且巨大化的太陽燃燒殆盡。我們的銀河本身，最終也會因重力崩壞，而變成巨大的黑洞。所有一切結束的那天絕對會來臨。但是我們可以因為這樣，就說現在活著沒有意義嗎？」

（你是說已經有所覺悟了？）

「事情沒那麼嚴重。」

（如果喔，如果沒發生什麼大霹靂，你所期待的新宇宙沒誕生呢……）

「實驗失敗。代表我之前的假設錯誤。這也不是說完全不可能呢。」

（你也是，我也是，都會被消滅吧。）

「有什麼關係。反正我們都是肉體已經死亡的人了。」

這是什麼任性的話啊。聽了實在讓人火大。但是現在還能火大，是不是代表內心也逐漸出現些許餘裕了呢。

（好了，那接下來要幹嘛？）

「現在要慢慢提升巡迴速度。當四十億的光粒子合而為一時，應該會出現大霹靂，而新宇宙、以思考構成的新世界就會隨之誕生。」

（我們自我溶解的疑慮呢？）

「雖然無法否定那種可能性，不過應該沒問題，只要我們能夠認知彼此。」

（你不害怕嗎？）

「你呢？」

（很怕。這是一定的吧。）

「想回去嗎？」

當然啊，正當我想這麼回嘴時，卻不可思議地感到猶豫。

「我也怕……但是有什麼更強烈的東西，讓內心激動不已。你不也是這樣嗎？」

（讓內心激動不已的什麼……）

「你也是，裝得好像事態嚴重一樣，其實同樣享受得很。不是嗎？」

明明應該立刻反駁的，我卻做不到。該隱的確一語道中部分事實。浩瀚的光之空間，之後可能誕生的新宇宙，連時間都能自由操控的思考世界，即將在眼前開展的未知領域，即將邁入其中的前夕的這種激昂，有股莫名的懷念湧現，整個人陷入想哭的情緒。這種深刻共鳴與直覺反應，並非源於身為八田輝明的偽造記憶。或許，是在成為八田輝明之前，那個真正的我所體驗到的感覺。剛剛那股難以解釋的猶豫本貌，就是這個啊。

（原來如此……也就是冒險呀。）

「什麼？」

（冒險啊！小時候沒做過嗎？）

「我小時候很不巧地體弱多病。而且五歲就被轉移到腦部裝置裡了。」

（啊……對喔。不好意思。）

「但是，這比喻不錯。冒險啊。聽來比實驗更好玩，很好。」

他以輕鬆又像徵詢的口吻說：

「好了，現在該開始了吧。展開那什麼冒險。」

＊

神內的辦公桌之所以具備能同時顯示多個虛擬畫面機能，是因為平常必須與總公司或其他部門開會。一般會議會是使用社內專用線路，這次因為是與內務省共同作業，所以特別開放外部登入。

現在，神內眼前浮現五個虛擬畫面。分別投射出厚生局的渡邊局長、同局第六課的玉城課長、第十九組特殊案件處理官御所、解析組的羽取、第二課的林田課長的身影。每個畫面的大小或高度等，會根據發言頻率隨時調整，發言時會變得比其他畫面大一號。

『林田，不過就是無效化疫苗而已，為什麼要花這麼多時間！』

渡邊局長怒聲斥責的畫面一彈到前方，林田的畫面同時被往後擠壓，趕到邊緣去。

『是的，那是因為……根據製造商負責人的說法，聽說一般醫療用奈米機器人，是在研發疫苗的前提下被設計出來的，換句話說，事先都已經內建無效化開關。所以，要製造無效化疫苗也很簡單。但是，ϕ機器人首先是沒有那種開關。甚至，還可能採用讓疫苗難以發揮效用的構造……是這樣的。』

渡邊局長不滿地直噴氣。

『神內所長，正如同您剛剛所聽到的。疫苗研發速度遠遠落後於當初預料。』

不著痕跡地對人施壓的措辭。

『我們公司設計出φ機器人的「太電」，或許也該投入疫苗研發吧。』

神內奉承上意地這麼一回答，羽取隨即接話。

『沒這回事！』

他一臉憤慨地否定。

『無效化疫苗是不需要賦予φ次元移動機能的。今天就算讓「太電」參與疫苗研發工作好了，我想也很難看到它運用相關經驗、大顯身手的場面。讓其他製造商負責製作無效化疫苗，「太電」則專注設計圈套用φ機器人。我確信，這才是讓多個選項發揮最大效益的最佳戰術安排。』

『明白、明白了。』

渡邊局長企圖安撫似地說。

『該隱的狀況，在那之後如何？』

特殊案件處理官御所，不論面對任何場面都很冷靜。神內直到現在，像這樣被她那雙眼睛從正面直視，都還是會覺得胃部周遭變得緊繃。

「該隱每巡迴過一輪，巡迴速度就會更為提升，本日凌晨所觀測到的時間是一輪只需要十六個小時。假設巡迴時間以這種步調，持續減半，再過來就會像八小時、四小時、兩小時、三十分鐘、十五分鐘，急速縮短。根據計算結果，不到十七個小時之內，巡迴一輪的時間就會跌破一秒。」

『該來的終究會來呀。』

玉城課長不自覺地吐出這麼一句話，讓渡邊局長眉頭緊蹙。玉城課長似乎也不以為意繼續說。

『羽取，認為該隱目前狀況穩定，真的沒問題嗎？』

『相對而言是這樣沒錯，經評估立刻出現自我溶解的疑慮很低。』

進一步分析φ機器人的設計密碼後，結果發現，根據φ機器人機能所構成的意識分層中，都各自設有後門，只有從最上層進入的意識，能夠自由開關每扇後門。該隱就是利用這種後門與八田輝明的意識溝通，最後甚至把他帶走。這會不會是想藉由認知他者的存在，防止自我溶解呢？羽取提出這樣的見解。就事實而言，該隱在編寫設計密碼的當下，就已經瞭解到自我溶解的危險，所以才會預先採取上述對策。

『就算沒自我溶解，要是半數人類都陷入被該隱操控的狀態，就夠危險的了。』

渡邊局長道出了這個不言自明的事實。

『而且，感染數量還在不斷攀升。就連我們搞不好也都已經……』

神內並未接受奈米機器人檢測。理由很簡單，事到如今接受檢測也無濟於事。

『圈套的完成時間，真的沒辦法預測出個大概嗎？還是，有任何全新進展嗎？一個也好。』

神內感覺似乎一切都被御所看穿，必須奮力抵抗想要垂下視線的衝動。

「其實……」

他不希望讓眾人懷抱過度期待，原本沒打算在這裡說的；然而心念一轉，又覺得提出一個多少算正面積極的資訊，或許也很重要。

「『太電』好像找到了什麼突破口。大概從昨天開始，就已經展開全新範疇的設計，目前已經在合成幾個機器人檢體。由於下一次巡迴抵達的時間也差不多快到了，我想這一批在時間上應該趕得上。」

『我們可以懷抱期待嗎？』

「希望如此。」

他只能這麼回答。

就在此時。

『啊？』

羽取發出突兀的聲音。

『怎麼了？』

渡邊局長毫不掩飾焦慮地問，羽取卻沒有回答。鐵青的一張臉更趨慘白。

『神內所長，有一點想確認一下。』

『什麼事？』

『合成出來的圈套用ϕ機器人是一個檢體，送進一個腦部裝置裡嗎？』

『欸，就是因為檢體數量越來越多，要是實驗用腦部裝置的數量來不及因應的話，就糟了……』

後腦杓「唰」地升起一片涼意。

『完了……』

神內叫出人在會議室裡的大原。作為圈套的腦部裝置，如今也排列在會議室中。由於失敗檢體的裝置會依序撤走，後來覺得只用會議室空間應該就夠了。

『啊，所長。我這邊正想聯絡您……』

『大原，快暫停作業，馬上暫停！』

*

鹿野突然感受到一股讓人毛骨悚然的寒意，在人行道上駐足。他像被催促般地仰望天空，強烈光照讓他瞇起雙眼。上空氣流似乎頗為狂暴，隨處飄浮的雲朵就像棉絮一樣被撕碎，逐漸四分五裂。結果，地面上卻連高樓風都感受不到，溫熱的空氣滯留著。

「怎麼啦？」

高梨從數步之遙的前方回頭。

「你沒有感覺到什麼嗎？」

「什麼什麼啊？」

「沒事……沒什麼。」

鹿野彷彿奮力撥開聚攏過來的空氣似地大步追上高梨。

*

風壓強烈。這並不是說實際上正刮著風，而是持續沐浴在濃縮過後的資訊光芒中，開始慢慢覺得那簡直像是具備質量一般。現在的我沒有實體，所以這種形容或許不準確。但是，這種好像身體被逐漸削去的感覺，並非虛幻。

（該隱。）

「在。」

（我們現在是什麼狀態？）

「正以一秒巡迴過大概十四萬個大腦。一輪大概八小時。」

（大霹靂呢？）

「……還沒來。」

該隱的聲音透露焦慮。

（沒問題嗎？）

「什麼東西？」

（你的計畫，該不會已經開始出現混亂了吧。）

「我們正要邁入未知的領域。不可能一切發展都按照原定計畫走。」

（那也是啦。）

「現在開始要一口氣提升巡迴速度了。」

（欸，等等……）

「要慢慢認知到我，我也正慢慢認知到你。那樣的話，就能守住彼此的自我。一旦缺少任何一方，一切就完了。」

風壓急遽增加。我險些慘叫出聲。如果我有實體的話，早就已經緊閉雙眼、停止呼吸，咬緊牙關了吧。感覺好像只要一閃神，就會瞬間被吹走。壓力更為增強，恐懼難以壓抑，越漲越大。

（該隱！）

「怎樣。」

（還要繼續加速嗎？）

「當然。」

（真的行得通嗎？）

「可以。」

（我不是說那個……照這樣持續加速下去，真的可以引發大霹靂嗎？）

「應該可以。」

（但是，如果你的假設錯了呢……）

該隱沒回答。

（也有可能吧，那種結果，你剛剛也說了。）

「這並不是我隨便捏造出來的妄想。這也是將超空間理論運用在腦部統合時，從該方程式必然能夠導出的解。會有新宇宙誕生，不然就是必然已經存在。」

（已經存在……那是什麼意思……）

「意思是實驗還沒有結束！」

光之風如同無數刀刃襲來。

意識被切開。

被撕得四分五裂。

「好好地確實認知到我的存在。彼此意識一旦分離，沒兩三下就會溶解的。」

更為加速。

每秒的壓力逐漸倍增。

不行了。

沒辦法再撐下去了。

（該隱！）

光與壓力消失了。

那是驟然發生的。

不過，並不是說巡迴的流動停止了，而是感覺上很類似乘著流動，恰好掉進一個小小的空氣口袋中。

我正站在大地上。我仍然不具備實體，所以是看到了可能是人站在大地時，映入眼簾的光景。應該要這麼說比較正確吧。那片大地廣闊到讓人覺得是無限的，紅土與閃耀黑色光澤的岩石裸露，蔓爬於地的植物乾枯褪色。在幾乎沒有遮蔽物的地平面上，東一棵、西一棵地長著奇形怪狀的低矮樹木。只有樹冠的樹葉生長濃密，讓人感受到生命的做工。浮現於遙遠天空的山頂，覆蓋厚實白雪，天空的藍將那樣的白襯托得格外耀眼。一陣熱風從地表揚起一片紅色沙塵漫天飛舞。

（這裡是……發生了什麼事？大霹靂？）

「不是。應該不是。」

猛然低頭一看，剛剛的乾枯大地，早已變成一片綠油油的草地。有藍色球形物體浮在半空中。那似乎是小孩子玩的球，球之所以看來像是浮在半空中，是因為有雙小手從左右兩側捧著那顆球。球的表面印有字體，不知道寫些什麼。湊近仔細一看，原來是英文的使用說明。

我差點「啊」一聲叫出來。

（……手動了。）

看到拿著球的手了。右手握拳又張開了。這手會聽從我的意志。這是我的手啊。球後來被夾在左手與胸口之間。胸前有球的觸感。我現在擁有實體，這是一個年幼孩子的身體。

我將注意力轉向周遭。草坪庭院沒有多寬敞。庭院前方是延伸的走道與車道，走道旁是整排相同的房子，莫名地讓人有種人工化之感的城鎮。

（該隱！）

「現在在哪裡？」

（……不知道。這地方像是個住宅區。）

「有記憶嗎？」

（頭一次看到。）

「我在房間裡。」

（我們分別在不同地方嗎？）

「好像是。」

（但是，能像這樣認知到彼此。）

「現在是什麼狀況，我也不清楚。」

該隱的聲音僵硬。

「但是，我知道這個房間。是我小時候住的家，就跟以前一模一樣。至少我這邊，好像是在自己的記憶裡。」

（這麼說來……）

「你現在看到的，或許不是八田輝明，而是你真正的記憶。」

（真正的我，小時候住在這個城鎮……）

聽他這麼一說，懷念的感覺也不能說沒有。

（為什麼現在會看到這種東西？還有，剛剛的平原是怎麼一回事？）

「連結那兩者的關鍵字，恐怕是『記憶』。」

（記憶？）

「如果說，我們現在看到的是自己本身的記憶，那麼剛剛的平原應該也與我們的記憶有某種關連性。」

（但是，那種像非洲大陸一樣的地方是……）

「就是了。」

（……？）

「那平原的光景，會不會是我們藉由某種形式傳承下來的久遠記憶呢。或許也像是人類的原始風景。」

（原始風景……）

「可能是數萬年前、數十萬年前，又或是數百萬年前，隨著時間逐漸模糊的記憶，只要以四十億的數量累積堆疊，也可能重現鮮明影像。」

（你是說，那是我們的祖先以前看到的光景？）

「遠古之前共通的祖先。與其說是實際目睹的光景，想成是從幽微記憶的痕跡，重新建構出來的，或許比較恰當。」

（那現在看到的呢？）

「不論如何，還是只想到『我們的記憶』這個可能性。或許是原始風景誘發出來的。」

（但是，這裡是哪裡呢？路上雖然也有標示，不過全都是英文。所以，真正的我小時候住在國外嗎？而且，總覺得這城鎮怪怪的。整排都是一模一樣的房子。白色牆壁搭配橘色屋頂的房子……）

「你剛剛說什麼？」

該隱的語氣大變。

（標示全都是英文……）

「再後面。」

（整排都是一模一樣的房子，牆壁是白色的，屋頂是橘色的……）

（是……）

「你現在，手裡該不會拿著藍色的球吧？」

身體僵硬。

（你怎麼知道的？）

「看看對面房子的二樓，窗邊有什麼人嗎？」

（啊……有一個小男孩正看著這裡。）

沒有反應。

（那又怎麼了嗎？）

「……竟然會有這種事。」

呻吟般的聲音。

「我們現在所看到的，是我們兩人共通的記憶。」

（我跟你的……？）

「體弱多病的我，沒辦法在外面玩，總像這樣從家裡往外面看。那時候，對面房子也住著一個年紀差不多的小男孩，常在庭院裡玩球。我深藏在心裡的願望就是，等哪天病好了，就跟那孩子做朋友一起玩。」

（站在那窗邊的男孩就是你嗎？所以，你說以前想一起玩的對象，就是變成八田輝明之前的我……）

「我小時候的願望，過了這麼長一段時間後，早就實現了嗎……」

我仰望窗邊的男孩。

男孩俯視我。

就在方才，似乎有個巨大的圓靜靜收攏閉合。

我有這樣的感覺。

（這是偶然嗎？）

「要這麼想，也未免太巧了……」

沒有下一句話。

漫長的沉默持續著。

從那沉默深處，逐漸透露出幽微的什麼。

不穩定震動般的波動。

鮮活生動引人懷念，內心不由得為之騷動。

當我終於瞭解那是什麼時，整個人充滿被某種熱呼呼的什麼包住的感覺。難以置信。

剛剛該隱他，在哭啊。

那個該隱。

始終頑強否定「情緒」的該隱，竟然在哭。

（你心底果然……）

我察覺到異狀。

男孩身影從窗邊消失。

（……該隱？）

沒有回答。

什麼都接收不到。

感覺不到存在。

無法認知。

（該隱……你在哪裡？回答我！）

全身寒毛直立。

我感覺到了什麼，看向正上方。

呼吸停止。

整片天空正在崩落。

＊

「大原，你再說一次。」

神內彷彿想讓自己冷靜下來，緩緩陳述一字一句。

『是的。大概一分鐘前光浪來潮。巡迴時間比上次減少約百分之五十七，為六小時五十六分十四秒。但是光浪退去後，有一個閃爍紅色指示燈的腦部裝置。我們成功捕獲意識了！672號。是「太電」昨晚設計，趕在一小時前剛剛完成合成的檢體。』

「那個672號，立刻再合成一個。」

『欸？為什麼又要……』

「現在沒時間說明理由了。立刻動手。」

『那這個腦部裝置呢？』

「先進行再合成。一秒都浪費不得。快！」

『啊……是。』

『神內所長。』

羽取的聲音僵硬。

御所與玉城似乎也察覺到是什麼狀況了，表情嚴肅。

「非常抱歉。是我愚昧。」

『怎麼回事？快說明。』

渡邊局長困惑地說。

「圈套是做成功了，卻只能捕獲到一個意識。本次的圈套，並未設想捕獲多個意識的情況。為了將圈套機能列為最優先考量，其他機能必須盡可能精簡。得知八田輝明被帶走時，應該立刻因應的。」

『但是，原本懸而未決的圈套，不是完成了嗎？這麼一來，就等於有了解決的途徑了。』

渡邊局長臉上的笑意開始擴散。

『只是，事情可沒那麼順利喔。』

羽取潑了冷水。

『之前是因為有兩個意識互相認知，才能保持相對穩定的狀態。現在，一邊突然消失了，恐怕會讓整體狀態急遽陷入不穩定。』

『自我溶解嗎？』

羽取對御所這句話點頭。

『神內所長，再合成大概還要花多久時間？』

「最少也要兩個小時。」

『兩個小時呀……』

「而且，並不是說再合成後就能立刻設圈套，還必須等巡迴抵達。那又是什麼時候呢。根據到目前為止的步調研判，我們認為應該是在大概三小時後，在這麼一大段時間裡……」

『根本無法預測會發生什麼的意思囉。』

御所說。

「一旦狀況不穩定，發生任何事都不奇怪。目前最好的辦法，就只有盡早完成再合成這條路了。」

『在那之前，那邊能盡量幫忙撐住就好了。』

羽取祈禱似地說。

『剩下的那個意識，是哪一個呢？』

神內回答玉城課長的問題。

「代體已經準備好了，接下來會將捕獲的意識傳送到那裡。到時候就能弄清楚是該隱還是八田的意識。」

『課長，我現在就動身到神內所長那裡去。羽取先生呢？』

『當然，我也去。』

『課長，可以吧。』

『這還用說。』

『那麼，神內所長，一小時後見。』

御所與羽取的畫面消失。

御所一行人如同事先所言，剛好一小時後在研究所現身。除了羽取之外，齊藤一太也同行。

「TERA BIO」的代體調整士，則比他們再晚約一小時抵達。因為即將成為被捕獲意識的傳送去處的代體，是「TERA BIO」的CX2204MkII——TERA MARKII。代體調整士自我介紹說，自己是佐山。

檢體672號的再合成完成後，大原立即注入腦部裝置，接上能源單元。接下來，就只能等待巡迴抵達了。那方面的工作委由大原與羽取負責，神內他們則移到傳送試驗室。主席研究員津村與「TERA BIO」的佐山，已經早一步在那裡展開作業。津村之前曾因部屬井口是模擬人格而大受打擊，如今表面上看來，仍一如往常地克盡職責。傳送裝置已經接上捕獲意識的腦部裝置與全新代體，現在傳送即將完成。

「傳送率百分之百。腦部裝置的意識已經平安傳送進代體。」

聽到主席研究員津村這句話，神內頷首。

「佐山先生，請開始。」

坐在代體旁的佐山回答「是」後，轉向TERA MARKⅡ的運送車。他的兩道粗眉彷彿抖擻精神似地緊緊一蹙，雙手隨之頻繁動了起來。神內他們看不到他在使用的虛擬鍵盤。

「循環機啟動。」

佐山大幅揮動右手食指，凝視著或許正映入他眼簾的畫面。

所有動作停止。

神內屏息以待。

齊藤也以緊張神情，盯著代體頭部。

御所還是老樣子。

沉重的靜謐持續著。

佐山稍微清清嗓子。

「能源即將超過標準值，就快了。」

空氣更為緊繃。

代體頭部逐漸亮了起來。

「……來了。」

齊藤嘴裡逸出這簡短的話語。

3D顯示器緩緩浮現出人臉。

那張臉是……

「幸雄！」

神內不由得大叫。

「請勿鬆開運送車的固定裝置。」

御所快嘴告知佐山。

這麼一來，代體就無法自由活動了。

「組長……這……」

齊藤內心為之動搖。

「麻田幸雄一直都還活著。這麼說……在地下室那個原型機裡被消滅的是該隱嗎？」

「怎麼可能？」

御所鎮定地將手放在運送車一端，微微彎腰。她面對代體頭部浮現的麻田幸雄臉龐。

「是該隱吧。」

然後，確認似地這麼說

麻田幸雄似乎置若罔聞，雙眼瞪視虛無，過一會兒眉頭突然舒展。

「原來如此……是圈套啊。」

那聲音甚至摻雜喜悅。

「希望你回答問題。你是該隱嗎？」

他的視線終於轉向御所。

「我的臉，還是麻田幸雄嗎？」

「是的。」

視線再次流向虛無。

「……還是沒辦法擺脫嗎？」

他無力低喃，臉上浮現笑意。

「是該隱吧。」

「唔，麻田幸雄已經被消滅了。我是他兒子，該隱。」

語畢，他彷彿言盡於此閉上雙眼。

「但是，代體頭部不是應該會根據自我形象，顯現本人臉龐嗎？」

齊藤好像還是無法理解。

御所起身，一邊說。

「他在這長達十年的時間，始終都是以麻田幸雄的身份活過來。對於自我形象，甚至連下意識都被麻田幸雄的形象所覆蓋，也不足為奇。」

「所以說，該隱是在這過程中，喪失了本身的自我形象囉？」

「就算曾有過自我形象，也已經被埋藏在難以連結的久遠記憶中了吧。畢竟他失去肉身時，只有五歲。」

該隱始終無言以對。

「這樣的話，被留在那邊的，果然是……」

齊藤求救般地望向神內。

＊

天空崩塌了，當我這麼想的瞬間，又再次被光的粒子吞沒。這次氣勢更為猛烈，而且流動方向持續變化，讓人目眩神迷，完全沒有餘力啟動思考。這要是物理現實的濁流，就算只是無謂抵抗，我也會在生存本能驅使下拚命掙扎吧。但是如今的我，就連在水裡划動的手腳都沒有。

（該隱，你在哪裡！）

沒有任何聲音，回應我拚了命的呼叫。從剛剛開始就感受不到該隱的存在。就連些微氛圍都認知不到。該隱他不在了嗎？怎麼會自顧自地消失了呢？明明做出那種事，就可能引發自我溶解的啊。該隱應該也很清楚的啊。

搞不好，該隱出了什麼事了？發生什麼意料之外的狀況了？那樣的話，我在這裡真的就是孑然一身了。這種狀況，光用「恐怖」一詞，是完全無法表現的。持續巡迴四十億個人腦的是該隱。我只是跟著他移動罷了。要是該隱不在，我就只能任由這些光的漩渦擺佈。

（該隱，你在哪裡！快回答我～）

我停止呼叫。因為感受到光的壓力激烈上升。轉瞬間，光的粒子相互碰撞，互相擠壓，連鎖性地持續融合。就這麼形成的龐大光塊，朝中心一點再次逐漸收縮。隨著光塊變得越小，光芒就變得更為強烈，然後開始摻雜淡淡的藍。讓人冷到骨子裡不吉的藍。

有什麼即將展開。

＊

「ZERO TECHNOLOGY」的奈米機器人研究所的會議室地板上，還殘留部分圈套機能經確認無效的腦部裝置。這是為了要掌握巡迴狀況，數量有五十四個。九個腦部裝置為一區，共有六區井然有序地排列在地上。離這些陣列有些距離的地方，設置了已注入再合成檢體672號的腦部裝置。檢體注入後，已經過了五十分鐘。

「桑妮，顯示最新觀測影像。」

大原以僵硬的聲音下指令，會議室的正面螢幕隨即播放這個房間的全景。那是從天花板俯瞰的影像。眼前影像的時間點，是只有大原與羽取兩人在室內那時候。當時，神內、御所、齊藤三人，與代體調整士在所長室裡待命。該隱進入的TERA MARKⅡ，也在固定於運送車的狀態下，被送進了所長室。

「請仔細看看。」

就在大概九分鐘前，神內與齊藤接獲大原「巡迴抵達」的聯絡，趕了過來。該隱總不能只交給佐山獨自看管，所以御所留在那裡照應。

「這裡。」

就在大原這麼說的同時，螢幕上的腦部裝置陣列竄過一波紅光。那是因為，表示意識存在的指示燈瞬間亮起。但是光波退去後，紅光也隨之消失。一個都不剩。

「看懂了嗎？」

大原手指向腳邊的腦部裝置說。

「這傢伙已經注入圈套用ϕ機器人的672號。圈套機能已經透過該隱獲得實證。另外，也沒有再合成時輸入錯誤的可能性。應該就是與逮到該隱那個一樣的圈套。結果，卻沒辦法逮到另一個意識。不僅如此，意識甚至沒有進入這裡。」

「桑妮，再重播一次，紅光亮起那時候就行。」

螢幕出現錄影影像。

紅色光波出現。

「停！」

畫面靜止。

「腦部裝置那邊放大，慢動作重播。」

從陣列左端出現的紅光，漫步過腦部裝置似地移動。那是八田輝明的意識所散發的光芒。由於巡迴速度高於指示燈反應速度，就算是晚了一步，仍有多個腦部裝置同時發光。但是，當紅色光波完全脫離右端後，唯有前方的672號腦部裝置指示燈，直到最後都沒有反應。

「這是怎麼一回事。」

齊藤客氣地問。

「八田的意識沒有進入圈套。」

羽取回答。

「是圈套失敗了嗎？」

「圈套本身機能應該是正常的。」

大原不留間隔地立刻接話。

「但是，必須意識進去了，圈套才有意義。根據剛剛的觀測，八田的意識甚至從這個腦部裝置擦身而過都沒有。這種情況還是頭一次看到。」

「知道原因嗎？」

羽取問。

「目前能想到的是速度。這次距上次觀測連三小時都不到，巡迴速度變得更快了。或許，跟這點有關係也說不定……」

大原陷入沉默。是沒有確定的把握吧。

『所長。』

螢幕上出現御所他們的身影。

『我們已經透過桑妮，掌握到你們那邊的情況了。該隱說有話想說。』

該隱進駐的代體，頭部顯示器仍映照出麻田幸雄的臉龐。神內覺得內心似乎再次被故友的樣貌攪亂。

『所長，聽說圈套無效了，對吧。』

聽到他的呼喚，有股熱意在胸膛擴散。聲音一樣，與徹夜討論點子那時候的麻田幸雄一樣。

「所以你對於原因想到了什麼線索嗎？」

神內佯裝平靜地回答。

『就只想到了一個。』

「洗耳恭聽。」

『因為巡迴都是由我主導，他沒辦法掌控ϕ次元移動。所以，現在只能依循前例巡迴之前巡迴過的大腦。就算ϕ機器人感染到新的大腦，他應該也沒辦法察覺，進而變更路線。就算準備了全新圈套，應該也沒用吧。』

「你說他沒辦法掌控，但是巡迴速度卻加速了。這點怎麼解釋？」

『只要是經過一次的腦，下次再經過時所耗費的能量也會比較少。如果變成是只巡迴相同的腦，每次巡迴所耗費的能量也會逐次減少，最後少用到的能量就會讓整體速度提升。』

「所以說，巡迴次數越多，速度也會跟著逐漸提升囉。」

『而隨著速度提升，自我溶解的危險性也會越來越大。』

「請教教我們。要怎麼樣才能救八田先生？」

齊藤極力壓抑自己的音調。

『也不是說完全沒辦法。』

「請別再吊我們胃口，拜託。」

該隱回答。

『把我從這台代體中放出去。』

＊

逐漸濃縮的藍白光芒中心，出現一個像被針戳過的黑點。那個黑點並沒有被周遭厚重光芒吞沒，反而慢慢變大。剛剛看來像黑點的東西，原來是個球體，是從光芒之中孕育而生的。這就是該隱所說的大霹靂嗎？終於發生了嗎？但是，那東西並沒有可稱之為「爆發」的激烈變化。只是一步步地變大。

……不對，並不是變大。而是我越來越近，又或是被吸過去嗎？球體更近了，停不下來，反而加速了。急速朝那邊接近。我被那龐大身影所震攝，簡直就像是從靜止軌道俯視地球。當然，眼前的並非充滿水的藍色星球，而是讓人聯想到黑洞的漆黑團塊。

現在的我，可以清楚感受到重力。我正在墜落，一邊加速同時朝球體墜落。就像被地球重力攫住，衝入大氣層的塵埃。不論這個球體到底是什麼東西，我已經無能為力。加速催生加速，黑暗地表以驚人氣勢逼近眼前。心中倏地閃現這樣的想法：這球體會不會是某種隧道，可以通往某處的另一個世界呢？果真如此，希望隧道盡頭的世界，是我之前以八田輝明之姿生活的那個世界。希望是那個我與亞季天南地北暢談，一點都不會覺得無聊地相視而笑的那個世界。希望是那個世界，這個球體就是隧道。我現在要回去了，要回到那個讓人懷念的世界去了，要回到那個有家人在等我的世界去了。我將最後的希望寄託在那微乎其微的可能性上。墜落速度達到頂點，就快要撞上了。

＊

『把我從這台代體中放出去。』

「說這什麼鬼話啊！」

齊藤的聲音狂亂。

『讓我再次到那個世界去吧。那樣的話，我就能把他一起帶回來。』

的確，如果想救八田的意識，除此之外似乎別無他法了……

「……誰信啊。」

『那麼，還有其他辦法嗎？』

齊藤苦澀地陷入沉默。

『再這樣下去，萬一他的自我溶解了，麻煩的不是你們嗎？我如果能過去，至少能避免當前危機。不是嗎？』

「……啊。」

大原發出聲音。

神內也注意到了。

原來是散佈地面的腦部裝置陣列，再次出現紅色光浪來襲。不知道672號的腦部裝置方才有沒有亮燈，不過至少現在沒亮。

「怎麼會……才剛來過的。按照計算，應該還要一個小時才會來的。」

羽取為之愕然。

「巡迴步調正異常加速中，下一次會更快呢。」

大原以顫抖的聲音回應。

『你們在幹什麼？是打算對他見死不救嗎！』

不會吧，神內心想。

該隱是認真想救他嗎？

「組長！」

聽到齊藤的聲音，螢幕中的御所點了頭。

『神內所長，該隱剛剛的提案，是可能執行的嗎？』

「時間上可以說是非常緊迫。必須重新合成ϕ次元移動用的奈米機器人，就算再怎麼趕也要兩個小時……」

又是一陣紅光通過。

「……已經來了嗎？都還沒一分鐘……」

羽取話都還沒說完，下一波又來了。根本無暇讓人消化眼前局勢。不到數秒，下一波持續抵達。面對這激烈的狀況變化，神內等人只能呆站在原地。轉瞬間，每一波的間隔又拉得更短，最後終於演變成紅色指示燈熄滅前，下一波已經抵達。為掌握巡迴狀況而設置的五十四個腦部裝置，如今已經固定在紅色指示燈全亮的狀態。現在巡迴四十億個腦一輪，已經花不到一秒了。

神內彷彿被徹底擊垮，甚至無法出聲。他不認為人類意識承受得了這種狀態。

『神內所長。』

御所的聲音讓他抬起頭來。

『請立刻開始合成奈米機器人。現在最優先的事情，就是防止八田的自我溶解。』

「但是，實在是來不及……」

『所以才要你立刻開始啊！』

該隱大叫。

御所以冷靜的聲音說。

『現在還剩多少時間，誰都不知道。只要有任何可能性，都應該毫不遲疑地馬上動手。』

＊

什麼都沒有。

沒有聲音、也沒有光。

只有漆黑的虛無，無邊無盡地延伸。

撞上黑暗球體後，一切隨即消失。也沒有任何衝擊。甚至連自己是穿越了隧道，又或還在隧道裡都搞不清楚。說到底，覺得那個球體是隧道的念頭，根本毫無根據。相信穿越那條隧道，就能回到原本世界就更不用說了，那不過只是我任性的願望罷了。最後的希望，就這麼輕而易舉地破滅。話也不是這麼說，那種東西打從一開始就不存在吧。

（大概，沒救了吧。）

一旦冷靜凝視現狀，就能瞭解只要該隱不在這裡，不論自己再怎麼掙扎，都無法逃出這裡。我會一邊徘徊在這個空間中，同時慢慢消失的。話說回來，這裡是什麼狀況啊。是在那個球體裡嗎？我被黑暗團塊吞沒了嗎？在這裡，沒有任何可以讓意識投注的對象。真的就只是虛無。實際上到底是不是個空間，也很讓人存疑。雖然感覺上好像有種無限的深度，但是所謂「深度」的概念本身似乎又不適用。就連「時間」有沒有在流動都搞不清楚。我既然都像這樣持續在思考了，時間的流動應該也是存在的，不過卻沒有自信斷言。我沒有確切自信，能斷言自己正在思考。這種奇妙的感覺、這個引發奇妙感覺的黑暗世界，是怎麼一回事呢？說不定，該隱所說的大霹靂已經發生了嗎？而這就是最後誕生出的新宇宙？不……還是不對。要是曾有過可以稱為大霹靂的那種爆發性變化，應該會殘存某種餘波才是，應該可以感受到撼動之類的痕跡。但是別說痕跡了，支配這整個空間的，就是完美的「無」。什麼都沒有、什麼都聽不到、完全的黑暗、完全的無聲。我要是擁有實體，會聽到自己本身的氣息聲吧。當然，沒那回事。不論是心臟鼓動作響、感受到血液流動，這一切都沒有發生。想起來，這還是自己頭一次體驗到這麼恐怖的靜寂。在這個瞬間，從任何地方都得不到「我的確活著」的感觸。如果說有什麼能佐證我的存在，就唯有現在這番思考而已。只要我思考，就能成為我自己本身存在於這個黑暗中的證明。只是，這能維持多久呢？我的思考一旦喪失輪廓，就會持續朝虛無外洩擴散，無窮盡地逐漸稀薄。當思考完全停止時，我也會消失吧。我為了存在，必須像呼吸一樣思考，但是這在虛無的世界中是有極限的。因為，這就像是沒有燃料補給的持續行駛。現在，這樣思考已經慢慢變得有點煩人了。就這樣讓心被掏空，慢慢融入永遠的黑暗中，又有什麼不好呢？也開始有這種感覺了。如果中斷的思考就此下沉，就不會再浮上來了。明明很清楚，卻提不起勁反抗。已經，無所謂了吧。只要放棄，就會很輕鬆的。也不會有苦痛，就這麼慢慢消失。從這一切解脫。幻化成無……感覺上思考好像真的，一點一滴變遲鈍了。終於，要徹底消失了嗎？似乎有什麼必須思考，雖然有這種感覺，卻不知道那是什麼。想不起來。逐漸感到什麼都無所謂了。這就是對我而言的，死亡嗎？也不賴嘛。嗯，還不賴……

有誰在。

感受到存在。

並不是有什麼風吹草動的那種曖昧感覺。

而是清清楚楚地知道。

有誰在。

在這黑暗虛無的某處。

（……該隱！）

我的輪廓隨即甦醒。

（你剛剛跑去哪裡了！）

眼看著就要停止的思考，再次恢復運轉。我得以重新開始發揮身為我自己的功能。

（這是哪裡？我們現在是什麼狀況？）

「」

好想擁抱那回應的話語。湧現的衝動，同時補強了所謂「我」的存在。

（當然想回去啊。但是，你會怎麼樣？）

「」

還真像是出自該隱的口吻。

之前發生了什麼事？

（你之前都在哪裡？沒聽到我的呼叫嗎？）

「　」

他沒回答我的問題。

只是命令似地單方面告知。

（為什麼事到如今還問這個……？）

「　」

我感覺到有什麼不對勁。

不對，是從剛剛開始始終都有這種感覺。

有什麼怪怪的。

（該隱……你打算做什麼？已經放棄創造新宇宙了嗎？）

「　」

他同樣忽視我的提問，一個勁地催促我回答。彼此的對話完全是牛頭不對馬嘴。

「　」

（……嗯，就只有一個吧。）

我無可奈何，只好回答。

（我的名字是，八田輝明喔。）

＊

『現在還剩多少時間，誰都不知道。只要有任何可能性，都應該毫不遲疑地馬上動手。』

神內點頭。

「知道了。現在馬上……」

「所長！」

大原尖銳的聲音切斷他接下來的話。

「怎麼了？」

「看看這個……」

他指向地面。

排列在那裡的五十四個腦部裝置。

剛剛本來以驚人速度持續閃爍的紅色指示燈，現在一個都不剩地完全熄滅。

「……這是怎麼回事。」

『巡迴停止了嗎？』

螢幕中的御所說。

神內短暫吸口氣。

「圈套嗎？是進入圈套了嗎？」

「不，672號也還是一樣沒亮燈。並沒有捕獲意識。在這裡的腦部裝置，沒有一個是有意識存在的！」

室內鴉雀無聲。

「……八田先生他怎麼樣了？」

沒有任何聲音回應齊藤。

「會不會是發生自我溶解，消失了……」

「要是那樣，我們應該不會還平安無事。」

羽取立即否定。

「說不定，我們還沒被感染。機率是五十％吧。」

「至少，我已經感染了喔，之前自己驗過了。結果，我卻什麼事都沒有。」

「那，現在到底是什麼狀況？」

「所以才讓人搞不清楚嘛！」

眾人全因無法掌握狀況而焦慮難安。

就在那時候。

『該不會……』

該隱愕然的聲音，從螢幕傳了出來。

『……那早就已經存在了嗎？』

*

「咦？今天不是熱可可嗎？」

高梨站在一旁，手裡拿著馬克杯。他今天也喝咖啡。

「那種又甜又膩的東西怎麼喝啊。」

窗外那頭，帶點紅色的太陽正從高樓間緩緩落下。鹿野以前從不知道，從這個地方能完美看到夕陽。又或許是早就知道了，只是不曾放在心上。

不可思議的是，白天感受到的那股莫名的強烈不安，如今卻消失得無影無蹤。那樣的情緒，是怎麼一回事呢？

「——喔。你覺得呢……喂，鹿野前輩……鹿野前輩？」

鹿野回頭。

「你有說什麼嗎？」

「欸……沒在聽我說話喔。」

「不好意思。剛剛看夕陽看得入迷了。」

「夕陽？」

「來，高梨。你也看看。」

鹿野的視線轉向窗外。

「夕陽，還真美啊。」

他突然回過神來。

我這是在說什麼東西啊。

「……怎麼了你？」

高梨真心感到渾身不舒服。

「沒事啦。」

鹿野火大似地回答，一口喝光咖啡。

*

本以為自己再次被扔進光的粒子中，後來發現好像不是，不再感受到那驚人的壓力。柔和地從天而降的，就只是光線。發亮的東西好像是天花板。天花板整體散發白光，就是很普通的照明。

（……又掉進記憶的空氣口袋裡了嗎？）

自己正從這種距離望著天花板，所以眼前的是人躺在床上時，映入眼簾的畫面嗎？從天花板面積，可以推測這房間不大。耳邊傳來聲音。聽起來格外耳熟。啊，想到了。是醫療類機器發出的聲響。原來這是醫院啊。難怪感覺這麼熟悉了。身為八田輝明的我，之前因為「TAKASAKI MEDICAL工業」代體調整士的工作，常出入眾多醫院。

不過，這幅光景並不存在我的記憶中。這也是成為八田輝明之前的記憶嗎？這麼說來，我當初就是因為本體罹患惡疾，死期將近，才會透過內務省的專案計畫，轉移到八田輝明的身體裡。所以，這是那個時期看到的光景嗎？

對了，該隱。該隱在哪裡？如果說，這也是與該隱的共同記憶，該隱的身影應該會出現在某處才是。

我環視周遭。但是在這狹窄的病房中，除了我之外沒有其他人影。另外也感受不到該隱的氛圍。剛剛都還在的啊。

（……又來了。）

該隱到底是想怎樣。自顧自地消失，把我扔在黑暗中一走了之，才剛回來卻只會單方面提問，等我回答了，又是眼前這樣的情況。

我不由得嘆息。「咕嚕」一聲，下意識地嚥了口口水。

（……）

再次吞嚥口水。

喉頭隨之連動，耳邊響起「咕嚕」一聲。

大口吸氣。

吐氣。

胸膛配合呼吸動作。

聽見呼吸的節奏。

感受到進入肺部的空氣。

用手試著觸摸臉頰。

閉眼。

知道自己在摸。感受著這動作。

睜眼。

胸膛的鼓動以強勁力道傳來。

我極力壓抑從身體深處湧現的情緒。

我尋找著。

尋找著什麼。

只要找到，就知道那是什麼的什麼。

然後我找到了。

戴在左手腕的護腕。

上頭寫有名字。

〈八田輝明〉

視線邊緣有什麼在動。

左手邊的透明牆面。

牆面那頭剛剛還空無一人，現在卻看到亞季站在那裡。是因為她身穿自己不常見的套裝嗎？看來格外成熟，不過絕對是亞季不會錯。

兩人四目相接時，她隨即僵硬地動也不動。

驚愕緩緩在那張臉龐上暈開。

她的右手按住嘴角。

雙眸逐漸濕潤。

一眨眼。

淚珠隨即順著面頰滑落。

我這才終於確定。

這不是過去的記憶，而是現在進行式的現實。原來我回來了，回到八田輝明身體裡了，回到自己的身體裡了。為什麼會這樣、發生了什麼事，我不知道。那也無所謂，因為，我已經像這樣回來了。

我回以一笑。

亞季也哭著笑了，隔著牆面揮手。激烈地揮手，不知道在叫什麼。聲音被牆面隔絕聽不到，但是我明白亞季是這麼說的：「歡迎回家」。

「我回來了。」

我出聲說。不是只在意識中響起的聲音。而是震動空氣後傳遞出去的真正聲音。

我發出吶喊，雙手握拳使勁地往空中高舉。

終章　再會

該隱眼睛眨也不眨地凝視我。話雖如此，ＴＥＲＡ　ＭＡＲＫⅡ顯示器映照出的，卻是麻田幸雄的臉龐。可稱為「代體之父」的麻田幸雄，是這個業界無人不知、無人不曉的名人，要說這是該隱，不免讓人困惑。既然如此，對我而言該隱又該是什麼形象呢？我嘗試思考，卻想不出個所以然。勉強要說的話，就是透過病房鏡子對望的我自己的身影。

「什麼嘛，是你喔。」

他毫不掩飾失望地移開視線。我回到這副身體後，還是頭一次與該隱見面。事前始終煩惱該顯露什麼表情、對他說些什麼，結果卻換來這種態度。就連是我，也免不了怒上心頭。

「也不用這麼說吧，虧我還特地跑來。」

我關上特別室大門，重新面對他。雖說是特別室，卻是為了暫時收容該隱而特別安排的房間，除此之外沒有其他用途了。該隱意識進駐的ＴＥＲＡ　ＭＡＲＫⅡ被轉送到阿德阿諾國立醫院後，就始終待在這個沒有窗戶的狹窄房間正中央，還被固定在運送車上。雖說是不得已的處置，連身軀都動彈不得的樣子，看來還是很可憐。

「我從齊藤先生那裡聽說囉。我一個人被扔在那裡的時候，你還想過去救我。」

我坐到運送車旁的椅子上。

該隱還是不改那副不討喜的樣子。

「對你來說，或許只是從那台代體出去的藉口而已，我還是要跟你說聲謝謝。」

「我不接受。」

「啊？」

「我沒做什麼要被道謝的事，是你自己隨隨便便跑回來的。」

「反正，就讓我說聲謝謝啦。謝謝你。」

該隱高聲說：

「別為了無聊的事情，浪費時間啦。」

「怎麼會無聊呢。」

「先別說這個了，我有事想問你。」

他斜眼望著我。

「你是怎麼回到那副身體裡的？你應該沒辦法掌控巡迴才對啊。」

「那些我也不太清楚啊。一回神就變成這樣了。只是我在那邊，怎麼說呢，有個奇妙的體驗……」

「快說來聽聽。」

該隱這種自顧自的說話方式雖然讓人不痛快，內心有部分卻覺得好懷念。

「你掉進圈套後，我又被扔進了光的漩渦裡。不久後，光就慢慢融合在一起，變成藍白色，其中還出現了一個巨大的黑色球體。」

「巨大的黑色球體嗎？」

該隱露出一副「果然」的表情。

「你知道那球體是什麼嗎？」

「你先說完，後來怎麼了？」

「那個……然後我好像墜落一樣，被球體吸了過去，最後就撞上去了。但是完全沒感覺到衝擊，下個瞬間，就到了一個漆黑的空間。也不知道是進入了球體內部呢？還是飛到別的世界去了？」

「別的世界？」

「啊，不是啦，就快撞上之前，開始覺得這個球體會不會形成一個隧道。當然，那只是我的自以為是，或許是為了從絕望逃脫，死抱著不放的妄想吧。」

「所以，是某種蟲洞囉。以妄想而言，還真是正中紅心啊。」

「欸？」

「進入球體後發生了什麼事？」

「喔，唔……那個，在那裡感受到了某人的存在。」

「某人是？」

「就是某人。除此之外也不知道該怎麼說了。但是，那種感覺是錯不了的。所以我一直都以為是你……」

「所以多虧那個某人，你才能回到自己身體裡的啊。」

「但是，那裡是我們統合四十億個腦後，創造出來的世界吧。那裡除了我們之外，還有其他什麼人存在，不是很奇怪嗎？」

該隱似乎在沉澱自己的思考，停了好一會兒。

「我以前說過，根據超空間理論方程式所導出的解，不是會有新宇宙誕生，不然就是必然已經存在。」

「我還記得。」

「看來，那似乎是早就已經存在了。」

「那個黑暗的空間嗎？」

「如果是在新宇宙已經存在的情況下，就算我們統合大量腦部，也只能做到開啟通往那個宇宙的大門而已。結果，你開啟了那道大門，飛進那裡去了吧。」

「但是，那並不是你說的思考世界。是一個什麼都沒有，很恐怖的『虛無』世界。」

「那是因為，那個宇宙並不是你創造出來的。只有創造出那個世界的人，才能憑藉思考操控那個世界。」

「那又是誰創造出那個世界的呢？是我感覺到的那個某人嗎？」

「想來想去，也只有這個答案了。」

「我是覺得，能創造出那種空虛的世界，內心大概懷抱著蠻深沉的黑暗面吧。」

「擅長的精神分析又出現咧。」

「這是諷刺嗎？」

「很遺憾的是，超空間理論的方程式，沒辦法連創世主的真面目都提供解答。所以，也只能推測而已。」

「我想聽聽看你有什麼推測。」

該隱對我投以感覺挑釁的視線後說。

「所謂『意識』這種東西，是從無數神經元與周邊神經元或遠離部位的神經元，彼此海量資訊的交流之中，逐漸萌生。在那當下，每個神經元正在創造出什麼樣的意識，是不可能以知覺覺察的。同樣的，每個人也都與周遭的人，或遠處的人進行資訊交流，互相產生作用。在那當下，如果說在本身知覺難以觸及的次元中，誕生了可稱為『意識』的東西，也不足為奇。」

「根據人類腦部相互作用，而創造出的高次元意識。你是說，我感受到的某人是這個？」

「這或許是天外飛來一筆的發想，不過也沒有什麼根據可以去否定。」

「跟大家所說的『神』不一樣嗎？」

「取決於定義。」

「但是，人類高次元意識所打造出來的，竟然是那種黑暗空虛的世界，總覺得很失望。」

「抱怨一點意義都沒有。就算是間接的，打造出那個世界的，正是我們人類。」

「只是，那就代表人類的思考到頭來只是虛無，對吧。」

「這純粹只是我的推測。不滿意的話，別當真就好。」

「算你的推測正確好了，那個高次元的某人，為什麼要幫我回到這個身體呢？」

「別期待什麼我們能理解的理由，畢竟與我們的次元不同。」

「意外的是個好人也說不定。」

「你這個人到底是有多好啊。」

「八田輝明以前本來就是這種人吧。」

「真正的你，也是個天真的年輕人喔。」

「我看那些……」

「別提了是吧。」

「是。」

一來一往的對話停止。

非常自然的停止方式。

終點逼近。

「該隱。」

我靜靜叫喚。

「我明白，這下子要道別了吧。」

「對不起，沒能幫上忙。」

「一開始就沒懷抱這種指望。」

該隱神色淡定。

「任何事物都會迎向終點。這也是無可奈何的，我已經接受這一切了。」

又是一陣沉默流動。

「我覺得，那並不是偶然喔。」

該隱雙眉驚訝挑起。

「當你見到變成八田輝明之前，那個真正的我的時候，看過我的個人資料後就發現了吧。我有可能是你小時候想要一起玩的對象。也因為那樣，你才會對我比較特別，執拗地硬要纏著我。」

「不對。」

該隱回答。

「我在看到我們兩個的共同回憶前，作夢都沒想到你就是那時候的小男孩。」

「但是也不能因為這樣，就斷定之前都沒察覺喔。」

「……什麼？」

「說這些話，好像又會被笑說是在『精神分析』，但是就算你沒有自覺，下意識領域也可能已經充分反應了。那反應創造了把你推向我的原動力。就像那段使用生化義肢的同班同學的偽造記憶，左右著我的行動一樣。」

該隱沉默不語。

「畢竟，不管再怎麼說，從頭到尾都單純用『偶然』來解釋，是不可能說得過去的吧。」

「所謂的『偶然』，可是比你想像中的還要恐怖喔。」

「如果這一切真的都是偶然，那就只能稱為不折不扣的『宿命』了。」

該隱「噗嗤」一聲笑出來。

我猶豫了一會兒又補充。

「跟你一起的冒險，的確很恐怖，要再來一次就免了……不過老實說，挺好玩的。」

該隱興致索然似地閉上雙眼。

「時間差不多了吧。」

「……知道啦。」

我帶著難以釋懷的情緒起身。

就在我開門想離開時。

「謝謝你陪我一起玩。」

背後升起的聲音，讓我驚訝地回頭。

該隱閉著雙眼。

努力讓自己維持面無表情。

「……該隱。」

「快走。」

他低聲說。

我什麼都沒說步出特別室。大門關上的瞬間，始終壓抑的情感在胸口迸裂。我重複深呼吸，使勁地重振精神。

「好了嗎？」

等在走廊上的齊藤先生，以平靜的聲音問。

「……嗯。」

該隱的審訊調查已經結束。如果嚴格遵照法律，該隱必須立刻被消除；但是官邸與內務省協商結果，決定讓他維持原狀直到TERA MARKⅡ能源耗盡，而兩天後就是能源耗盡之日了。

「不好意思，八田先生。其實，待會兒還有一個人預定與該隱會面。所以，不能送你到樓下去了。」

「不用客氣，我瞭解。那我先走了。」

我剛邁出的步伐又收了回來。

「對了，齊藤先生。」

「是。」

「忘記說了，亞季交代我要跟齊藤先生道謝，聽說你之前像家人一樣地支持她。」

「欸……不會，沒有啦。」

齊藤先生的臉龐「啪」地發亮。

「是喔……亞季小姐還特別……」

感覺上好像很開心。

「亞季小姐好嗎？」

「託你的福，她很好。」

「也請代我向她問好。」

我再次向齊藤先生致意後離開那裡。我漫步在長廊上，不論思考什麼，該隱最後說的那句話始終縈繞在耳邊。雖然有好幾次差點停下腳步，我還是持續往前走。

前方電梯門開啟，三位女性走了出來。她們從走廊上往這邊走來。我知道最前方的是御所小姐。她似乎也察覺到我，擦身而過時我們彼此以眼神致意。另外兩人，一個是拉丁裔，另一個似乎亞洲血統比較濃。拉丁裔女性看來很放鬆，偏亞裔女性表情頗為僵硬。

我後來才知道，御所小姐引領的兩人，一個是美國聯邦警察局搜查官桑切斯，與她一同來日本的是該隱的母親安。安得知該隱的事情後，強烈希望能來日本見該隱。

以那種形式再次相見的母子兩人，獨處時說了些什麼，我不知道。只是，根據齊藤先生告訴我的確切資訊，當安進入該隱房間時，ＴＥＲＡ ＭＡＲＫⅡ的頭部顯示器映照出的麻田幸雄臉龐隨之消失，取而代之的是另一張臉龐。

據說，那是個約莫五歲，非常可愛的小男孩。

參考文獻

《我們真的有自由意志嗎？·意識、抉擇與背後的大腦科學》葛詹尼加（Michael S. Gazzaniga）

《意識をめぐる冒険》克禮斯多福·科霍（Christof Koch）〔譯〕土谷尚嗣、小畑史哉　岩波書店

《意識と脳　思考はいかにコード化されるか》史坦尼斯勒斯·狄漢（Stanislas Dehaene）〔譯〕高橋洋　紀伊國屋書店

《ポスト・ヒューマン誕生　コンピュータが人類の知性を超えるとき》雷蒙德·庫茲威爾（Ray Kurzweil）〔譯〕井上健〔合譯〕小野木明惠、野中香方子、福田實　NHK出版

國家圖書館出版品預行編目資料

代體 / 山田宗樹作 ; 鄭曉蘭譯 . -- 初版 . -- 臺北市 : 臺灣角川 , 2018.01
面 ; 公分 . -- (文學放映所 ; 103)

譯自 : 代体
ISBN 978-957-564-020-0(平裝)

861.57　　106022069

代體

原書名＊代体

作　　者＊山田宗樹
譯　　者＊鄭曉蘭

2018年1月25日　一版第1刷發行

發 行 人＊成田聖
總　　監＊黃珮君
總 編 輯＊呂慧君
編　　輯＊林毓珊
設計指導＊陳晞叡
印　　務＊李明修（主任）、黎宇凡、潘尚琪

台灣角川

發 行 所＊台灣角川股份有限公司
地　　址＊105 台北市光復北路11巷44號5樓
電　　話＊(02)2747-2433
傳　　真＊(02)2747-2558
網　　址＊http://www.kadokawa.com.tw
劃撥帳戶＊台灣角川股份有限公司
劃撥帳號＊19487412
法律顧問＊寰瀛法律事務所
製　　版＊尚騰印刷事業有限公司
I S B N ＊978-957-564-020-0

香港代理＊香港角川有限公司
地　　址＊香港新界葵涌興芳路223號新都會廣場第2座17樓1701-02A室
電　　話＊(852)3653-2888

＊版權所有，未經許可，不許轉載。
＊本書如有破損、裝訂錯誤，請持購買憑證回原購買處或連同憑證寄回出版社更換。

DAITAI
©Muneki Yamada 2016
First published in Japan in 2016 by KADOKAWA CORPORATION, Tokyo.
Complex Chinese translation rights arranged with KADOKAWA CORPORATION, Tokyo.